增訂版

香港文壇回味錄

鄭明仁 著

目錄

新版誌喜　董橋 …… 12
增訂版序　鄭明仁 …… 14

初版題辭及序

題辭　董橋 …… 16
序　樊善標 …… 18
序　美髯公書話．必讀　許定銘 …… 21
代序　半世紀獵書小記　鄭明仁 …… 23

第一章　淘書趣談——圖書篇

金庸、董橋舊作天價成交 …… 36

金庸小說至罕版本 …… 40
藏書界的「董橋三寶」 …… 46
董橋唯一一篇武俠小說 …… 55
董橋罕見的翻譯作品 …… 59
書無價?書有價! …… 67
倪匡第一本武俠小說 …… 76
張愛玲逾半世紀之謎破解 …… 80
「舞女作家」成愛倫 …… 87
香港最神秘的女作家 …… 91
劉以鬯的三毫子小說 …… 94
寫過三毫子小說的老總 …… 101
報壇鬼才三蘇 …… 106
香港掌故之王 …… 111

香港食經第一人……116
打開香港第一代廚神寶庫……121
甘健成的《鏞樓甘饌錄》……125
陸羽茶室歷史回眸……129
南海十三郎罕見小說出土……133
《葉靈鳳日記》淺談……141
陳君葆日記賣斷市……146
今聖嘆《新文學家回想錄》前世今生……151
李樹芬、李崧——香港兩位名醫的回憶錄……157
章衣萍的「中國名人故事叢書」……160
青文叢書成搶手貨……164
香港塘西風月史……168
香港的「午夜小說」和「廟街文學」……173

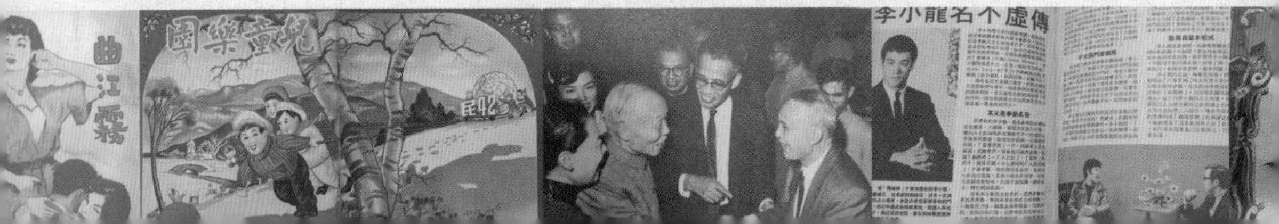

唯性史觀齋主梁小中 …… 178
余過的《四人夜話》 …… 182
楊天成的《二世祖手記》 …… 185
顛倒眾生的《中區麗人日記》 …… 189
香港奇案實錄作家第一人 …… 192
陳非和他的《三狼案》 …… 195
香港黑社會研究書籍 …… 199
趙滋蕃寫《重生島》被遞解出境 …… 203
《蝦球傳》歷久不衰 …… 208
仇章的間諜小說 …… 213
陳潔如出書爆蔣介石內幕 …… 218
蘇絲黃控告《蘇絲黃的世界》 …… 221
馬雲「鐵拐俠盜」系列 …… 226

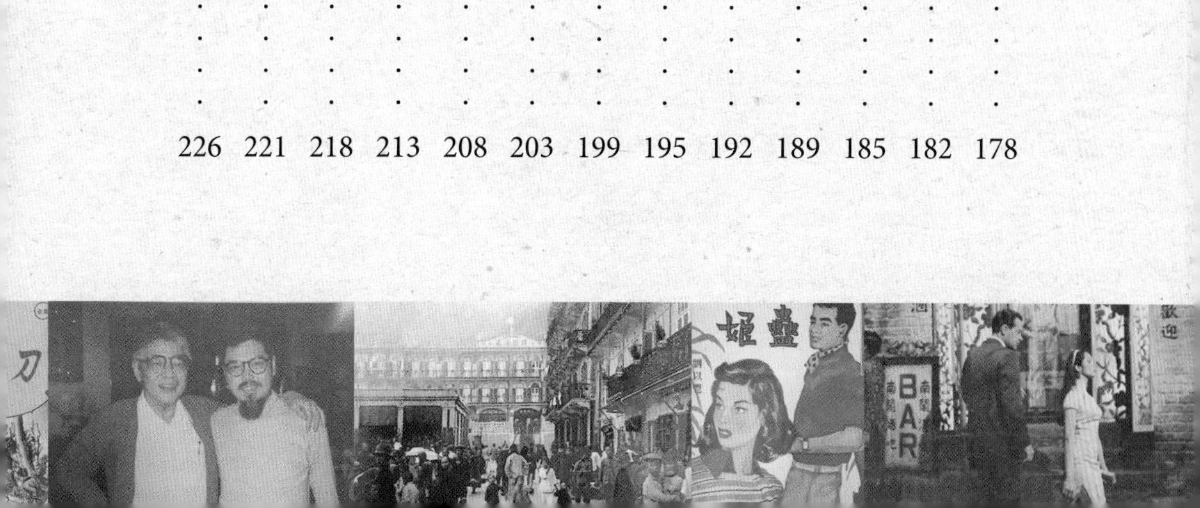

任護花的「中國殺人王」系列小說 …… 230
誰是「我是山人」？ …… 233
《漫畫世界》——漫畫人的搖籃 …… 238
公仔書三寶——《財叔》、《神筆》、《神犬》 …… 242

第二章 報壇佳話——報刊雜誌篇

香港報業一百八十年 …… 246
一筆橫跨五十年——話羅斌 …… 253
李我、鄧寄塵登報道歉 …… 257
靈簫生、筆聊生、怡紅生 …… 261
珍貴卻被遺忘的文學副刊 …… 265
吳灞陵珍藏——庸社文獻第一種 …… 270
紫微楊、王亭之世紀筆戰 …… 277

一九六七年創刊的《香港電視》週刊……281
娛樂週刊的黃金年代……289
「嚤囉街」撿到《中國學生周報》創刊號……293
《兒童樂園》創刊號天價易手……297
收藏家追求《良友畫報》合訂本……301
《素葉文學》四十年……305
香港最長壽雜誌《春秋》壽終……308

第三章 掌故回味——生活篇

一百年前的香港相簿……314
香港第一份廣東話報紙……320
戰後的購米證和經濟食堂……324
陳年香港電影戲橋……328

字花檔遍地開花 332
戰後香港第一個青年文社 336
吳公儀、陳克夫比武的歷史文件 342
法官移師杜月笙公館審案 347
六七暴動文宣大戰 351
神州書店老闆販書追憶 364
香港「書神」許定銘 369
金庸在《碧血劍》上題簽 372
黃永玉記掛着的豉油畫 375
岑凱倫和依達 382
跟余光中去拜祭蔡元培 386
蔡炎培「密碼詩」激起千重浪 392
周永新幫父親送稿 401

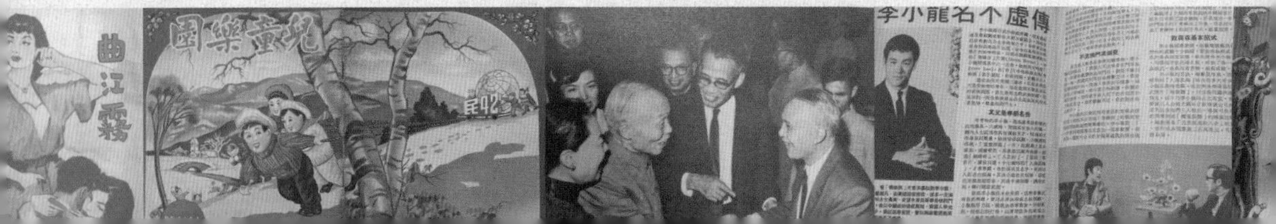

鄧永鏘爵士的「遺書」……404
老夫子女朋友「陳小姐」來了！……407
藏書家十三車藏書當垃圾……410

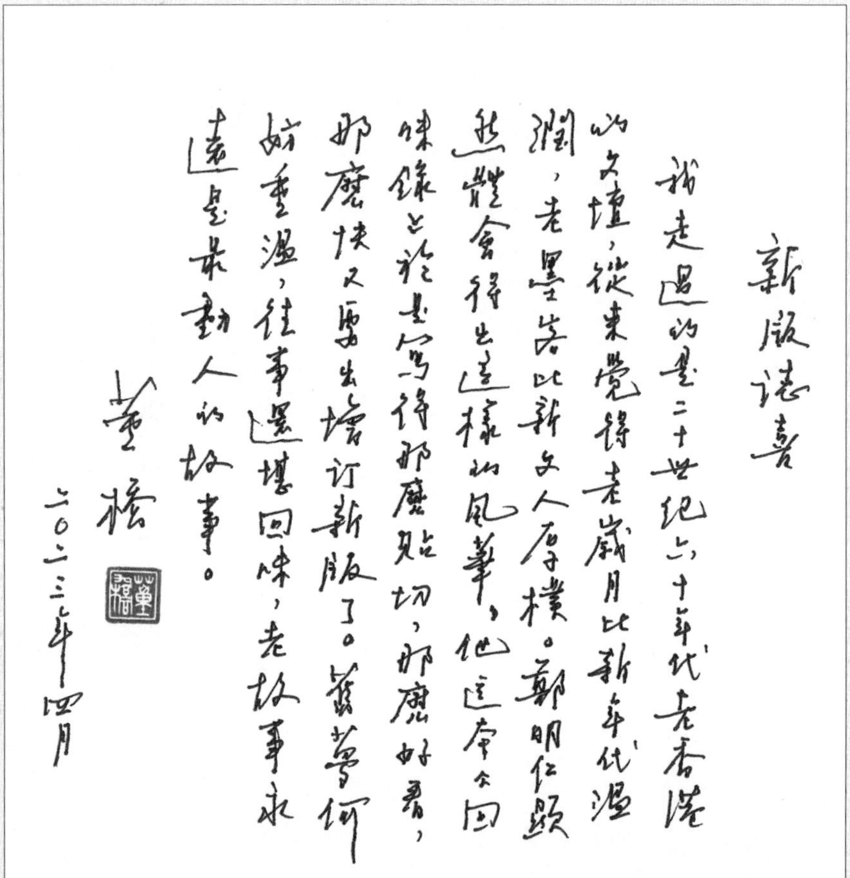

新版誌喜

我走過的是二十世紀六十年代老香港的文壇，從來覺得老歲月比新年代溫潤，老墨客比新文人厚樸。鄭明仁顯然體會得出這樣的風華，他這本回味錄已經寫得那麼貼切，那麼好看，那麼快又要出增訂新版了。舊夢何妨重溫，往事還堪回味，老故事永遠是最動人的故事。

董橋

二〇二三年四月

董橋親筆題贈〈新版誌喜〉

新版誌喜

我走過的是二十世紀六十年代老香港的文壇，從來覺得老歲月比新年代温潤，老墨客比新文人厚樸。鄭明仁顯然體會得出這樣的風華，他這本《回味錄》於是寫得那麼貼切，那麼好看，那麼快又要出增訂新版了。舊夢何妨重温，往事還堪回味，老故事永遠是最動人的故事。

董橋

二零二三年四月

增訂版序

鄭明仁

《香港文壇回味錄》於二零二二年七月出版，來得及在同年香港書展首先發售，天地圖書並且協助安排筆者和香港中文大學樊善標教授在香港貿易發展局主辦香港書展的講座中對談，環繞本書內容，分享讀書樂趣。講座當天蒞臨的愛書人人數眾多，席上還有不少文化界、傳播界的良朋益友，台上跟台下熱烈互動，儼然一個分享舊書趣聞的閱讀嘉年華，當天盛況記憶猶新。新書銷售情況十分理想，出版幾個月後已缺貨，足見這類「想當年」的書籍仍然有一定市場。

書友讀過《香港文壇回味錄》後，都說內容吸引，鼓勵筆者多寫及趕快出版第二版，天地圖書建議不如改出增訂版，筆者欣然應允，便在近期新寫的文章中挑選幾篇最愜意的收錄進去，在今年初夏出版增訂版。增訂版以普及本（平裝本）形式推出，方便捧讀。去年已買了精裝本初版的書友，今年不妨再買一本平裝本增訂版，軟硬各一，也是收藏的樂趣。

承蒙董橋先生替《香港文壇回味錄》初版題辭，今年他再為增訂版贈言誌喜，筆者無言感激！

感謝書友們和天地圖書的支持，讓《香港文壇回味錄》得以再版，讓更多讀者可以回味香港文壇美好的時光！

二零二三年復活節後

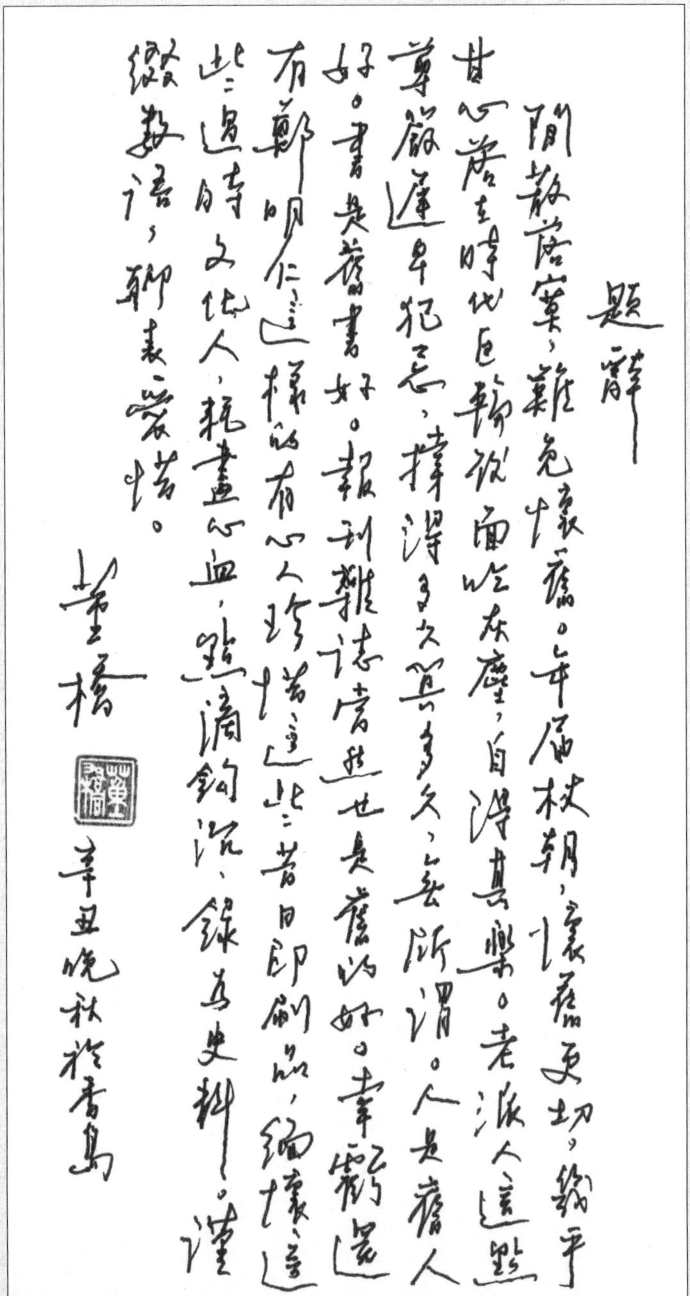

題辭

閒散居家，難免懷舊。年屆杖朝，懷舊更切，幾乎甘心落在時代巨輪後面吃灰塵，自得其樂。老派人這點尊嚴還是犯忌，撐得多久算多久，無所謂。人是舊人好，書是舊書好。報刊雜誌當然也是舊的好。幸虧還有鄭明仁這樣的有心人珍惜這些昔日印刷品，緬懷這些過時文化人，耗盡心血，點滴鉤沉，錄為史料。謹綴數語，聊表衷情。

董橋

辛丑晚秋於香島

董橋為本書題辭

題辭

閒散落寞，難免懷舊。年屆杖朝，懷舊更切，幾乎甘心落在時代巨輪後面吃灰塵，自得其樂。老派人這點尊嚴遲早犯忌，撐得多久算多久，無所謂。人是舊人好。書是舊書好。報刊雜誌當然也是舊的好。幸虧還有鄭明仁這樣的有心人珍惜這些昔日印刷品，緬懷這些過時文化人，耗盡心血，點滴鈎沉，錄為史料。謹綴數語，聊表愛惜。

董橋

辛丑晚秋於香島

序

樊善標
香港中文大學中國語言及文學系教授

鄭明仁老總退而不休，轉場再戰，陸續交出漂亮成果，實在是香港文學、文化研究的福氣。二零一七年首先出版《淪陷時期香港報業與「漢奸」》，董橋先生序說明仁兄「是藏書家也是讀書蟲」，果不期然，論著之後的第二本書就是舊書報見聞。

香港有文學、有文化，現已無須申辯。反而由晚清到晚近，因為地緣政治造就的自由奔放、人才薈萃局面，讓人不勝回首。當然這種局面並非有利無弊，就文學來說，當局長期寓管治於放任之中，雖然免於單一意識形態獨大，但無利可圖的「純文學」、「嚴肅文學」也難有安穩的一枝可棲。文學寄生於在商言商的報紙雜誌，被迫轉換面目，掙扎圖存。傳統的高雅氣度日益離地，入俗媚世方能謀得稻粱，這曾令很多文藝青年、中年、長者痛心不已。不過事後回看，那個時代仍有不少縫隙讓有心人在高雅和媚世之間遊走，甚至開出傳統所未有的新感性、新美感，亦可謂蕩氣回腸。

然而研究香港文學終究是吃力的事。其一是文學寄生地的報刊，留下來的內部資料太少，也太零散，諸如營運行規、人脈關係，都不是普通研究者輕易能夠掌握的。其二是初發於報刊上的作品即使結集成書，銷量往往有限，流傳不廣，數年之後就難以覓得了。明仁兄縱橫報海三十多年，由前線編採到高層管理都有親身體驗，兼又鍾情文學，蒐集舊書刊不遺餘力。幾年前在梁天偉教授主持訪談的《數風流人物——香港報人口述歷史》，讀到明仁兄憂慮「下一代已沒有了文學修養，看報紙都不能再學文學修養」，一位資深報人有此肺腑之言，令我深感震動。

二零二一年明仁兄為重新出版的今聖嘆《新文學家回想錄》撰序，用上「余生也晚」的話，有未及見前輩的遺憾。我生更晚，讀到文壇追憶、書報話舊類的好文章，也輒興此歎。如果不是曾在盧瑋鑾老師提示下，和熊志琴博士一同研究《新生晚報》，恐怕不會知道當年由三蘇主持的「新趣」副刊如何人才濟濟，由歷史學家今聖嘆、上海小報健筆司明，到破空而出的十三妹，無不獨當一面，當然還有化身千萬的三蘇（筆名有經紀拉、小生姓高、許德……）。其實人才濟濟又怎限於《新生晚報》？眾所周知，葉靈鳳早在四十年代已坐鎮《星島日報·星座》，梁羽生和金庸在成為新派武俠小說宗師之前，也都主編《新晚報》副刊，劉以鬯編《香港時報》、《快報》、《星島晚報》，既拿得出自己的作品，也培養了西西、也斯等後起之秀。

香港的報業和文學密不可分，明仁兄在兩方面都有深入認識，近年終於願意發為文字，與眾共享，遙繼黃俊東先生《書話集》、《獵書小記》，近與許定銘先生《醉書》諸作、馬吉先生「部落」文章，各顯神通，開人眼界——用一句非常切合今天的老話來説——可謂功在桑梓。叩謝叩謝。

序 美髯公書話・必讀

許定銘
香港著名書評家、作家

專研歷史的鄭明仁老總，在《淪陷時期香港報業與「漢奸」》面世後，筆調一轉，寫起書話來，在報紙的專欄上時時見刊，大受歡迎，迅即成為書話專家。

忽爾數載，明仁告訴我要出書話集了，囑我寫點甚麼，並傳來他要出版的目錄。打開一看，書話竟達數十篇之多，看來新書該有磚頭那麼厚，當是香港近幾十年來的書話之最了，難得！

未讀書話，先看了書前明仁寫的代序〈半世紀獵書小記〉，原來老總自中學畢業後已愛上買舊書和老資料，一有暇即到本港各地的舊書店買書，前半生的「搜書記」寫的是香港愛書人的痴戀故事，一路走來如痴如狂，是說不盡的辛酸與喜悅。如此瘋狂半世紀後，終於要從半山的老書庫遷出，到城市花園撐起「老總書房」，讓有緣人來相聚，讓老書們有個流傳的歷史！

老總愛書，如今是人人都知道的了。但，老總對借書的慷慨，大家卻未必知悉。二零一二年，老總在舊書拍賣會上，以數千元搶得黃俊東私藏的孤本文學副刊——《文庫》，那是一九三一至三二年間，香港《工商日報》文學副刊的抽印合訂本，是該報編輯的私藏品。茶敘間談起，他見我羨慕的神色，二話不說，把精品遞過來，讓我先讀，並讓我寫了〈孤本文學副刊〉（見拙著《香港文學醉一生一世》），在「書與老婆不借」的圈子，如此慷慨，令我感激不盡。

老總的書話是純香港而非純文學的，其內容包羅萬有，嚴肅地談新發現的，如〈吳公儀、陳克夫比武的歷史文件〉、〈董橋罕見的翻譯作品〉等；談舊書舊物的，如〈黃永玉記掛着的豉油畫〉、〈李我、鄧寄塵登報道歉〉等；寫近年書值飛升的，如〈金庸、董橋舊作天價成交〉、〈青文叢書成搶手貨〉……等，全以香港作為重點，不僅資料珍貴，趣味濃厚，而且都是愛護香港市民所關注的，想讀到的，實在難得。

談老總的書話，必然記起他那所全無通道的康怡書室、愛書人與學者常至的老總書房，和大家總是記得的「老總」、「老總」。其實，令我念念不忘的，是他那把飄逸的「美髯」，最後我要提提的，是：

美髯公書話，必讀！

代序　半世紀獵書小記

鄭明仁

筆者一九六七年升讀中學，開始讀一點課外書，主要是看《讀者文摘》。中五會考要讀很多數理化科目的參考書，因此經常到旺角奶路臣街、花園街一帶買書。最常去的兩家書店，一家是花園街的友聯，另一家是奶路臣街漢榮書店樓上的寰球。友聯有自己出版的《友聯活葉文選》，它把古文經典拆散來賣，可獨立買一篇文章，售價僅一角幾毫，這是照顧窮家孩子買不起新書。另外，友聯獨家代理台灣出版的《科學月科》，是理科學生的至愛。

到寰球書店買書，是貪它有折扣，但要忍受書店老闆李劍峰的淩厲眼神。在挑書時總是感到李老闆全程在背後盯着你，心理壓力很大。你想把書「插」回書架時，李老闆的手就會忽然出現快速把書搶過來然後小心翼翼放上架，怕你毀了他的書。我們從沒見過李先生笑，學生們上寰球書店像上戰場一樣，戰戰兢兢。不過，李老闆對付莘莘學子的手段，遠遠不及灣仔南天書店老闆那麼「絕情」，後文再交代。

上大專後，開始涉獵各方面的書，幾乎甚麼書都看，余光中、瓊瑤、郭良蕙、柏楊、李

「何老大」在上海街的書店，舊書堆積如山。

「何老大」站在上海街他的「書山」外面

敖、殷海光……等台灣作家的書都看，即使不買也打書釘看個飽。那時候是旺角書業最活躍的年代，二樓書店一家接一家出現，記憶所及便有：南山、洪葉、文星、田園、樂文、東岸、香山學社、新思維、愉林、梅馨等，加上地下舖的新亞（後來搬上樓）、復興、廣華、實用、漢榮、學津、精神等，再添上附近的大東、齡記、世界書局，旺角稱得上是書商（香）撲鼻。

幾街之隔的上海街有一家「怪」書店，它沒有店名，只知道老闆叫做「何老大」。與其叫它做書店，不如用「書山」來形容它更切合，因為整間舖已給一捆捆的書籍堆到天花頂，你只能擔梯像爬山一樣爬上書山無目的地找書，而且書是要一捆捆的賣，即使你只看中其中一本，也要把其餘的買下。何老大原名何庚生，在內地時是上海商務印書館的收賬員，負責在華南地區收賬，來港後繼續做賣書老本行。他的書主要來自結業出版社的清倉貨，何老大當廢紙買入，漸漸便堆積如山活像廢紙倉。我每次經過都見何老大在店門口打瞌睡，不敢驚動他，因此無緣爬上書山尋寶。據説書山有一次發生火警，消防員到場射水，把書都浸濕了，何老大才忍痛把書當廢紙賣掉。

奶路臣街德仁中學旁邊「肥佬羅」的舊書檔也值得一記。肥佬羅是退役「國軍」，認識很多撿破爛的收買佬，經常收到他們送來的各種各類舊書，有時一元幾角便可買到一些絕版書。附近復興書店老闆是肥佬羅的女婿，他會挑一些較新淨賣得起錢的舊書給女婿賣。

新亞書店老闆蘇賡哲是香港的「書神」，神者，神乎其技也。他像百貨公司的頂級買手，早年每天中午四出尋書買書，黃昏一捆兩捆的拿回新亞，店外早已有一班老友等着他，他們按年資先後順着次序揀書。實用書店老闆龍良臣年紀最大有優先權，然後是方寛烈、黃俊東、許定銘等等。蘇賡哲挑回來的書，肯定是好東西，各人都能滿載而歸。

書神也有失手時候，話說六十年代某年某天，古籍專家衛聚賢捧着有張大千眉批的四冊《永樂大典》到新亞書店找蘇賡哲求售。張大千用毛筆寫上：「此乃國寶也，當焚香沐浴而觀之。」衛聚賢索價港幣二千元，蘇老闆說新亞當時舖租每月才六百元，要用三個多月租金來買四冊書，不太划算，婉拒了衛聚賢。今天，《永樂大典》已是稀世奇珍兼國寶，上億元也找不到一冊。還有一件走寶的事，蘇賡哲和司徒華及香港中文大學教授羅球慶早年合資在旺角西洋菜南街買了一地舖單位開了集雅圖書公司，後來舖位以四百萬元轉售，每人喜孜孜分得過百萬元，豈料同一舖位今天市值是二億六千萬元。兩次「走寶」經歷，蘇賡哲說來很輕鬆，沒有半點牽掛。「天跌下來當被冚（蓋）！」這是蘇老闆的處事態度，但這種態度卻沒有窒礙他的應變思維，十多年前他眼看書業愈來愈不景氣，竟然給他想到舊書拍賣這條生路，今天他的新亞書店已成為香港舊書拍賣的龍頭大哥，我每次都參加競投，收穫也算豐富，主要收集香港早年印刷品，有些已成珍品。

旺角區書店還有很多傳奇故事，寫也寫不完。九龍區常去的書店還有王敬羲在尖沙咀海防道經營的文藝書屋，我的文星叢書多是購自文藝。油麻地專營台灣書的集成書店也常光顧，記得它結業前清貨大減價，還特地去買了幾套佈滿灰塵的參考書。油麻地還有從旺角搬過去的實用書局，九十多歲的龍良臣去世前每天坐在店門口拿着書本打瞌睡，幾年前實用結業前我買了幾本廣東木魚書，實用從五桂堂承接下來的木魚書，數量是全港之冠。

鏡頭一轉，從九龍區的書店轉到港島區去。香港舊書店發源地應該是從中上環一帶開始，這跟香港開埠的歷史軌跡有關。以前中環半山區大宅大掃除，很多舊書便給收買佬賣到舊書店和舊書攤。早年上環摩羅街便有賣舊書的店舖和書攤，很容易便可撿到民國時期名人題簽的舊書。早年

旺角奶路臣街昔日的靠牆書攤

中環石板街康記稱得上是香港買賣舊書的元祖，六十年代已開業，因佔地利之宜，很多垃圾佬垃圾婆從大宅清理得來的書籍都交到康記那裏去，蘇賡哲每天便往康記走一次獵書，康記後來搬到荷李活道自置物業繼續經營。中環舊書店另外不得不提神州書店，老闆歐陽文利早年在士丹利街陸羽茶室附近買了一個地舖經營神州，由於書種多，不少更是絕版書，很受愛書人歡迎，我也在那裏買了很多香港掌故書刊。神州後來搬到柴灣工業大廈，地方大很多，一排排的書架有如圖書館；今天的神州仍大受歡迎，顧客來自內地和港台。多年前神州看中互聯網商機，一早已在孔夫子舊書網掛牌買賣舊書，因此「神州歐陽」在內地名氣很大。近年我還有上神州尋書，

早年荷李活道的康記，最右邊赤膊男子是店主李景康。

間中會找到有紀念價值的舊報刊。

港島區的書店逐漸往東移，灣仔的三益最著名，店主蕭先生很有辦法，早年收了很多書畫，張大千的也有。筆者光顧三益時已是八十年代末，好的東西已給識貨之人淘得七七八八。七十年代葉靈鳳、羅孚、高伯雨常到三益尋寶。三益起初只是在中環鴨巴甸街賣醬油，老闆蕭金每天需要用大量紙張包裹醬料，這些紙張多是過期年鑑和舊書刊，是蕭金當廢紙買回來，店內舊書刊愈積愈多。後來有舊書商發現這些舊書內容不少有研究價值，於是一批批買走，蕭金見舊書可以變鈔票，索性把醬油舖改為舊書店。蕭金和弟弟蕭安把舊書生意愈做愈大，兼營字畫碑帖。三益後來搬到灣仔，最後地址在軒尼詩道一七一

三益書店是灣仔軒尼詩道的傳奇書店

號地舖。我是比較後期才光顧三益，常見蕭安在看舖，那裏的書隨意擺放，東一堆、西一捆，能否買到心頭好，一切隨緣。蕭安後來舉家移民加拿大，三益也就關門大吉，軒尼詩道也就少了一家傳奇書店。

三益走後，灣仔道的波文書店是愛書人常去的書店，因為老闆黃孟甫翻印了大量內地和港台舊書，價廉物美而且多買多折扣。當然，波文也有不少正版好書，故能吸引大批愛書人流連。

波文後來忽然從灣仔遷往旺角先施百貨公司附近，起初也是賣文史哲書籍，但生意已大不如前，唯有把舖前靚位用來賣一些通俗小説和情色雜誌，沒多久便關門了。後來在街上碰見黃老闆，他告之執笠原因是之前印書太多，資金周轉不來。聞説波文欠下不少街數，債主到灣仔追數，黃老闆也只能叫他們隨便在店內拿書抵數。債主有一次取走兩大捆黃俊東寫的《書話集》，途中嫌太重把其中一捆棄掉。人算不如天算，《書話集》後來竟成奇貨，二零一零年新亞書店舊書拍賣，一本《書話集》成交價幾千元。一捆書大概有十本，債主一棄便幾萬元。

灣仔譚臣道的一山書屋和莊士敦道的青文書屋也很有名氣，一山由張嘉龍、陳冠中等人創辦，我在那裏買過幾本左翼學術書籍。灣仔青文的傳奇故事大家耳熟能詳，隨着店主羅志華十多年前春節期間在書倉不幸被書堆壓死之後，青文已成為香港文化人的集體回憶，青文出版的叢書更成為一眾文青追捧的讀物。近年很多年輕人都在找青文早年出版的叢書，特別是黃碧雲、也斯和丘世文的著作，但舊版青文叢書愈來愈少，幾成荒漠甘泉。

灣仔修頓球場對面二樓的南天書業公司，六七十年代大大有名，學生聞風喪膽。那個年代多人偷書，南天書店佔地廣，好書多但價錢貴職員又少，自然是「雅賊」下手熱門地方，老闆李吉如不勝其擾施展「妙計」，凡偷書被當場逮着者有兩條路選擇：一是報警拉上警署；二是寫悔過書。不想送官究治便要寫悔過書連同近照貼在書店當眼處公告天下。多數人選擇寫悔過書，久而久之，店內的悔過書便愈積愈多。

早年灣仔尚有許定銘經營的創作書店，和黃仲鳴集資開的華人圖書供應社。創作後來搬到北角《成報》毗鄰的七海商業中心，我就是在那裏認識許定銘，後來成為好朋友，他的書話故事比我更豐富。北角渣華道有家樓上書店叫做青年書店，掌店是位長者陳先生。小小一間毫不起眼的書店，竟然是南懷瑾作品的香港總代理。在那裏你還可以找到很多方寬烈影印寄賣的文學資料，這些當年不屑一顧的影印本，多年保存下來又是珍貴資料，幸好我收藏了不少。

港島區還有一間歷史悠久的二樓書店，就是中環租庇利街的上海印書館，它經歷昭隆街、威靈頓街年代，已超過六十年。在上印買書往往有驚喜，店主久不久便從倉庫找出罕見舊書，徐訏早年的作品長賣長有；香港美國新聞處早年翻譯出版的「今日世界叢書」，上印可能是獨家經銷，到今天還可以買到幾本。

半世紀走過來，斷斷續續光顧了無數的書店，享受過香港書業的黃金日子。香港曾經是讀書的福地，要看甚麼書便有甚麼書。如果說書中自有黃金屋，那麼香港曾經是遍地黃金。舊書店消失得八八九九，幸好有新的獨立書店接上，但風景已不一樣。無論如何，感謝曾經艱苦經營書業的前輩，更要感謝還在堅持開店的朋友，沒有你們，年輕一代不知道香港曾經是書香撲鼻的城市。

買書、讀書、藏書的時光在我人生路上留下深刻印記，懷緬過去常陶醉，但半世紀積累下來數以為萬計的圖書，必須趁早為它們找尋新的主人。二零一九年，我在北角城市花園商場租了一個舖位，開了一家書店，名為「老總書房」，藏書可以賣便賣，送便送；也可以向來訪的年輕一代介紹香港曾經出版過的書刊，向他們說一聲：昔日香港的書業是那麼多姿多彩、百花齊放。

幾年來，報界前輩、文壇和書界好友都鼓勵我把半世紀獵書見聞，以及與香港報人和文人交往趣事結集出版。眾人三催四請，只好「唯命是從」，最後得到香港天地圖書玉成其事，並且由編輯部為本書取名《香港文壇回味錄》。香港文壇浩瀚無邊，我只能在文江學海掬取點滴作為讀書筆記，聊以自娛，然所記的人和事，足堪回味。《香港文壇回味錄》承董橋先生題辭、樊善標教授和許定銘先生賜序，頗多溢美之詞，感激三位大師和諸友鼓勵。希望「回味錄」將來能夠出版二集、三集，真正做到「回味再三」。

第一章

淘書趣談

圖書篇

金庸、董橋舊作天價成交

文章何價？這要視乎作者的江湖地位和被追捧的程度，市場自有它的指標，說來好像很市儈，但現實確是如此。

近年香港文人手稿和著作的拍賣成交價屢創紀錄，以天價來形容也不誇張。二零零九年張愛玲一封只有七十五個字的親筆信以港幣五萬多元成交，首創香港新亞書店名人書稿拍賣紀錄。張愛玲之後，金庸（查良鏞）和董橋的書稿接力登場，拍賣價幾何級數上揚。本地一兩位藏家近年把金、董的手稿和舊作拿出來拍賣，這些舊東西以前沒人當寶，今天可是萬元難得。金庸一頁武俠小說手稿成交價高達十六萬，董橋一頁毛筆寫的信落槌價逾四萬元。只要是金、董二人的親筆字跡，那怕是簡簡單單幾個字連簽名，買家都追個不亦樂乎，這個熱潮要拜內地金迷董迷湧現所賜。

除了手稿、書信外，金、董的老舊作品亦給捧上天，以二零一七年十月的新亞拍賣成交價為例，金庸一九六一年的武俠小說《鴛鴦刀》，薄薄一本（九十頁）竟以四萬元成交，還未計百分之十五的佣金，這本書當年出版時只賣八毫子！還有令人更加咋舌的，查良鏞一九五六年以筆名「林歡」出版的《中國民間藝術漫談》，又是薄薄一本，二零一七年初的成交價連佣金達七萬元，這本書有查良鏞的親筆簽名，送給「費先生」，是給時任大公報社長費彝民。董橋的《在馬克思的鬍鬚叢中和鬍鬚叢外》，拍賣價三級跳，二零一七年以一萬元成交；二零一八年十一月另一次拍賣，以五萬五千二百元成交（連百分之十五佣金）。

金庸武俠小說成交價高處未算高，現在等閒四至五萬元一套，版本愈早期愈貴。我們父輩以前讀《神雕》、《射雕》，很薄一本，每本三集，今天每套至少值四萬，當然品相要比較好，但溶溶爛爛的也值三

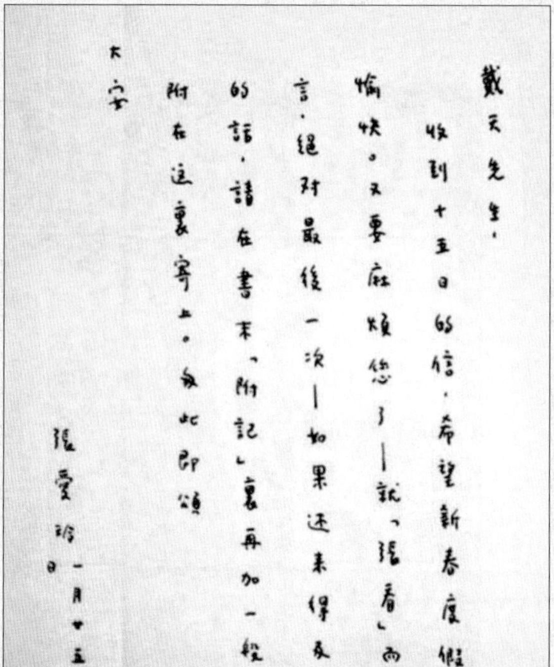
戴天先生：
收到十五日的信，希望新春度假愉快。又要麻煩您了—就「張看」而言，絕对最後一次—如果还来得及的話，請在書末「附記」裏再加一段，附在这裏寄上。匆此即頌
大安
張愛玲 一月十五日

張愛玲一封信於二零零九年新亞書店名人書信拍賣，以五萬多元成交。

一本《鴛鴦刀》拍賣價逾四萬元

董橋的《在馬克思的鬍鬚叢中和鬍鬚叢外》，炙手可熱，成為舊書拍賣的神話。

幾千。舊日香港家庭總有幾本金庸小說，有些看完拿來墊煲底「攝」櫈腳，或者看完即棄，能完整留下的沒多少套，各位不妨翻箱倒籠，說不定老人家收起了幾套金庸初版小說益你呢。

以前閱報喜歡把自己愛讀的文章剪下，儲存起來方便日後重溫。如果是名家的小說或文章，幾十年後仍然能夠保存下來的，到今天可謂彌足珍貴。幾年前有一位金庸武俠小說資深讀者，把一大沓《倚天屠龍記》的剪報拿到香港新亞書店舊書拍賣會拍賣，竟然以十一萬五千元高價拍出，買家連佣金要付十三萬二千元。《倚天屠龍記》一九六一年七月六日開始在《明報》連載，每天都有雲君的插圖，至一九六三年九月二日大結局，一共連載了七百八十九天。這位金庸迷每天剪報，難得是一期不缺，否則便前功盡廢。他把剪報集合成九本冊子，保存了五十年。這個剪報集未必是世上孤本，但肯定非常稀有，因此買家認為是「執到寶」。

《倚天屠龍記》剪報集價值不菲

金庸小說至罕版本

馬來西亞朋友在二零二二年年底於馬來西亞替我覓得一套最舊版本的金庸武俠小說，那就是《神鵰俠侶》普及本，全書一百一十一冊，除了有幾冊的封面比較殘舊之外，其餘百多冊的品相接近完美。

資深金庸小說迷、金庸小說版本專家鄺啟東看過我手上這套《神鵰俠侶》之後，給予九十分的評分。他說這套小說已有六十多年歷史，當年每星期出版一冊，要儲齊一百一十一冊，中間沒有脫期，實屬難得。普及本是金庸武俠小說最舊（不計在報紙上連載的報紙版）、最薄的版本，當年一冊零售三角（三毫子），薄薄的只有二十多頁，攜帶方便，書迷一般會把它插在褲後袋，隨時拿出來看。當年這些消閒書往往是看完即棄，老人家有時會拿它來墊枱腳，即使能保留下來，幾次搬家便會被當作廢物清走。今天要在香港覓得一套百多冊的普及本金庸小說，雖沒有駱駝穿針眼那麼難於登天，但還是要得到幸運之神眷顧，很多金庸迷尋尋覓覓了幾十年也沒有機會找到。懂門路的香港藏書家十多年前已轉去東南亞國家尋寶，筆者幾年前已聞悉馬來西亞有藏家準備放售一批舊版金庸小說，但對方遲遲不肯開價。二零二二年年底大馬書友忽然通知我稱其友有一套普及本《神鵰俠侶》出售，對方開價頗為合理，我馬上買下來。

五、六十年代香港盜版翻印武俠小說的情況非常猖獗，金庸的《書劍恩仇錄》、《射鵰英雄傳》、《碧血劍》未出書已被人爬頭盜版翻印，這類第一時間的盜版被稱為「爬頭版」。當年金庸每天在報紙寫一千字，每七天就被人結集盜印；他在《新晚報》連載的小說原是由三育圖書公司結集出版，但三育為求精益求精，重新校對，改正錯別字，大安旨意下，三育未出正版，奸商已推出爬頭版，賣到成行成市，查大俠也無可奈何。

一九五九年五月二十日《明報》創刊，老闆查良鏞從創刊第一天開始，便以筆名「金庸」寫《神鵰俠侶》，坊間一眾專做翻版生意的出版社早已摩拳擦掌，準備在《神鵰俠侶》於報紙連載七天後便爬頭開機翻印，再撈它一筆；可是今次查良鏞學精了，決定自己飲頭啖湯，把盜版奸商殺個措手不及。因為《神鵰俠侶》在金庸自己的報紙連載，剛好鄺拾記負責替《明報》發行報紙，因利乘便，金庸便授權鄺拾記出版兼發行《神鵰俠侶》普及本，七天出一冊。鄺拾記近水樓台，當金庸剛在報紙上完成七天小說，鄺拾記幾個小時內便可以把普及本送到市面，爬頭版從此絕跡江湖。

一九七零年三月至一九八零年年中，金庸分幾次把自己的武俠小説作全面修訂，把他認為寫得不好的段落刪去或者整章重新再寫，這就是我們所稱的「修訂版」和「新修訂版」，也可以簡單叫做「新版」，而以前的通稱為「舊版」。有人喜歡金庸的新版，但更多人喜歡舊版。鄺啟東説新舊版本各有優點，但追求原汁原味、喜歡雲君插圖者當然喜歡舊版。金庸老友倪匡生前説過：「金庸似乎有意只讓他改過的作品傳世，而讓第一次出現在讀者面前，迷住無數讀者的原作淹沒，這實在對讀者很不公平。」倪匡還説由於金庸早封筆，他以前所寫的每一個片斷，都寶貴無比。倪匡乃智者，我相信智者之言。

金庸武俠小説無遠弗屆，全球多個國家都有翻譯本。二零二三年四月，朋友給我帶來幾本印尼文的金庸武俠小説，上網查資料，才知道五、六十年代開始，印尼已有大量香港武俠小説的翻譯本。印尼華裔喜歡看香港武俠小説，奈何華僑子弟很多都不懂華語，幸好有一批精通印尼文和中文的華僑，先後把大量香港出版的武俠小説，包括梁羽生、金庸和古龍等人的作品翻譯成印尼文，這些小説先在報章雜誌連載，然後出版單行本。初期的印尼文香港武俠小説，都沒有印上原作者的名字，翻譯者的姓名卻放在顯眼位置。舉例説，印尼文版的《書劍恩仇錄》與《碧血劍》在一九五八年發表時，印尼讀者都不知這是金庸作品，他們只知道譯者是OKT，OKT是印尼著名翻譯家黃金長（Oei Kim Tiang）的筆名。到了八十年代，金庸小説改編的香港電視劇在印尼大受歡迎，金庸大名家傳戶曉，他的名字才在重印的單行本上出現。

根據網上資料，戰後印尼的武俠小說翻譯家有黃金長、黃安淑、顏國梁（Gan K.L.）、王平安（O.P.A.）、忠心 (Chung Sin)、S.D. Liong、郭運慶（Kwee Oen Keng）、無名玉（Bu Beng Giok）、文武（Wen Wu）、郭賢龍（Kwee Hian Liong）和曾熒球（Tian Ing Djiu）等，比較著名的是黃金長、顏國梁和曾熒球。友人給我的印尼文《天龍八部》，便是由顏國梁翻譯。筆者不懂印尼文，顏國梁譯得好不好，不敢置喙。印尼文武俠小說的讀者主要是土生華人，他們很多是閩南人的後代，因此翻譯所使用的譯名都是閩南音譯，例如《天龍八部》書名便譯做 *Thian Liong Pat Poh*。

筆者手捧一百一十一本最舊版的《神鵰俠侶》

一九五九年五月二十日　星期三　農曆己亥年四月十三日　（8）

神鵰俠侶　金庸　雲君插圖

一：深宵怪客

「越女採蓮秋水畔，窄袖輕羅，暗露雙金釧。照影摘花花似面，芳心只共絲爭亂。雞尺溪頭風浪晚，霧重烟輕，不見來時伴。隱隱歌聲歸棹遠，離愁引着江南岸。」

這一首「蝶戀花」詞，是北宋大詞人歐陽修所作，寫的是越女採蓮的情景，雖只寥寥六十字，但季節、時辰、所在、景物，以及越女的容貌、衣著、首飾、心情，無一不描繪得歷歷如見，下半闋更是寫景中有敘事，敘事中夾抒情，自近而遠，餘韻不盡，的是大詞人手筆。

看官，歐陽修在江南爲官甚久，是以江南風物，盡如藏之胸中一般。想那江南春日楊柳，初夏櫻桃，固是令人迴腸蕩氣，而秋水盈盈之時，小溪中紅妝少女共採蓮子，那情懷更是醉人如酒。

且說南宋理宗年間，江南湖州有一個小鎮，叫做雙溪。時近中秋，荷葉漸殘，蓮肉飽實，鎮旁小溪之中，有五個少女坐著小船，和歌嬉笑，盪舟採蓮。這五個少女中有三人是十五六歲上下，另外兩個卻都只有九歲。這兩個幼女是中表之親，表姊姓程，單名一個英字，表妹姓陸，名叫無雙。兩人只相差半歲年紀，可是程英秀雅文靜，陸無雙却是十分的活潑，兩個兒性格截然不同。

那三個年長少女唱着歌兒，把小舟從荷葉叢中盪將出來。程英道：「表妹你瞧，這怪老伯伯還在這兒。」一說着伸手指向垂柳下的一人。那人滿頭亂髮，鬍鬚也是蓬蓬鬆鬆如刺蝟一般，鬚髮都是油光烏黑，照說年紀不大，可是滿臉皺紋深陷，却似個七八十歲的老翁。他所穿的衣服更是奇特，上身套着一隻千穿百孔的麻袋，下身却穿了一條九成新的錦緞女褲，褲腳邊兒上還繡着一對對的蝴蝶。他右手拿着一個小孩兒玩的搖鼓，不住價咯咯的搖蕩，雙眼向前直呆呆直瞪。陸無雙道：「這瘋子在這兒坐了三天啦，怎麼肚子不餓？」程英道：「唉，別叫他瘋子，他聽見了要生氣的。」陸無雙道：「他生氣那才好看呢。」從小舟中拿起一個蓮蓬，往那怪人頭上擲了過去。

小舟與那怪客相距約有八九丈遠，陸無雙年紀雖小，手上勁力竟自不弱，這一擲也是甚準，程英叫了聲：「表妹！」待要阻止，已然不及，只見那蓮蓬挾着一股勁風，逕往怪客頭上飛去。那怪客頭頸一昂，已咬住蓮蓬。（一）

一九五九年五月二十日　星

神鵰俠侶　金庸　雲君插圖

一：深宵怪客

「越女採蓮秋水畔，窄袖輕羅，暗露雙金釧。照影摘花花似面，芳心只共絲爭亂。雞尺溪頭風浪晚，霧重烟輕，不見來時伴。隱隱歌聲歸棹遠，離愁引着江南岸。」

還在這兒。」一說着伸手指向垂柳下的一人。那人滿頭亂髮，鬍鬚也是蓬蓬鬆鬆如刺蝟一般，鬚髮都是油光烏黑，照說年紀不大，可是滿臉皺紋深陷，却似個七八十歲的老翁。他所穿的衣服更是奇特，上身套着一隻千穿百孔的麻袋，下身却穿了一條九成新的錦緞女褲，褲腳邊兒上還繡着一對對的蝴蝶。他右手拿着一個小孩兒玩的搖鼓，不住價咯咯的搖

《神鵰俠侶》一九五九年五月二十日開始在報紙連載

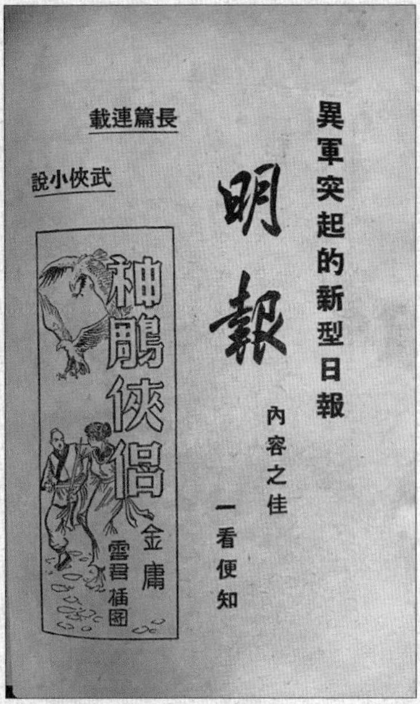

《神鵰俠侶》宣傳廣告

《神鵰俠侶》印尼文翻譯本

《神鵰俠侶》第一集和第一百一十一集封面

藏書界的「董橋二寶」

收藏董橋的著作，說難不難，說易不易，過程都是充滿喜樂和感恩。和董橋結緣始於一九九九年年底，我加入董橋擔任社長的報社工作，直至二零一一年我離開工作崗位，前後十一年有多，除了假期之外，我們幾乎每天朝夕相處，晚上也在公司飯堂共膳。在這十一年裏，董橋筆耕甚勤，香港牛津大學出版社替他結集多本著作。

我的辦公室就在董橋的隔壁，有事請教他很方便，晚飯時間就是聽董橋講故事的至好時光，從他如何因為要躲避印尼排華坐船到台灣升學，然後到英國大學做研究兼在英國廣播公司（BBC）工作，娓娓道來。我特別喜歡聽董橋講在英國舊書肆尋寶的故事，倫敦查令十字街（Charing Cross Road）和大羅素街（Great Russell Street）一帶的舊書店是董橋經常流連的地方。一九九七至一九九九年我在倫敦生活了兩年，董橋去的書店我大多去過，只是沒有像董橋般跟老店主那麼相熟，也沒有董橋那麼識貨，因此我尋得的都是一般貨色。幸好，董橋說的人和事，我都可以搭上嘴。董橋在書中說過冬天黃昏下班後乘火車從城裏返城外的家，我可以想像得到他手上一定拿着剛從老店主手上取得的好書。當年，我也經常在唐人街附近的萊斯特廣場站（Leicester Square Station）地鐵站乘北線（Northern Line）返家，手裏拿着的也是幾本從舊書店找來的書，此時此刻，我和董橋的心情是一樣的。

和董橋共事的十一年，我獲他簽贈的新書放滿一個小書櫃。他每出一本，我便收到一本，董橋每次都在書的扉頁寫滿字，每篇都是董橋式的散文，然後用小印章鈐上「董橋」兩字。收藏董橋的簽名和題字本，我佔了天時地利人和的優勢。起初，不覺得董橋親筆簽名題字是那麼矜貴；這幾年，兩岸三地的粉絲在舊書拍賣場上爭個你死我活，把董橋一些簽名版本推上天價。朋友說我發達了，我一笑置之。

藏書界公認董橋其中三本舊書最難找，這三本書是：《雙城雜筆》（一九七七年，文化生活出版社）；《在馬克思的鬍鬚叢中和鬍鬚叢外》（一九八二年，素葉出版社）；《小風景》（二零零三年，牛津大學出版社）。

二零零三年初版的《小風景》為二十四開精裝本，二零零九年再版為三十二開精裝。零三版的書度設計是董橋叢書之中最大、最特別，而且印量比較少，物以稀為貴，市面已不多見。多年前我在舊書店見一本買一本，每本索價一千元以上，前後買了三本，拿給董橋題字，連同董先生簽贈的一本，手上有四本大度《小風景》。董橋其中一本二零一零年題字云：

明仁兄書齋藏書萬卷，假日理書，竟得此冊，如見故人。此書絕版，網上熱炒，不可思議。或曰舊書如舊雨，交情恆在，證諸明仁際遇，信焉！

董橋

庚寅大寒前夕

這本《小風景》不知甚麼時候在哪裏覓得，買了便放在書堆一角，某天清理舊書竟被翻出來，應了董橋說的「舊書如舊雨，交情恆在」，是你的就是你的。

《雙城雜筆》是董橋第一本著作，是他七十年代客居英國時應香港《明報》邀請寫的文章，一九七七年由戴天的文化生活出版社結集出版。我手頭上的《雙城雜筆》是二零一零年十月二十六日從孔夫子舊書網競拍得來的。我記得當晚九時三十分截止出價，七時五十分最高出價還是人民幣五百元，豈料最後五分鐘，幾個人搶着出價，最後一秒我狠出三千元，結果告捷，我即時通和鄰房的董先生：「我得咗啦！」一個星期後董橋在我的戰利品上題書：

此三十三年前出版之第一本文集，時余客居英倫，老友戴天在港新辦出版社，黃俊東代選拙作編成一冊，列為開張新書，詎料稚嫩之作流傳至今，每見一次，臉紅一次，家中一本不存，網上時有上拍，所謂春風吹又生矣！明仁尊兄日前重金競

董橋的《小風景》初版

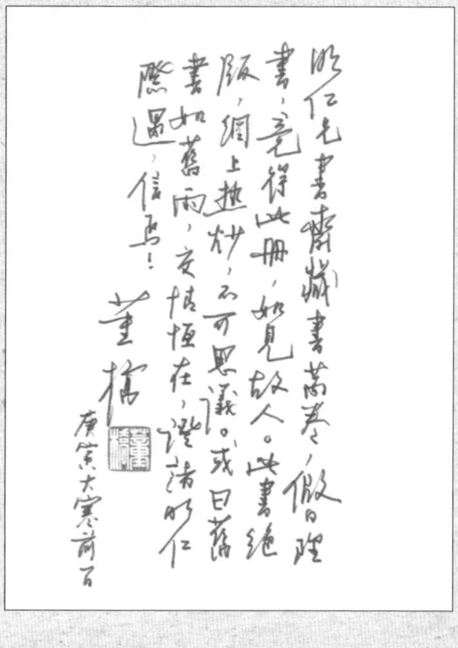

明仁先生書齋藏書萬卷，假日淘書，竟得此冊，如見故人。此書絕版，網上搶炒，不可思議。或曰舊書如舊雨，交情恒在，證諸明仁際遇，信焉！

董橋

庚寅大寒前日

董橋在《小風景》題字

得一冊，命余題跋，至感而恧，聊綴數語畧述文字誤之過云耳。

董橋
庚寅霜降後三日

一九九五年，銅鑼灣一家二樓書店的櫃枱旁，放了一大沓《雙城雜筆》，定價每本十元，乏人問津，今天幾千元也未必買得到。

「董橋三寶」最難得的是《在馬克思的鬍鬚叢中和鬍鬚叢外》，這包括在《素葉文學》雜誌連載的版本和之後出版的單行本。這本一九八二年素葉出版的單行本，由於印量少，當年在市面流通已不多，留傳下來的更罕有。近年在香港只在舊書拍賣會見過兩次，最近一次是二零一八年十一月在新亞書店的第二十四屆舊書拍賣會出現，十一月四日當天以底價三千元起拍，然後現場和電話委託的叫價以一萬、二萬、三萬、四萬的飆升，最後以四萬八千元落槌，連同百分之十五的佣金，成交價是五萬五千二百元，打破董橋單本著作的拍賣紀錄。這本書的其中一個加分賣點，是有董橋簽贈黃俊東幾個字。

我手上擁有的《在馬克思的鬍鬚叢中和鬍鬚叢外》單行本，是由文友陳進權兄以友情價割愛。得書後我找董橋題字，董先生當天很有興致，當面寫滿一頁紙：

張大千題畫詩云：丹青從不傷搖落，一任江城五月吹。丹青如此，書籍亦如此，此書一九八二年出版，至今三十六年依然健在，惟坊間難求矣，吾友明仁兄尋尋覓覓，搜求多年，終於得了一冊，謹題數語致賀致謝。

董橋

二零一八年十月二十五日　香島

我的《在馬克思的鬍鬚叢中和鬍鬚叢外》故事還有前傳，這個尋寶故事更加曲折。

二零一七年六月二十八日，行經上環荷李活道PMQ元創方，見露天廣場有文化展銷活動，入內見一青年正在陳列一些舊書籍，我認識這青年，曾向他買過東西，他家裏有不少舊香港紙品類收藏。青年甫見我出現即示我一沓《素葉文學》雜誌，包括創刊號及第二、三、四、六、八期。他說這六期收齊董橋《在馬克思的鬍鬚叢中和鬍鬚叢外》的最初版本連載文章，第五期和第七期沒有董橋的文章，故不影響其連續性。我打開一看，果然沒有花假。青年索價一萬三千元，分毫不減。董橋這輯文章我尋尋覓覓多年而不可得，今天竟然一次過出現眼前，豈能錯過！然而年輕人開天殺價，實在太貴了，討價還價不成功，我扮作不要也罷，轉身離去，走了十幾步還聽不到青年人叫停我，我知道是投降的時候了，死死氣回到青年人面前數鈔票，但傾囊也不夠錢找數，還要到附近銀行提款機提款。青年收錢後還臉有得戚，好像在笑我似　頭待宰的羔羊，死到臨頭還在扮嘢。那一天，我真的被青年人宰了一頸血。

但是你精我唔笨，小弟豈是省油的燈（有點驕傲）。當我看到素葉這六本雜誌時的第一個念頭是：「我一定要擁有它！」因為我有信心找到董橋就這輯文章寫點東西。果然，董橋給我的誠意打動了，寫滿一張五百字的原稿紙，董先生這頁手稿比那六本雜誌來得更珍貴，他寫出非常懷戀英倫的讀書生活，也「驚覺寫作生涯何其孤獨，何其荒寒」。我節錄董橋手稿部份內容：

《在馬克思的鬍鬚叢中和鬍鬚叢外》書名很長，十四個字，破了我所有書名的字數紀錄。那時候年紀輕，愛創新，愛特殊，愛搶眼，好極了，老了回望，不禁莞爾。關於馬克思的那些文章都參照七十年代旅居英倫時期的筆記寫的。倫敦大學亞非學院圖書館用功的情景恍如昨日。偶然去牛津劍橋圖書館看書的情景也恍如昨日……。學術實難。文章實難。窮一輩子心力可以點亮孤寂書案上一盞青燈，此生無憾。一個轉身，青春不再，歲月蒼涼，我竟還在書堆裏尋找我企慕的一點星光，一點月痕。鄭明仁找到這本小書當年發表的幾期《素葉》，囑我寫幾個字追憶往事，聊綴數語，畧記感舊。我真的非常懷戀英倫讀書生活。翻閱這本書，我驚覺寫作生涯何其孤獨，何其荒寒。

董橋

小記二零一七年七月十五深宵

這則「董橋小記」是典型的董橋式美文。喜歡董橋文章的讀者都被他那穿越古今中外的行文風格深深吸引，他寫民國名人風流韻事，加上一抹英倫月色，令人不知人間何世。劉紹銘説過：「董橋的書一天有市場，香港的讀書人一天不會寂寞。」每年香港書展，董橋總會到場逗留幾個小時替讀者簽書，長長的人龍，有來自香港、內地、台灣、馬來西亞……總之，有董橋，華文世界的讀書人就不會寂寞。

董橋在《馬克思的鬍鬚叢中和鬍鬚叢外》題字

董橋（左）在《在馬克思的鬍鬚叢中和鬍鬚叢外》題字後與筆者合照

董橋唯一一篇武俠小說

董橋四十年前寫的一篇武俠小說，到今天仍為人津津樂道。這是董橋唯一的一篇武俠小說，金庸當年看過後盛讚董橋寫得實在太好了，笑說要收他為徒。

這篇當年被政論家徐東濱形容為「前無古人，並且可能後無來者」的奇文，刊登於一九八三年一月出版的《明報月刊》，標題是〈薰香記〉，作者署名「編者」。小說刊出後，大家都在猜測究竟作者是誰？有人猜那是已封筆的金庸，亦即《明報》和《明報月刊》老闆查良鏞。有人猜是時任《明報月刊》總編輯董橋。有人說，如果是金庸寫的，何解不用真姓名？如果說是董橋寫的，卻從沒聽說過董橋寫武俠小說。一時間議論紛紛。眾聲喧嘩之際，徐東濱在一月三日於《星島日報》其專欄「灌茶家言」裏肯定地指出，〈薰香記〉的作者是董橋！徐東濱自有所本。他說讀到〈薰香記〉女主角「可香」出場時，「……眼神帶着一絲幽怨，嘴角邊似笑非笑，後頸上一條水紅絲巾將長髮鬆鬆綰了起來，還有幾綹則散在胸前，烏溜溜越發顯得一身靈氣」。這段文字似曾相識，翻查董橋的散文集《另外一種心情》，其中一篇文章〈訪舊〉找到這一段「她教的是西洋古典文學。那時大概三十幾歲。站在講台上，一股冷艷迫人欲醉。一頭紅黑色的濃髮，有幾綹老掉到臉上，老要用手招一招。那種動作也是冷冷的，淡淡的，有股媚勁。」徐東濱指兩段文字神韻並無二致，除非有人刻意模仿董橋。

董橋沒有公開解謎，直至幾年後他的散文集《這一代的事》出版，他把〈薰香記〉編入文集，也把徐東濱這篇〈評武俠小說「薰香記」〉一併載入，從此，〈薰香記〉這篇「前無古人，後無來者」的武俠小說，正式列入董橋文字族譜裏。

〈薰香記〉最奇妙之處，是它隱藏了一個秘而不宣的 hidden agenda，即使董橋在標題之前露了十二個字：「不管談判如何，且聽這回分解」，不是智者，亦無法參透這篇小說的玄機。徐東濱是智者，他給大家點透解謎。一九八三年七月中英雙方展開首回合香港前途問題談判，拖拖拉拉拖到第二十二個回合（二十二輪談判）才結束。董橋的〈薰香記〉於一九八三年一月發表，他用二千字以武俠小說敘事手法影射香港前途談判。借用徐東濱對小說的解讀：〈薰香記〉中的談判雙方是「那老大」（影射中共）和「碧眼海魔」（影射英國）；所爭執的主要是「薰香爐、寶劍、珮玉」（象徵港九新界）：而二人皆不甚着意於當年碧眼海魔搶走的那老人的女兒「可香」。在雙方鬥狠炫力之際：「……她（可香）回頭冷冷瞄了兩人一眼，右手衣袖一揚，連劍帶鞘劃過廳堂，插入放置薰香爐的長案上，隨即左手衣袖再揚，腰間珮玉唰的一聲飛向長案，緊緊繫在那名劍的劍鞘之上。薰香爐依舊散出裊裊青煙，廳堂上一片迷濛，可香微微一笑，淡淡的道：『二位自便！』轉身溶入念波堂外的蒼茫暮色之中。此時後院傳來家丁嘶啞的聲音，說道：『是上燈的時候了！』……」各位如要領會〈薰香記〉更多精彩之處，可自行找書來看，在此不贅。

二零二二年，我把手上的一九八三年一月號《明報月刊》拿到董先生面前，請他在〈薰香記〉上簽名鈐印，留個紀念。董先生對他這篇唯一的武俠創作小說，四十年後記憶猶深。他對我說：「小說出來後，查先生（金庸）給我一張字條，上面寫着：『你可以做我徒弟了。』」董先生說時笑容燦爛，我看得出，他很喜歡這篇小說。

在金庸眼中，董橋如果繼續寫武俠小說，必成大器，以董橋美妙文筆，當能另闢蹊徑自立門派。然而董橋不為所動，「武俠小說只此一篇，足夠矣」。董橋知道，金庸寫武俠小說，無人可以超越，但他相信自己的散文大有可為。幾十年來，董橋美文一篇接一篇，獎項一個接一個。很多年前，羅孚在文章裏已說過：讀散文一定要讀董橋。董式散文，獨領風騷！

一九八三年一月《明報月刊》用〈薰香記〉插圖做封面

董橋應筆者要求，在〈薰香記〉上簽名留念。

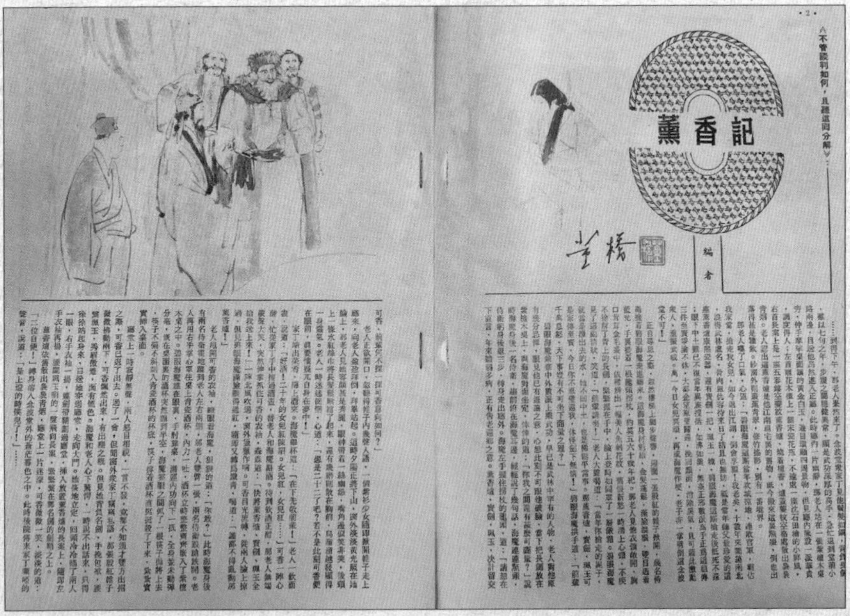

董橋在四十年前刊於《明報月刊》的武俠小說〈薰香記〉

董橋罕見的翻譯作品

董橋迷大抵知道「董橋三寶」是指《雙城雜筆》、《在馬克思的鬍鬚叢中和鬍鬚叢外》和大開本的《小風景》。董橋粉絲也應該知道董先生曾經翻譯過幾本作品，但接觸過這些翻譯版本的人不會很多，其中一本，連董橋的「私淑弟子」也說未見過。

董橋早年在香港替美國新聞處翻譯了一些美國名家的作品，經今日世界出版社出版的便有《約翰．斯坦培克》和《凱塞琳．安．泡特》，這兩部翻譯作品不太難找，網上間中可以買到。董橋另外兩本翻譯作品則非常罕有，分別是《再見，延安！》和《麻雀從不拋紙屑》，罕有程度尤甚於「董橋三寶」，或許因為是翻譯作品，受歡迎程度不及董橋原著。對於《麻雀從不拋紙屑》來說，還有一個不受歡迎的原因：翻譯者是董橋，但印在書上的譯者名字卻是「梁小喬」，所有人都走了眼！「梁小喬」的故事，二零二二年五月在香港和內地書壇引起漣漪，筆者是事件的始作俑者。

筆者多年前已知道董橋七十年代曾經「化名」翻譯了 Margaret Gabel 的 *Sparrows Don't*

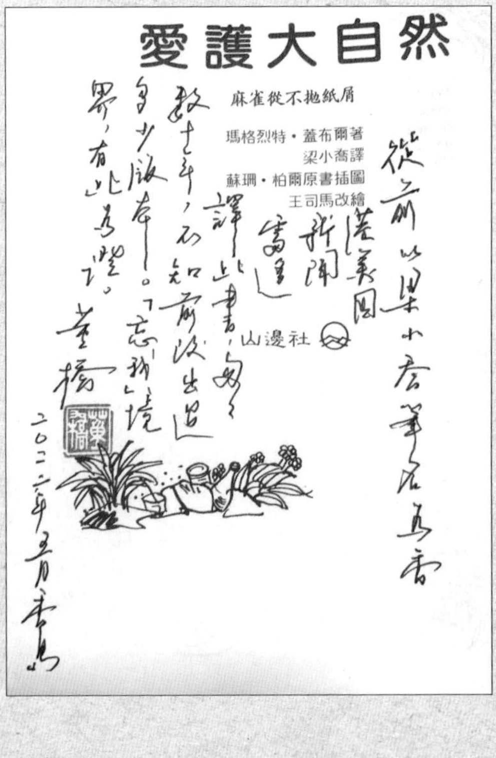
愛護大自然

麻雀從不拋紙屑

瑪格烈特・蓋布爾著
梁小喬譯
蘇珊・柏爾原書插圖
王司馬改繪

山邊社

從前以梁小喬筆名為香港美國新聞處選譯此書，匆匆數十年，不知前後出過多少版本。「忘我」境界，有此為證。
董橋
二〇二二年五月香港

《麻雀從不拋紙屑》一書，是董橋以「梁小喬」筆名翻譯的。他最近在書中題簽後，在書迷間引起熱議。

Drop Candy Wrappers，中文書名叫《麻雀從不拋紙屑》。原著作者以深入淺出的筆調，羅列生物與環境關係的種種問題。這部小書一九七二年由香港環保組織長春社出版，筆者一直緣慳一面。幾年前這本書在拍賣場以暗標方式拍賣，筆者失諸交臂，給另一位大藏家捧走。心想以後再沒有機會了，然而皇天不負有心人，二零二二年年初某天，香港三劍俠舊書拍賣群組竟然上拍此書，起拍價港幣五千元，價錢説高不高，説低不低，我暗中觀察先不出價，時間一秒一秒過去，競拍時間屆滿竟然無人出價，賣主收回。罕見書籍為何無人出價？可能是書的品相比較差。雖然拍賣主持人已明言此書的翻譯者「梁小喬」即是董橋，眾人還是半信半疑，《麻雀》不等人便飛走了。後來書主知道我與董橋相熟，一句「書給有緣人」便以友情價割愛給我。這本書是一九八七年第二版，書名大標題已改為《愛護大自然》，副題仍保留「麻雀從不拋紙屑」。為了行文方便，我統一使用《麻雀從不拋紙屑》。

之後，我在同一拍賣群以高價投得董橋另一本罕見譯作《再見，延安！》。我把《麻雀從不拋紙屑》和《再見，延安！》珍藏在書櫃暗角，直至二零二二年五月二十五日，我見新冠疫情稍緩，便到董宅探訪，請董先生在這兩本書上題字。董先生在《麻雀從不拋紙屑》扉頁這樣寫：

從前以梁小喬筆名為香港美國新聞處迻譯此書，匆匆數十年，不知前後出過多少版本。「忘我」境界，有此為證。

董橋　二零二二年五月　香島

拿到董先生題簽後，當晚便把書影和題字放上香港的書友群組分享。書友林曦徵得我同意把照片轉發到內地微信群組「夜書房」，馬上引起哄動。主持人胡洪俠連發兩帖品評，內地多個網站相繼轉載，「梁小喬即是董橋」的消息迅速在內地瘋傳。胡洪俠是內地資深媒體人、書界 KOL，更是董橋的私淑弟子，替董橋編過《董橋七十》，董橋常在朋友面前稱讚他。今次是私淑弟子第一次知道老師有梁小喬這個筆名，大感詫異。胡洪俠的帖文是這樣寫的：

香港林曦書友今天晚上在「夜書房」讀書群分享了幾張董橋先生最新的舊著簽題圖片，真讓人有意外之喜。其中我聞所未聞者，是董先生跋語中自陳他當年曾用「梁小喬」筆名為美新處譯過書稿。

董先生曾用筆名梁小喬出版譯作，我實在覺得意外又好玩，前天得到消息，即刻分享給眾書友。翌日醒來，意猶未盡，遂忍不住以微信請安之名打聽這筆名有何奧妙。董先生說：「筆名隨手亂取，內子姓梁，借來一用；『橋』字省去木字邊，當然聯想到大喬小喬了。古畫有《二喬並讀圖》，文氣十足，不妨吃吃小喬豆腐。」

這幾天到處網搜署名梁小喬的譯作，一無所獲，只好盯着鄭老總那本《愛護大自然》（麻雀從不抛紙屑）的封面圖片過乾癮。難道梁小喬只譯過這一本書嗎？我心存狐疑，只好再問。董先生説，這個名字「記憶中沒有再用過」。

董橋向私淑弟子首次公開筆名梁小喬的來龍去脈，梁小喬經董橋本人正名，從此便名正言順登入董氏著作系譜裏。這次「正名」事件，我和胡洪俠、林曦都沾上一點光采。

再説一説董橋最著名的譯作《再見，延安！》（*Good-bye, Yinan*），書成於一九七五年十一月，文章先在王敬義主持的《南北極》連載（刊登於第三十六期至第六十五期）。董先生在我帶去的《再見，延安！》題字：

四十七年前翻譯此書，從香港帶在手邊翻譯到英倫，每月在《南北極》連載，讀者追讀，老編高興。原作者效黎伉儷，我見過兩面，和藹可親，耿直可交，至今難忘。原文流暢，譯文不得不流暢，效黎滿意，我也滿意。

董橋　二零二二年五月二十三日　香島

記憶所及，董橋很少白紙黑字點評説滿意自己的作品，《再見，延安！》是極少數的例外。如果你讀過董橋在《夜望》寫的自序，不難領會董橋對《再見，延安！》注入的心機和感受。七十年代初，董橋踏足倫敦不久，寄居在諾丁山一家老客棧。

樓上長長的走廊燈影昏暗，森森然有點鬼氣。我那時候還在翻譯《再見，延安！》，王敬義主編的《南北極》每期連載一萬字。我在窗前書桌上伏案趕稿。窗外天色慢慢黑下來，遠星寥落，晚風過處巷子裏老樹沙沙私語。夜深了偶爾下幾陣冷雨，一盞盞街燈照亮雨絲，搖搖曳曳彷彿一幅門簾……。

董橋初到貴境，心裏不踏實，想着香港的家人，自己獨自在寒風冷雨下躲在客棧趕稿，情何以堪？董橋用紙和筆舒發愁緒，傾注全力用最好的詞句去翻譯李效黎的 *Good-bye, Yinan*。董先生就是在這個「淒冷中望星與月也寒」的異域，完成他最滿意的翻譯作品。

董橋説過，為了稻粱謀，有時被迫要翻譯自己不喜歡的作家著作，翻譯《約翰．斯坦培克》就是一例。他在我請他題簽的《約翰．斯坦培克》書頁寫道：

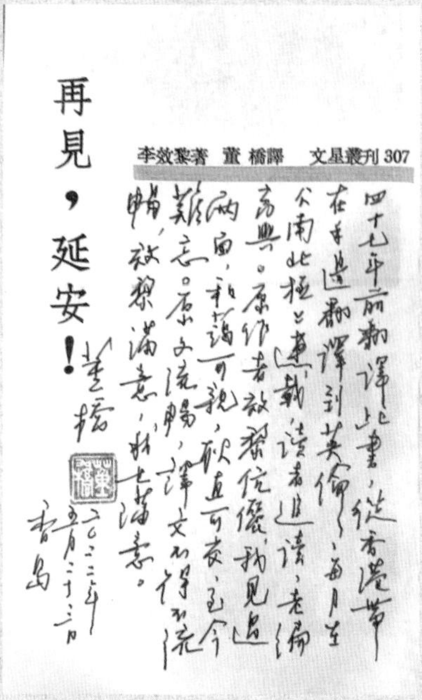

董橋很少白紙黑字說滿意自己的作品，《再見，延安！》是極少數的例外。

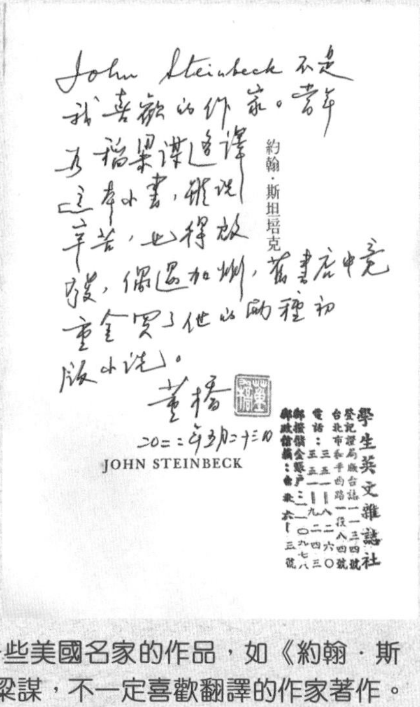

董橋早年在香港替美國新聞處翻譯了一些美國名家的作品，如《約翰·斯坦培克》。回首譯作，他指當年只為稻粱謀，不一定喜歡翻譯的作家著作。

John Steinbeck 不是我喜歡的作家。當年為稻粱謀迻譯這本小書，雖說辛苦，也得啟發。偶過加州，舊書店中竟重金買了他的兩種初版小說。

董橋
二零二二年五月二十三日

胡洪俠多次勸董先生答應重印舊譯，他都一概回絕，理由就是一句「當年全為稻粱謀」。

書無價？書有價！

香港出版界流行一句話：出書容易賣書難。只要你願意自掏三幾萬元，自然可找到出版社替你出書，但書怎樣賣？是否賣得出？貴客自理。我見過有人出書之後無法銷售，幾百本新書當作廢紙賣掉。不過，話得說回來，書有時真的很有價。過去十多年，我見過不少舊書在拍賣場以「天價」易手。因此，書有價還是無價？要視乎個人的造化。在這裏，我跟大家分享幾個「書有價」的故事，真人真事，我親歷其境。

近年冒起的香港「新秀」，以黃碧雲至為突出，連帶她早年的作品也成為藏家和炒家熱烈追捧對象。二零二零年受到新冠肺炎影響，香港書壇可以用「一潭死水」來形容，但在冬至前夕，三十三年前黃碧雲一本定價二十元的博益出版的袋裝書《揚眉女子》以六千五百元易手，買主隨即以更高價轉售內地藏書家，引起藏書界議論紛紛；幾個月之後，另一本《揚眉女子》竟以一萬元成交，再一次刷新紀錄。

黃碧雲近年多次獲獎，其作品愈來愈受香港年輕人歡迎，她早年的著作更成為「獵寶」

首選。筆者認識一批文藝青年（有些已踏入中年），他們時刻都在關注哪裏可以找到黃碧雲的舊書，頭號目標是一九八七年十月博益出版的《揚眉女子》。初版的《揚眉女子》只能在二手市場或藏家手上高價購得，早幾年每年都有幾本浮面，一曝光便被搶走，起初售價還是有秩序的拾級而上，每年大約以五百元的價位上升。二零一九年二手市場價上升至三千元左右，當時已被視為「癲價」，到二零二零年年中，暗盤價升到四千元，但有價無貨。不知從何時開始，內地一些炒家和藏書家加入搜刮黃碧雲舊書熱潮，這樣便把初版《揚眉女子》炒到一個沒人可以預知的價錢。

二零二零年冬至前夕香港出現了《揚眉女子》第一個奇蹟日。事緣一家買賣二手書的書店，不知從哪裏弄來一本初版《揚眉女子》，書店老闆把書樣放上網求售後，即時引起哄動，紛紛致電老闆問價。老闆説要來一次電話競投，價高者得，起拍價是象徵式一千元，各人於是爭相出價，不消一分鐘，已跳升至三千元，很快又跳到四千元，此時剩下三幾位角逐，去到六千元只剩下A君和B君，B君出價六千一百元，A君還價六千五百元，成交！這次小圈子拍賣刷新香港書界兩項紀錄：打破博益出版刊物的最高拍賣價、打破黃碧雲所有書籍的拍賣價。

A君以六千五百元奪下《揚眉女子》後，當晚書界已有消息傳出他以九千元人民幣轉售給內地一位藏書家。後來書友告之，A君是愛書人也是書商，他今次是「代客泊車」，即是替內地藏家競投，究竟他最後收了內地客多少錢就不得而知。《揚眉女子》創下天價的消息很快便傳到海外，趕急從加拿大寄另一本初版《揚眉女子》來香港給我一位書友代售。誇張的是，有內地買家已向我書友出價七千元人民幣求售。吾友當然要待價而沽，他準備放上小圈子拍賣群組競投，當時我已預言如無意外，成交價隨時過萬元。

果然，二零二一年四月十三日，《揚眉女子》第二個奇蹟日出現了！當晚九時正，吾友李偉雄開設的香港「三劍俠舊書拍賣」群組正式開拍從海外寄回來的初版《揚眉女子》，這本書非常新淨，品相稱得上完美，李君早一天在群組上載書樣作預告時，已引來群裏眾聲喧嘩。四月十三日晚上九時，完美的《揚眉女子》登場，六千元起拍，一開始P君和Y君兩個書蟲競相出價，叫至八千元，Y君放棄，拍賣主持開始倒數，十、九、八、七、六、五、四、三、二、一……看來P君坐定粒六，豈料主持人正想按下零時，手機屏幕突然有第三者T君出價。P君硬着頭皮頂住，兩人激烈角逐，直至一萬元，T君投降，P君終於得償所願，群裏眾書友紛紛送上祝賀。《揚眉女子》會否有第三個奇蹟日？大家拭目以待。

有人說，《揚眉女子》已直逼董橋初版書售價，這說法有一半是事實，它確實已打破董橋初版《小風景》的拍賣價，但距離董橋另一本「神書」《在馬克思的鬍鬚叢中和鬍鬚叢外》的拍賣價還差幾萬元。（參閱前文）

有人問何解《揚眉女子》那麼值錢？沒有人提供一個令人信服的答案，恐怕作者黃碧雲本人也不知道，只能說物以罕為貴，加上黃碧雲在文壇的地位愈來愈高，舊書市場價便被逐年推高。

近年，黃碧雲幾乎每年都有新作品，體裁和寫作手法層出不窮。二零一七年，黃碧雲的《烈佬傳》獲得香港浸會大學第五屆「紅樓夢獎：世界華文長篇小說獎」，評審委員會主席鍾玲教授的評語是：「黃碧雲一反其以前作品中馳騁的想像語言和暴力美學，在此小說中呈現極其收斂、理性、簡約的風格，以悲憫的心情呈現煉獄中的眾生。」二零一八年黃碧雲的《盧麒之死》，是以一九六六年反天星小輪加價引發騷亂的悲劇人物盧麒作為主角，加插當年的新聞報道和檔案拼貼而成的非虛構小說，再次引起讀者關注。老實說，黃碧雲近年的作品肯定好看過三十三年前的《揚眉女子》，但現在備受藏家（炒家）追捧的卻是她的陳年舊書。我們或許可以把黃碧雲受追捧現象總結為兩條路線的分道揚鑣，一是炒家（藏家）市場，另一是腳踏實地純閱讀市場。

香港舊書的炒賣活動早已有之，以前是私底下進行，直至二零零九年蘇賡哲博士主理的新亞書店第一屆舊書拍賣開始，炒賣才變得公開化。蘇博士原意是開設一個公開平台讓愛書人以合理價錢覓得好書，但市場力量決定了每本書的價錢，多人爭奪的拍賣品價錢自然會給扯高。事實上，這個平台提供了一個讓愛書人大開眼界的機會，一些平常不會出現的東西也會給人拿出來拍賣。最經典的例子是二零零九年十二月新亞書店第二次舊書拍賣，有人拍賣「祖師奶奶」張愛玲七十年代一封寫給戴天的親筆信，引起轟動，因為這是張愛玲的真蹟首次出現香港拍賣場，拍賣底價一千五百元。經過激烈競投，最後由上海的陳子善教授以五萬四千元（未計百分之十五佣金）投得。新亞的舊書拍賣不斷有意想不到的拍品和拍賣紀錄出現，背後牽涉很多悲歡離合故事。

新冠疫情持續兩年多，各行各業受影響，舊書買賣也無可避免陷入困境，然而天無絕人之路，舊書市場最近走出一條生路，城中幾位書商各自開設了網上拍賣群組，晚晚有書拍，引致本地愛書人深夜難眠，也出現不少啼笑皆非的現象。

屢創舊書拍賣價紀錄的《揚眉女子》（初版）

疫情最嚴重時候，市民減少出街，市面冷清，逛書店者小貓三幾隻，經營二手書買賣的書商唉聲歎氣。香港人腦筋轉得快，就在市道最低潮時候，網上忽然出現「三劍俠舊書拍賣」群組，公開招集愛書人入群，這個拍賣群組最大特色是組員不分彼此，每人都可以作為賣主把書上拍，不收任何費用，買賣雙方也不收佣金，成交後雙方議定交收方式，可以選擇順豐到付或者面交，非常自由。「三劍俠舊書拍賣」群組是由資深愛書人李偉雄和朋友在二零零一年年初創立。

李君是網上拍賣老手，之前主要參與內地微信群組舊書拍賣，疫情下他眼見香港愛書人坐困家中，心想不如把內地微信拍賣群的概念本地化，讓香港愛書人把藏書拿出來拍賣，其他書友也可以藉此覓得心頭好。

開始時，三劍客群組不太引人注意，後來李

「三劍俠舊書拍賣」
群組主人李偉雄

偉雄把一些精罕書籍上拍，獲藏書家青睞，件件以超高價成交，其中包括黃碧雲的《揚眉女子》（一萬元）、董橋《小風景》初版（一萬元），董橋《在馬克思的鬍鬚叢中和鬍鬚叢外》（兩萬六千元）。捷報一傳十、十傳百，不足一年，「三劍俠舊書拍賣」已揚名立萬，成為本地網上舊書拍賣的龍頭大哥，其他書商見三劍俠網拍取得如此佳績，也效法圖分一杯羹。二手書書店「我的書房」老闆 Daniel 曾經加入三劍俠群組觀摩觀摩，很快便另設「我的書房舊書拍賣」群組。他的拍賣成績也很不錯，曾經以一萬五千元拍出董橋的《雙城雜筆》；也斯的《剪紙》初版也拍得一萬元。「我的書房」網拍是由 Daniel 和他母親主持，街外人只能買不能賣，因此論規模和熱鬧，遠不及三劍俠。三劍俠還有香港幾大二手書書商助陣，神州書店、精神書局、校友書店的負責人都是三劍俠群組組員，他們都利用三劍俠平台把自己書店一些精品拿來拍賣。在各方好友支持下，三劍俠群組可供上拍的書籍源源不絕，精品陸續有來。

十多年前創辦舊書拍賣（不是網拍）的「新亞書店」，原本也是三劍俠群組組員，去年底新設了「新亞網拍」，每晚由老闆蘇賡哲博士親自主持「一口價」拍賣，以先到先得形式賣書，這卻觸發了一次又一次的拍賣奇觀。先到先得形式拍賣看似很公平，但中間決勝關鍵涉及競投者耐力與手機乃至電腦的設備，缺一不可，何解？且讓我慢慢道來。蘇博士每晚踏正十點便開始拍賣，上拍的書籍由蘇博士設定一個價錢（一口價），第一個成功點擊的便算贏了，說來簡單，但要勝出也不容易。九點五十五分左右，各位愛書人已在手機或者電腦上

蘇賡哲的「新亞網拍」搞到書迷進入瘋狂狀態

輸入「要」字，然後屏息以待蘇博士幾分鐘後開始拍賣，當踏正十點拍品照片在屏幕彈出，各人爭相按掣，手機同一時間便出現多過「要」字，勝負相差只是零點零零一秒。連續多天出現一個奇怪現象：為何多本書都是由同一兩個人奪得？他們為何會那麼厲害？並不是這兩位大哥手指特別靈活，因為比他們年輕的鍵盤戰士多得很，但都被秒殺。綜合各方意見，這兩位必勝客肯定是用家中的「超級」電腦操作，否則沒有可能快過一眾 4G、5G 手機，是否如此，日後有機會要請教這兩位藏書界大哥大。

為甚麼蘇博士的「一口價」網上拍賣那麼吸引？四個字：「價廉物美」，你用「大抽獎」去形容也不為過。試過價值幾千元的書籍，蘇博士竟以「一口價」一百元賣出。對蘇博士來說，濕濕碎矣，他說益吓街坊，大家過癮。這麼一來，每晚卻苦了一眾望網興嘆書迷，這些書迷眼白白看着好書落在別人手上，心情極度難過，整晚輾轉反側，長此下去，精神和心理肯定不平衡，隨時被搞到人都癲，有隱性心臟病的，遲早出事。無論如何，搶不到好書的朋友千萬不要埋怨蘇博士，蘇博士宅心仁厚，他只是希望平售好書給大家，怎預料到會出現這種零點零零一秒的秒殺局面。為免令書迷癲狂、失常，蘇博士後來完善了拍賣方法，改為暗標方式進行，有十二小時給大家落價，不用再爭分秒，但卻要考落價眼光。

倪匡第一本武俠小說

倪匡的武俠小說《六指琴魔》大受歡迎，很多人都以為這是倪匡的第一本武俠小說。其實，他早於一九五九年年底已署名「倪匡」在香港《真報》寫了第一篇武俠小說，後來結集成書，書名《金英劍》，但作者姓名卻被出版社改為「梁羽生」。

倪匡第一本武俠小說《金英劍》，由大眾出版社出版，遠東書報社發行，分上中下三冊，書上沒有刊載出版日期，估計是一九六零年年初。倪匡一九五七年來港，先在工廠和地盤當雜工，閒來向報紙投稿。一九五七年十月二十七日，《工商日報》刊出其一萬字處女作《活埋》，這小說是以大陸的土改運動為背景。倪匡後來進入《真報》工作，由校對做起，之後升任編輯兼寫專欄，不時要替脫稿的作家代筆，甚麼都寫，成為報館的「通天作家」。一九五九年十月二十四日的《真報》出現署名「倪匡」的武俠小說《鑿紅印》，這是倪匡第一篇武俠作品，連載了九十五天，至一九六零年一月二十七日結束。倪匡時年二十四歲。大眾出版社後來把《鑿紅印》命名為《金英劍》結集出版，並為了促銷而擅自把作者姓名由倪匡改為「梁羽生」。倪匡的《金英劍》後來出版續集，書名叫做《七寶雙英傳》，仍由大眾出版社出版，仍然把作者掛名「梁羽生」。

現時內地有幾位研究倪匡作品的專家，其中一位是博客網紅「鱸魚膾」（趙躍利），另外一位是衛斯理專家「藍手套」（王錚）。兩人在各自研究領域都碩果纍纍，連倪匡本人也要寫個「服」字。倪匡第一篇以至第一本武俠小說由成稿至出版的來龍去脈，便是由「鱸魚膾」抽絲剝繭找出真相，後來再經倪老確認，這個「倪匡第一本武俠小說」的謎團始被揭開。倪匡對幾十年前的處女作給出版社掛到「梁羽生」名下，幾十年後仍然耿耿於懷。

回說小說《毉紅印》。毉，音醫，意思是黑色的美玉。倪匡在《金英劍》上冊第三十一頁提到毉紅印：「晶瑩絕倫，色如點漆，黑得異樣，光隱隱寶流轉，約有五寸見方的一顆玉印。刻着『大本堂記』四個古篆。」毉紅印是朱元璋賜給太子朱標，朱標早亡，朱元璋死後，朱標之子朱允炆當了皇帝，繼承了這方毉紅印。話說大明洪武三十一年（一三九八年）五月，太祖朱元璋駕崩，皇孫朱允炆在六天後繼位，改元建文，仍以南京為都。朱元璋將天下傳給皇孫，引來皇子燕王朱棣不滿。朱棣在北京起兵，打着「清君側」的旗號，殺向南京，於建文四年（一四零二年）奪得南京城，篡位稱帝，帝號成祖，改元永樂，建文帝倉皇出走，下落不明。倪匡把小說的歷史背景設定於此，寫建文帝一子（化名曾奎）、一女（化名朱珠）攜帶着「毉紅印」逃亡江湖的故事。

根據「鱸魚膾」研究所得，《鑿紅印》小部份情節有梁羽生《白髮魔女傳》和金庸《神鵰俠侶》的影子。看來倪匡是一邊寫，一邊向這兩位大師學習。據「鱸魚膾」統計，倪匡一生創作的武俠小說長中短篇達一百三十多部，百萬字數的超長篇也有兩部，倪匡足以笑傲武林矣。

倪匡曾向趙躍利（左）證實《金英劍》是他的第一本武俠小說

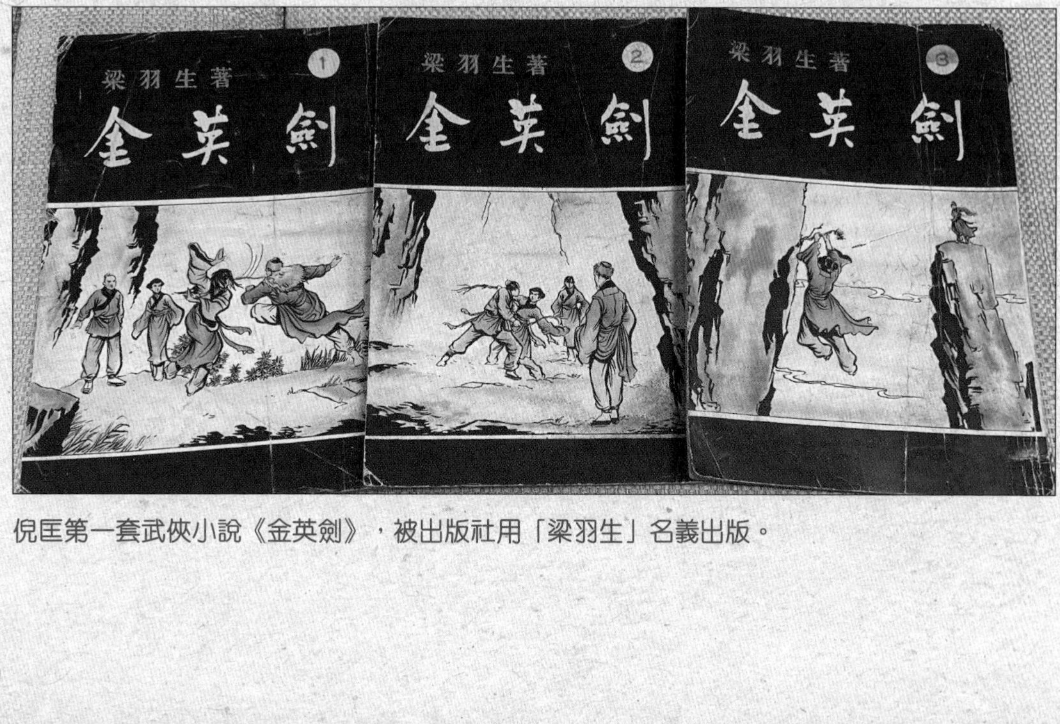

倪匡第一套武俠小說《金英劍》，被出版社用「梁羽生」名義出版。

張愛玲逾半世紀之謎破解

一九五四年五月六日香港《中南日報》副刊開始連載翻譯小說《海底長征記》（原著書名 *Submarine*，作者為比齊（Edward L. Beach Jr.）），報紙之前幾天煞有介事在頭版刊登了預告，說明小說的譯者是「張愛玲」。可是小說見報首天譯者姓名卻改為「張愛珍」，再過幾天，譯者名字再改為「愛珍」。一般讀者不會理會譯者是誰，管她是張愛玲還是張愛珍，但研究張愛玲的學者不應遺漏張愛玲這段文壇珍貴史料，卻真的遺漏了，直至二零二零年五月真相始浮現。筆者和香港研究張愛玲的專家吳邦謀合作，像福爾摩斯查案般去揭開這個逾半世紀的「張謎」：究竟《海底長征記》譯者是否大家熟悉的張愛玲？倘若是張愛玲翻譯，那為甚麼要兩次更改譯者的名字？為何連載小說結集成書後一直被忽略？

先要從網上一張售賣舊書的照片說起，售書人把結集成書的小說《海底長征記》封面放上網，封面上譯者的姓名是「愛珍」，但售書人加了一句「愛珍即是愛玲也就是張愛玲」，他開出的售價是港幣十萬元，令人咋舌。一般人的反應是「傻了嗎？你說是張愛玲就是張愛玲？有甚麼根據？」售書人確實拿不出甚麼證據，只聽說作家慕容羽軍曾提及過。我把網上售書照片傳給吳邦謀看，吳對此書是否由張愛玲翻譯仍半信半疑，我們便開始聯手追尋真相。

為了查證《海底長征記》這部小說的翻譯者是否張愛玲，我和吳邦謀分頭行事。吳負責接觸售書人查看書籍裏有沒有關於張愛玲的蛛絲馬跡；我負責從慕容羽軍檔案入手，因為上文提到作家慕容羽軍可能知道此事。慕容先生幾年前身故，幸好慕容君有一「徒弟」盧文敏是我中學老師，於是致電盧老師問：「慕容羽軍先生是否在《中南日報》工作時邀請張愛玲寫稿？」年近八十的盧老師記性甚佳，他說沒親耳聽慕容先生講過，但記得慕容先生在他的著作《濃濃淡淡港灣情》寫過他認識張愛玲經過，可惜這部一九九六年出版的書現在不知放在哪裏。

筆者忽然想起初文出版社社長黎漢傑曾出版慕容羽軍香港文學論集，他應該看過慕容先生不少資料，姑且去電問一問。嘩！黎手上竟有《濃濃淡淡港灣情》，書中果然有慕容羽軍憶述如何認識張愛玲，如何把張愛玲積存在今日世界出版社其中一份稿拿到他工作的《中南日報》連載，連載日期是由一九五四年五月開始。報社當年為隆重其事，由慕容羽軍寫了一個預告刊在頭版公告天下即將連載張愛玲作品。

豈料預告刊出當天，慕容羽軍立即接到張愛玲電話。慕容先生憶述：「我一接聽，她（張愛玲）便呱啦呱啦的說：『很對不起，想請你幫個忙，不要把我的名字登在報上，可不可以？』」張愛玲解釋是不想給人感覺到她參加了報紙行列。可是報紙已刊出預告，怎辦？慕容羽軍唯唯諾諾，收線之後與報社負責人商量應變辦法。慕容羽軍眉頭一皺、計上心頭，決定在張愛玲文章見報第一天，把譯者張愛玲最後的「玲」字改為「珍」字，並刻意用行書寫出來，驟眼看還是玲字，以為這樣便可過關，其實屬自欺欺人。慕容羽軍又憶述，當譯稿刊出首天，「這位姑奶奶的電話又來了，她說：『又來麻煩你，我知道你把譯者的名字改了，但寫出來的珍字，仍有八九成似玲字，可不可以把張字刪去？』」慕容羽軍很無奈唯有照辦，刪去「張」字，變成「愛珍」，這就是張愛玲這份譯稿兩度更改譯者名稱的由來。慕容羽軍對張愛玲的執着頗有怨言，以後沒再見面。除了這部翻譯小說之外，慕容羽軍再沒刊登過張愛玲其他稿件。

小說一九五四年八月在《中南日報》連載完之後結集成書，書名仍叫《海底長征記》，譯者姓名仍舊用「愛珍」。小說成書後卻沒有引起多大注意，原因是很少人知道它是祖師奶奶的作品，海內外張愛玲專家也失之交臂。在此之前，沒有人敢肯定《海底長征記》是張愛玲的譯著。還好，六十六年前張愛玲在香港翻譯的這部作品，六十六年後被我們驗明正身，適逢二零二零年九月是張愛玲百歲誕辰，筆者和吳邦謀暨幾位協助提供資料的師友實「與有

張愛玲逾半世紀前翻譯的《海底長征記》

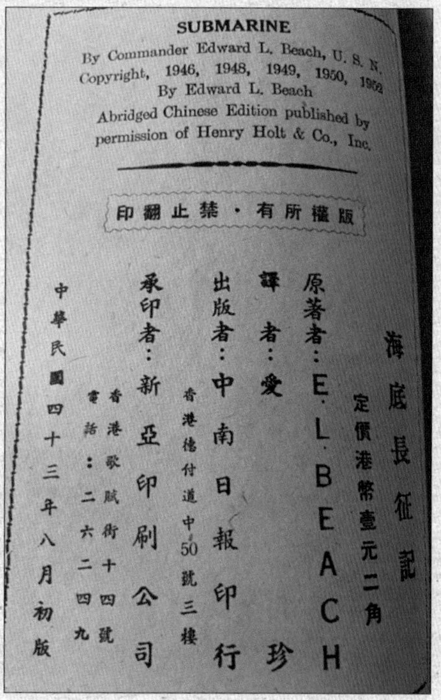

SUBMARINE
By Commander Edward L. Beach, U. S. N.
Copyright, 1946, 1948, 1949, 1950, 1952
By Edward L. Beach
Abridged Chinese Edition published by
permission of Henry Holt & Co., Inc.

版權所有・禁止翻印

海底長征記
定價港幣壹元二角
原著者：E. L. BEACH
譯者：愛珍
出版者：中南日報印行
香港德付道中50號三樓
承印者：新亞印刷公司
香港歌賦街十四號
電話：二六二四九
中華民國四十三年八月初版

《海底長征記》一九五四年八月出版，版權頁的譯者姓名是「愛珍」。

榮焉」。

證實《海底長征記》一書是張愛玲翻譯後，吳邦謀馬上跑到放售此書的舊書店「驗書」，書一拿上手他感動到眼泛淚光。他尋尋覓覓張愛玲作品多年，珍罕的版本大多已擁有了，唯獨未見過此書。最難得的是這個版本是經過我們幾個香港人合作確定是張愛玲的譯作。《海底長征記》由翻譯到在報紙連載到出版單行本到鑑證譯者身份，全都發生在香港，也是天意。然而，吳邦謀購書一事卻節外生枝，買賣雙方原本同意買家以分期付款方式支付十萬元書價，當吳邦謀準備上門交付第一期貨款，書店店主卻表示，《海底長征記》已賣給其他人，因為對方一次過放下十萬元要了該本書，吳邦謀多番抗議不果，唯有期望第二本《海底長征記》出現。

《海底長征記》中譯本的封面是一艘潛水

吳邦謀手持新發現的《海底長征記》

艇，由《中南日報》一九五四年八月出版。編者在卷首語說：「這一篇可歌可泣的動人故事，是第二次世界大戰期間的寫實記載。於一九五四年五月六日起在本報綜合版『中南海』連續刊載，將及三閱月。全文長逾十二萬字，譯筆簡潔流暢，深受讀者歡迎。茲應各方紛紛要求，特提前出版單行本，想讀者均以先睹全豹為快也。」卷首語沒有隻字提及張愛玲，估計是不想再刺激張愛玲，畢竟她曾兩度「問罪」《中南日報》。慕容羽軍後來在回憶文章中因為沒有提及這本書書名，張愛玲這個秘密也就埋藏了逾半世紀。

張愛玲一生專注文學創作，譯著也是以文學為主，她為甚麼會翻譯這部軍事非文學小說？現在很難找到權威解釋，筆者認為這可能是當時香港美國新聞處指派要張愛玲譯的作品。作者比齊是美軍潛艇指揮官，曾參與太平洋戰爭對付日艦，親歷慘烈海戰，書中記載的是真人真事。張愛玲翻譯此書很大可能是美新處宣傳策略的一部份。

吳邦謀對張愛玲的痴戀程度，現今世上除了上海的陳子善教授之外，再沒有人比得上他。朋友笑稱張愛玲在上海和香港各有一個「未亡人」，一個是陳子善，另一個就是吳邦謀。我和吳邦謀聯手追查張愛玲一九五四年在香港翻譯《海底長征記》的來龍去脈，過程非常順利，冥冥中似有一股神秘力量在幕後推動，吳邦謀很相信是「祖師奶奶」張愛玲「顯靈」，讓《海底長征記》歸位「祖師奶奶」文學宗祠。

吳邦謀擁有多個張愛玲著作和譯作珍罕版本，《海底長征記》是最新發現，他認為是受到張愛玲感召，讓他參與這次文學考古，發掘出這部小説來龍去脈。吳本已寫完他的新書《尋覓張愛玲》，付印前忽然出現這次文學考古經歷，他趕急臨時加插了這奇妙一章，為他多年來的張愛玲研究劃上完美句號。

吳邦謀説，今次張愛玲文學考古之路很奇妙，一路上好像張愛玲在引路。最大收穫是確定了張愛玲額外有第五和第六個筆名，在此之前經證實的筆名是世民、梁京、霜廬、范思平，現在多了張愛珍、愛珍。這個意外發現替中國近代文學史添上重要一頁。

吳邦謀把關於張愛玲的新發現寫入《尋覓張愛玲》新書裏，趕及在「祖師奶奶」百歲誕辰出版。

「舞女作家」成愛倫

香港五十年代出現一位傳奇女作家，她是舞廳的伴舞女郎，也是報紙的專欄作家，舞廳打烊後她便回家筆耕，從紙醉金迷的世界回到她喜愛的寫作天地。

這位相信是香港獨一無二的「舞女作家」名叫成愛倫（筆名），一九二五年出生於富裕家庭的大家閨秀，寧波人，自小愛好文藝，很年輕便開始寫作。來港後先後在幾份報紙包括《羅賓漢》寫專欄，可能因為寫稿不夠糊口只好下海伴舞，但仍然不放棄寫作。她把在報章的文章結集成

「舞女作家」成愛倫玉照

書，書名《成愛倫小品》。成愛倫在書中〈自序〉透露，她十七歲開始寫日記，後來投稿給報館，自己還辦過報。

成愛倫來香港之後繼續寫作，一九五一年一月十八日她開始在香港《羅賓漢》日報寫「心聲散記」小品文章。她朋友「過海小卒」評論其文章「俏皮有餘，清逸不足。如果單就氣質着眼，那末她的作品在意境方面是極其灑脱的；雖然那種意境尚有待於好好的清濾，卻是未來的事了。」一九五二年四月《成愛倫小品》出版，成小姐請來十位文化人包括戎馬書生、蕭思樓等寫序，「過海小卒」的評論刊於其中一篇序裏。一位相信是成小姐「恩客」的「鱷潭客先生」也有賜序，他寫道：「初識成愛倫於九龍之『萬國』（筆者按：萬國舞廳也，位於佐敦西貢道，大華戲院側），時成小姐方登火山未久，愚一見即知其人必出身大家，格於環境乃投綺叢，故矯矯然如傲霜之秋菊，然猶不知其能操觚作小品也。迨排日於報間讀其文字，文筆清麗，娓娓如閒話家常，余識巾幗中之操觚者甚多，蘇青、張愛玲、張宛青、潘柳黛輩，若儕所擅，皆洋洋灑灑之長篇小説，小品則不及愛倫……」鱷潭客對成小姐盡是溢美之詞，稱讚其小品猶勝張愛玲、蘇青等才女，有否言過其實，見仁見智矣。

在燈紅酒綠的世界生活，成愛倫自是閱人無數，且看其在《成愛倫小品》一段文字：「人生須經歷，看遍千萬，還是以放浪為佳。運輸愛情多賤賣，倒博得男子歡心，雖醜人多作怪，也就追逐日眾，刺激易找。欲孤芳自賞，在這燈紅酒綠間，確信難覓知音。落花雖有意，儘

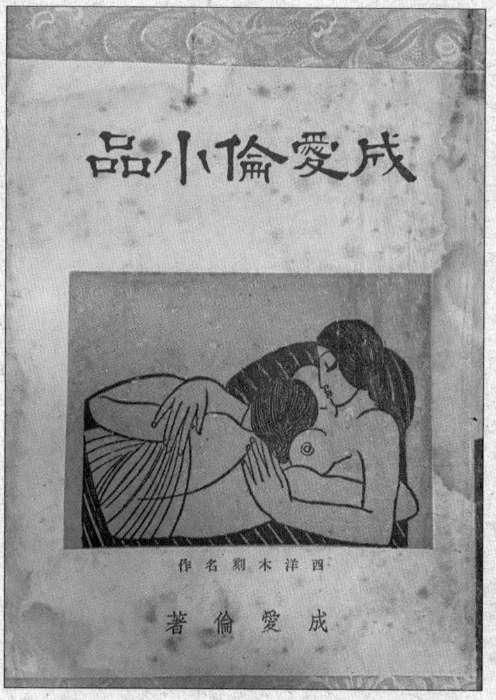

成愛倫的著作

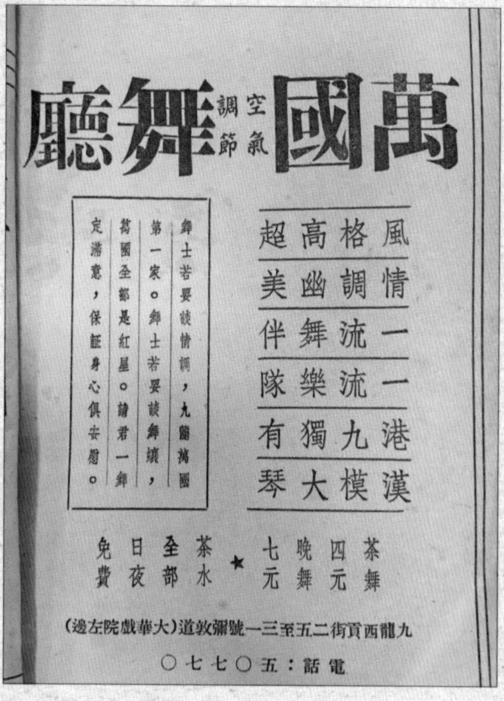

成愛倫曾經下海伴舞的萬國舞廳之廣告

讓流水無情，我這空虛的心田，是開滿芬芳的鮮花，圍繞着我的心上人。」她原有心上人，對方令她牽腸掛肚，但因為她心田孤傲，不能開花結果。

成愛倫對自己的伴舞身份處之泰然，而且不吝嗇公開自己的容貌，更把玉照印在書上，讓新知舊雨見識見識。《成愛倫小品》書後有多個商業廣告，最特別是成小姐伴舞的萬國舞廳也登了一個全版廣告捧場。該廣告標榜：「風格高超、情調幽美、一流舞伴、一流樂隊、港九獨有、漢模大琴。」《成愛倫小品》是愛倫出版社叢書之一，出版社預告會出版叢書之二，書名已定為《閨房記趣》，同是成愛倫作品。出版社在《成愛倫小品》書中替《閨房記趣》這樣賣廣告：「作者憑其閨房生活體驗，曲曲寫來，處處真情流露，讀而莫不作會心之微笑。書已付印，裝幀精美，愛不釋手。普及起見，每冊實價一元五角。」可惜，坊間至今仍未發現《閨房記趣》踪影，無法偷窺成愛倫閨房之趣。

香港最神秘的女作家

十三妹是香港最神秘的女作家。近年有不少學者研究十三妹的生平和著作，香港中文大學樊善標教授已出版多篇論文探討十三妹的作品，而蔡瀾也寫了《追蹤十三妹》的小說，小說部份內容是蔡瀾的妙筆描寫，比較誇張。

筆者講十三妹，要從一九七零年十月十九日香港《新夜報》頭版報道十三妹死訊的新聞說起。《新夜報》當天標題：「本報特務記者千方百計進入寓所　翻箱倒篋搜獲資料　十三妹身世已大白……」該報並且獨家刊登了十三妹的芳容。《新夜報》是走煽情路線的小報，該報記者為何可以如此「把炮」獨家報道名作家十三妹之死？原來一九五八年起在《新生晚報》寫專欄名震報壇的十三妹，由於文筆太過辛辣，得罪人多，而且不准編輯動她一個標點符號，後期很多報館都不敢用她的文章。她去世前一段時間轉往替《新夜報》寫稿，因此《新夜報》近水樓台率先知道她因病猝死。

筆者和當年《新夜報》編輯馮兆榮（馮退休前乃《新報》社長）提起此事，馮透露了箇中秘密。原來當時十三妹已脫稿好幾天，《新夜報》編輯估計十三妹可能出了意外，但十三妹從不露面，稿件都是由專人替她送到報館，只有送稿人知她住址。報社從送稿人那裏掌握了十三妹的大概住址，馮兆榮於是陪同當時的總編輯王世瑜（以筆名阿樂聞名）跑到跑馬地奕蔭街十三妹住所對面的大廈。王世瑜走上天台望向對面大廈單位，見一女子倒臥客廳，於是報警破門入屋，發現桌上稿件，證實該女子是十三妹。十三妹送院急救，延至十月九日不治。十三妹在香港孑然一身，並無親友，是《新夜報》為她辦理後事。

十三妹留下的私人資料並不多，存世最珍貴的除了她的專欄作品之外，就是她的一幀個人照片。她的生平事蹟也就是報紙形容的那麼簡單幾句：「女作家方丹又名方式文筆名十三妹，抗戰時期就讀昆明西南聯大，勝利後由陳香梅女士介紹在上海申報資料室服務。大陸落在中共手中後隻身來港，歷在本港各報撰寫專欄，文筆辛辣，本月九日在跑馬地寓所伏案寫稿時心臟病突發，經看更人發覺送院急救後不治逝世……。」（《新生晚報》，一九七零年十月二十日）事後證明揭發十三妹猝死的不是大廈看更，王世瑜和馮兆榮才是第一手消息的見證人。

作家慕容羽軍說過十三妹任空中小姐時名字是方丹。她五十年代在港以賣文為生，初在《新生晚報》寫專欄。慕容羽軍說十三妹「所寫散文論據堅強，語意深刻，作風大膽，敢撼權威」。十三妹先後在《新生晚報》、《香港時報》、《明報》、《華聲報》寫稿，最後替《新夜報》寫專欄。

報
HONG KONG E

本報特務記者千方百計進入寓所
翻箱倒篋搜獲資料
十三妹身世已大白
本報全港獨家刊登十三妹芳容
暗格尋出私人日記揭露大秘密

十三妹女士遺像

與無綫爭長短
麗的訓練新人

呢個世界．好人難做
收留錫蘭兩女奴
售貨員打爛飯碗

一九七零年十月十九日《新夜報》獨家報道十三妹身世

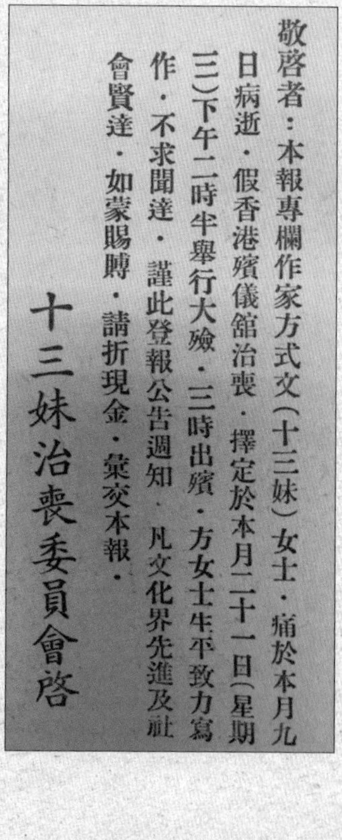

敬啓者：本報專欄作家方式文（十三妹）女士．痛於本月九日病逝．假香港殯儀館治喪．擇定於本月二十一日（星期三）下午二時半舉行大殮．三時出殯．方女士生平致力寫作．不求聞達．謹此登報公告週知．凡文化界先進及社會賢達．如蒙賜賻．請折現金．彙交本報．

十三妹治喪委員會啓

十三妹治喪委員會發訃聞

劉以鬯的三毫子小說

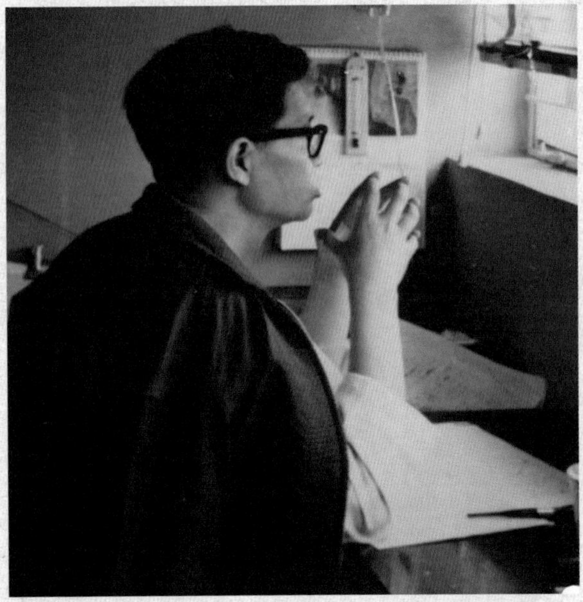

劉以鬯早年照片，六、七十年代他每天要寫多篇稿，絞盡腦汁。

一批絕跡江湖半世紀的本土通俗文學刊物，忽然在旺角新亞書店出現，消息傳出後隨即在本港藏書界引起一陣騷動，很多人趕在拍賣前四十八小時內上書店朝聖。小思老師（盧瑋鑾教授）賞書之餘不忘用手機把部份封面拍攝下來留念，因為這批刊物拍賣後又不知會隱身何處，可能要塵封五十年後才再出現。

二零一六年十月十五日，這批二百六十二本舊書以港幣四萬六千元成交，由本地一間大學投得。究竟這些「古董」

是甚麼東西，竟然驚動這麼多藏書界高手垂注？簡單來說，它們有三個特點：一、全部是五十年代至六十年代的香港三毫子小說最早版本，分八開本和十六開本兩種，後來坊間所見的幾乎全是三十二開本小書；二、總數多達二百六十二本，一次過推出，前所未見；三、其中有二十多本是別出一格的八開本，橫直度是二十六點五厘米乘三十四點五厘米，比A3紙尺寸略小，罕有程度尤甚於其餘二百多本（十六開本，二十厘米乘二十七厘米），最珍貴的兩本是文壇大師劉以鬯的早年作品：《藍色星期六》和《蠱姬》。

在介紹劉以鬯這兩本作品之前，首先讓我們簡單回顧香港三毫子小說的歷史。羅斌是香港三毫子小說的發揚光大者，

環球出版社的三毫子小說，楊天成是其中一位主要作者。

五十年代他的環球出版社出版《環球小說叢》，網羅了香港多位作家，幾乎全都一紙風行。《環球小說叢》每期只刊登一篇小說，二十頁共四萬字，每冊三角。香港人叫三角做三毫子，坊間乾脆就叫這些小說做「三毫子小說」。

當時市面已有其他出版社出版三毫子小說，例如虹霓出版社出版了《小說報》，劉以鬯是其中一位重要作家。另外一份三毫子小說雜誌是徐寧主編的《ABC小說叢》，再加上《海濱小說叢》，香港市面幾乎每週都有幾部三毫子小說出版。這次拍賣的二百六十二本書之中，上述幾家出版社都有代表作品。三毫子小說的盛行，除了協助部份文化人解決吃飯問題，也令很多作家成為小說界的名牌。《環球小說叢》由於得風氣之先，旗下名作家陣容最鼎盛，他們包括：楊天成、龍驤、鄭慧、史得（即是高雄、三蘇）、潘柳黛、依達、黃思騁、司空明、歐陽天、張續良、夏易、易文、路易士、喬又陵、杜寧、上官牧、上官寶倫、羅蘭……等等。《環球小說叢》的三毫子小說是甚麼時候結束呢？對「環球」小說素有研究的許定銘指出，一九六零年十二月二十九日出版的第一八零期的《兄妹奇緣》是環球最後一本三毫子小說，之後他們的三毫子小說年代便告結束。從一九六一年一月開始，改為推出三十二開本的《環球文庫》流行小說，每冊四角。

與《環球小說叢》分庭抗禮的《小說報》，由虹霓出版社出版。虹霓的來頭很大，註冊老闆是黎劍虹，她的丈夫梁寒操曾任國民政府宣傳部長，且是國共重慶和談代表之一，一九七五年去世前仍出任總統府國策顧問。虹霓的幕後老闆其實是美國政府，五十年代冷戰時代，美國致力在香港建立反共橋頭堡，不惜撥出大筆美金資助很多機構出版反共宣傳刊物，虹霓就是「美元文化」產品。《小說報》是虹霓出版社的主力刊物，由於有美元撐腰，所以《小說報》一開始便可以出重酬邀請名家寫稿。劉以鬯夫人對筆者說，是作家董千里代表黎劍虹力邀劉以鬯供稿。當時劉以鬯還在新加坡報館任職，因為稿費高，於是寫了《星加坡的故事》寄到香港，這是他替《小說報》寫的第一篇小說。一九五七年劉氏夫婦返港後，陸續替《小說報》寫了好幾篇小說，包括這次新亞書店拍賣的《藍色星期六》和《蠱姬》。劉太說：「劉以鬯的三毫子小說主要是在《小說報》發表，內容都是講男女愛情，只是橋段場景不同而已。」

筆者嘗試透過《藍色星期六》和《蠱姬》這兩部四萬字中篇小說，分析劉以鬯的三毫子小說風格，加上劉太的補白，是難得的一次「穿越」機會。《蠱姬》故事的主角唐家駒，是二十歲的砂勝越土生華僑，他透過書信往來認識K埠（香港）筆友畢露露，雙方透過書信裏互生情愫，唐家駒不惜違背母命來港相會，豈料美若天仙的畢露露竟是犯罪集團成員，集團專門透過徵友方式誘騙東南亞富二代來港，然後設計圈套製造藉口勒索他們，要家人匯款贖身。故事橋段不算新鮮，但劉以鬯講故事的手法非同凡響，小說開始是：「電話鈴響了。唐家駒從朦朧中驚醒，拿起話筒——畢露露給人謀殺了！」跟着有人敲門，彪形大漢出現眼前，

劉以鬯早年替《小說報》寫的三毫子小說

「大漢怒容滿面，開始板動鎗機掣——」劉以鬯這個開場白很有電影感，他先把主角唐家駒置身死地，然後才倒序介紹唐家駒出場。當唐家駒來港相認畢露露後，已慢慢墮入美人計圈套。犯罪集團把他關在畢露露家裏，卻被露露的妹妹玲玲暗中放了，匪徒追踪至唐家駒的酒店，用槍指嚇要挾持他離開。尾隨而至的玲玲從後用刀猛捅大漢救出家駒，玲玲以為殺了人逕自去警局自首。畢露露因為辦事不力給集團殺死了。集團對家駒窮追不捨，幸得和集團相熟的女子顏雙梅協助匿藏，兩人決定飛回砂勝越結婚。此時卻收到砂勝越匯來五萬元，這筆錢是早前要替玲玲還款給集團的應急費用，現在已不需要，家駒打算用來買鑽戒給雙梅，但雙梅不要，雙梅為甚麼不要？各位請留意劉以鬯這樣寫道：「雙梅不要，雙梅認為應該捐給從大陸逃出來的難胞。」這也是小說最後一句。這句話明顯和整篇小說講男女愛情、驚險奇情的風格不協調。筆者特別為此請教劉以鬯太太，劉太對此作出權威解說：「虹霓出版社一開始就要求劉生寫反共小說，但劉生拒絕，劉生話唔搞政治嘢。不過，出版社講得多時，劉生間中都會在結尾時應酬一兩句。」這就解答了上述不協調之謎。

劉以鬯每篇小說都以佈局精妙見稱，《蠱姬》也不例外；幾個女主角輪流出場時讀者都無法猜到她們的真正身份，屬正屬邪，要到最後才揭盅。小說另一個特點是以演義式講故事，一浪接一浪，但頭尾相呼應又做到天衣無縫。

劉以鬯另一篇三毫子小說《藍色星期六》寫男主角入馬場賭馬而發生的一場畸戀。男主角多次到售票處落注時都遇見同一個穿藍色旗袍的美女（夏莓仙）要求順手幫忙買馬，落注的馬每次都跑出，但每次想交還彩金給她時，她不是拒絕就是像鬼魅般失踪。有家室的男主角此時卻愛上了她，後來根據夏莓仙留下的卡片按址到訪，竟然在屋內發現夏莓仙的小墓碑。夏的老家人說她在馬場輸了很多錢，連累丈夫破產，夏自殺死了，丈夫後來也跳海死了。讀者看到這裏，都相信男主角肯定在馬場「撞鬼」，故事到此應該結束，豈料劉以鬯妙筆一揮，四年後男主角又在馬場重遇夏莓仙，她根本沒死。夏莓仙說因為男主角很像她死去的丈夫，她為了贖罪，故意跟男主角來往，讓他贏錢。在家立墓碑只是自己爛賭輸了巨款無面目見丈夫，假裝已死，不料丈夫傷心過度跳海自殺死了……。後來男主角拋棄髮妻與夏莓仙結婚，女主角婚後認為已經成功贖罪，對男主角失去興趣，一刀兩斷結束這場畸戀。

劉以鬯描寫的馬場氣氛像實景一樣，劉太有這樣的形容：「劉生早年經常入馬場賭馬，對每隻馬都很有研究，但十賭九輸。」「唔單止馬場，劉生描寫夜總會、舞廳的場景同樣出色，他在舊上海時已常常到百樂門夜總會蒲。」劉以鬯描寫女人心理非常到家，劉太說劉生很有女人緣，在認識她之前，有大批女士在追求他！難怪劉以鬯寫女性寫得那麼絲絲入扣。劉太還在這裏公開一個多年的秘密：「劉生在追我之前，一個香港女歌星（後來很有名氣）到新加坡登台時認識劉生，非常仰慕劉生。女歌星回港後幾乎每天一封情信寄到新加坡，這些情信現在還由我保管着呢。」

寫過三毫子小說的老總

早年香港「報紙佬」很多都是名作家，有小說家、散文家、詩人，不少還寫過三毫子小說。筆者要介紹早年寫三毫子小說、後來成為報紙總編輯的三位作家：司空明、歐陽天、張續良。

三毫子小說是香港五十年代末由《新報》老闆羅斌發揚光大，每本小說賣三毫子，故稱三毫子小說。一九六一年加價至四毫，仍叫三毫子小說。三毫子小說大盛於六十年代，作家陣容鼎盛，有楊天成、方龍驤、鄭慧、史得（即高雄、三蘇）、依達、司空明、歐陽天、張續良、易文、路易士等等，劉以鬯也寫過三毫子小說。

司空明、歐陽天、張續良都是著名報人，筆者一九七七年入行做記者時，這三位前輩已名震江湖，但很多同業不知道三人曾寫過三毫子小說。司空明原名周鼎，曾任《星島日報》總編輯，人稱「鼎爺」，老闆胡仙一度倚為股肱，權傾星島報業集團，很多報界中人都叫周鼎做師傅，周一九九七年去世。歐陽天是《快報》老總鄺蔭泉，一九九五年去世。張續良曾任《明報》總編輯。

劉以鬯說過，司空明十餘歲便投稿《大公報》文藝版，是真正的文藝青年，後來為了生活，才寫通俗小說。根據書評家許定銘的統計，司空明的三毫子小說有：《烏衣劫》、《脂粉叢中》、《情魔》、《後母心》、《金蛇》、《無依的海鷗》、《曲江霧》和《命案中人》等八種。《曲江霧》出版於一九五八年十月，故事寫他抗戰期間在曲江某實業公司工作時，與老闆情婦的一段情緣。除了愛情故事，還有戰時曲江的民生，被轟炸的景象，江上的旅館式小艇……。許定銘認為《曲江霧》是極具文學特色的流行小說。筆者手上有一張讀者「投票卡」，由環球出版社印發，邀請讀者對環球旗下的三毫子小說投票，每次

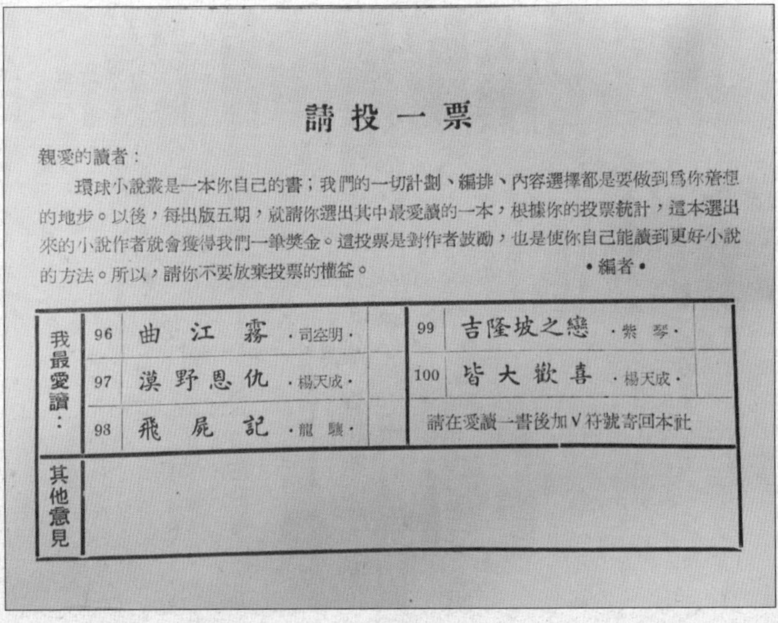

請投一票

親愛的讀者：

環球小說叢是一本你自己的書；我們的一切計劃、編排、內容選擇都是要做到爲你着想的地步。以後，每出版五期，就請你選出其中最愛讀的一本，根據你的投票統計，這本選出來的小說作者就會獲得我們一筆獎金。這投票是對作者鼓勵，也是使你自己能讀到更好小說的方法。所以，請你不要放棄投票的權益。

·編者·

我最愛讀：	96	曲江霧 ·司空明·		99	吉隆坡之戀 ·紫琴·	
	97	漢野恩仇 ·楊天成·		100	皆大歡喜 ·楊天成·	
	98	飛屍記 ·龍驤·		請在愛讀一書後加∨符號寄回本社		
其他意見						

環球出版社「最愛讀三毫子小說」投票卡

司空明的《曲江霧》和《英雄淚》

列出五本小說供投票，選出最愛讀的一本，我手上投票卡的候選書剛巧有司空明的《曲江霧》，投票卡上其餘的作者有楊天成、龍驤和紫琴。這張投票卡於一九五八年十一月左右印發，距今已超過六十年，可算是記錄香港早年文化的珍貴資料卡。

酈蔭泉曾任《星島晚報》和《星島周報》編輯，一九六三年《快報》創刊，即任總編輯。除了是報人，他還以筆名歐陽天寫三毫子小說和中篇小說，出過《銀色的誘惑》、《歸宿》、《心疚》、《菩提恨》、《心魔》等十多部小說。其中最負盛名的，是出現在《星島晚報》上的《人海孤鴻》，後來改編為電影劇本，一九五八年由李晨風導演，吳楚帆和李小龍主演。

張續良曾在上海讀醫科，新聞行家叫

歐陽天擅長寫中篇小說

他做「阿 Doc」（Doctor，即醫生之意），他曾在《明報》副刊撰寫專欄介紹醫療衛生知識。張續良七十年代出任《明報》總編輯，只做了幾年，某天因為「飲大咗」在工作上出了問題而被老闆查良鏞輕責幾句，憤而辭職轉投《快報》。張續良一九六零年已用真姓名寫三毫子小說《蘇茜黃的世界》，這篇「半譯半寫」的小說曾被學者作專題研究。張續良後來也寫過多本四毫子小說，歸入「星期小說文庫」，作品包括：《人海奇葩》、《追兇記》、《情海狂潮》、《靈慾的苦果》、《夜劫》等。

張續良的《蘇茜黃的世界》

報壇鬼才三蘇

香港早年報紙的「三及第」書寫文體，混合了文言文、白話文及粵語，別具一格。五、六十年代，作家三蘇把香港三及第文化發揮得淋漓盡致；他憑着生花妙筆遊騁於左、中、右報章之間，左右逢源。

三蘇寫三及第文章寫得多、快、好，很多人都以為他是香港報紙三及第的祖師爺，經黃仲鳴教授深入研究，發覺鄭貫公才是第一人；可惜鄭貫公未能帶起潮流，二十年代仍未成為氣候。直至一九三九年任護花辦《先導報》與《紅綠報》，他用三及第文體寫《中國殺人王》、《牛精良》系列大受歡迎；差不多同一時期的《成報》副刊也有很多三及第文章，這種文體開始流行於當時香港報壇。

一九四五年十二月三蘇開始在《新生晚報》寫「怪論」，再於一九四七年在同一報紙副刊以「經紀拉」筆名用三及第文字寫《經紀日記》大受讀者歡迎，多報爭相仿效，湧現了很多三及第作家，三及第文風因而大盛，此現象持續至六十年代末。七十年代開始，用文言文寫作的人愈來愈少，三及第少了一味，難以為繼。根據黃仲鳴研究，江之南（王陵）應是最後一位在報章用三及第寫小說的作家。

三蘇原名高德雄（高德熊），另外有筆名高雄、小生姓高、許德、史得、經紀拉、旦仃、石狗公、周弓、吳起等等。三蘇可說是報壇和小說界的鬼才，雜文、怪論、艷情小說、偵探小說等題材他都能手到拿來，最多的時候有十四家報館刊登他的稿，每天要寫二萬五千字，少者平均都要寫一萬二千字，三十年積累的總字數估計有一億幾千萬。有人說三蘇寫稿像車衣一樣，就是左手推稿紙，右手揸筆，筆尖貼住稿紙，一手推稿紙一手寫字。三蘇直認他寫稿真的像車衣，因為要寫的稿太多，不這樣寫趕不及交稿。

三蘇用不同筆名寫不同類型的稿，有三及第的，也有語體文的。粗略劃分，「三蘇」這個筆名主要用於寫怪論和雜文；他在《純文學》寫《香港二十年目睹怪現狀》則用「高雄」；「小生姓高」寫《八仙鬧香港》、《豬八戒遊香港》；「史得」寫艷情小說和言情小說；「許德」寫偵探小說和間諜小說。「石狗公」的代表作是在《大公報》寫《石狗公自記》；「旦仃」也在《大公報》寫《天堂遊記》。

三蘇以多個筆名在左、中、右報紙寫的小說多不勝數，但結集成書的不多，例如他用筆名「許德」寫的《司馬夫奇案》小說，近年我只能找到一套三冊的《寶刀明月》。許德

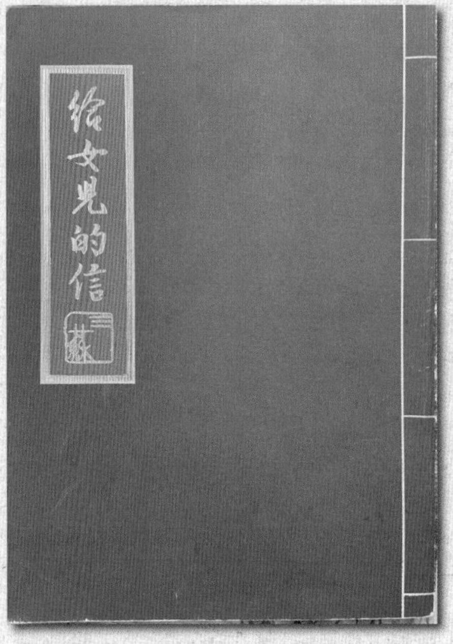

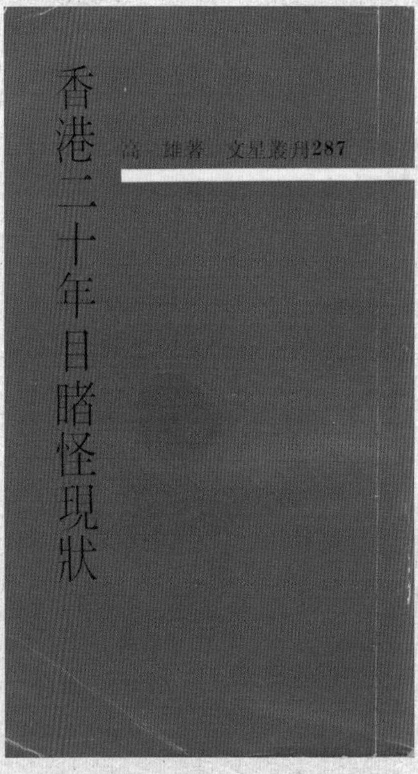

三蘇（高雄）不同筆名的著作

三蘇五十年代用筆名「史得」寫的三毫子小說

一九五一年在《寶刀明月》的出版前言中說：「這幾年來，我寫下了或長或短的不少故事。大部份是用司馬夫這個人做主角的；在這許多隨意寫下來的小說之中，『寶刀明月』是我自己比較喜愛的一部……」《寶刀明月》寫司馬夫在一九四四年香港淪陷後期，如何周旋於日本官兵、外國特務和中國地下工作者之間的較量。

三蘇於一九五六年已用「史得」筆名替羅斌的《環球小說叢》寫三毫子小說，而且是小說叢頭三本小說的第二本，書名《偷情》；小說叢第一本小說是鄭慧的《歷劫奇花》，第三本是上官牧的《失婚記》。筆者手上有史得的第二本三毫子小說《母女情》，它是小說叢的第十七本。小說叢的三毫子小說多是言情小說，語體文體，充滿文藝腔。

劉紹銘教授特別推崇三蘇用「經紀拉」筆名寫的《經紀日記》，他說：「高雄的作品，如有留存後世價值的，不是三蘇的怪論，不是史得的『社會言情』，而是他以廣東方言寫成的譏世風俗小說如《經紀日記》和《石狗公自記》等。廣義點說，像《經紀日記》這一類的作品，是高雄以香港方言和背景寫成的《新老殘遊記》，或《香港二十年目睹怪現狀》。」

在三蘇眾多作品之中，三蘇家人最喜歡的是哪一類型或者哪一本？答案是三蘇《給女兒的信》。一九八一年六月三蘇病逝，家人把他生前在《幸福家庭》雜誌刊登的「給女兒的信」結集成書，書名就是《給女兒的信》。三蘇遺孀在書的序言指出，三蘇著作極多，「他筆下涉及的範圍非常廣泛，除小說外，大都是鍼砭時事社會的文章，有時間的局限性；而能表達其處世做人態度者，最佳莫如刊登在《幸福家庭》的『給女兒的信』。」《給女兒的信》再版了幾次，前後印了幾萬冊，是三蘇流傳最廣的遺著。

香港掌故之王

香港幸有吳灞陵、林友蘭、葉靈鳳、魯金、吳昊等前人的努力耕耘，留下大批香港掌故瑰寶，讓這個城市變得有跡可尋，也讓我們知道這個城市的故事原來都是有根有據，不是憑空想像出來的。

上述幾位掌故專家，有一個共同點，就是他們的出身都是和報紙有關，他們全都在報紙寫過稿。吳灞陵上世紀三十年代起已用筆名「鰲洋客」在《華僑日報》寫香港掌故，他應該是有系統地寫香港掌故的第一人，香港大學孔安道圖書館藏有鰲洋客專欄的剪報集。吳灞陵時任《華僑日報》編輯，因利乘便搜集儲藏了大量香港歷史掌故資料。林友蘭和葉靈鳳留下不少報人的史話，林友蘭的《香港報業發展史》和《香港史話》都經典著作。葉靈鳳長期任職報紙副刊編輯，工餘時間便到處搜集史料，留下很多香港掌故文章。吳昊早年在《中國學生周報》寫專欄，嗜好收藏報紙和舊物件，而且筆耕甚勤，寫下很多珍貴掌故資料。吳昊應該是繼魯金之後，香港七十年代之後最著名的掌故大師，可惜兩人先後作古，現時香港最有名的掌故專家是鄭寶鴻。

吳昊有關舊香港的部份著作

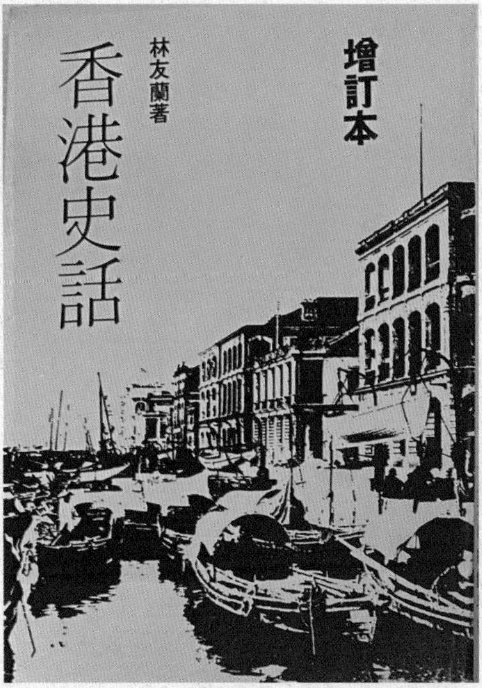

林友蘭的《香港史話》

魯金名副其實是香港掌故之王，他原名梁濤，另有筆名魯言、夏歷、魯佳方、老街方、三繞、夏秋冬等，在眾多筆名當中，以「魯金」最廣為人知。八十年代筆者供職《成報》，一個星期總有幾個晚上見到一個「阿伯」走進報社坐在一角，一邊寫稿一邊等老總韓中旋收工一起去宵夜，當時已知道這位阿伯就是大名鼎鼎的作家魯金，我叫他做「濤叔」。筆者因為忙於報館的編採工作，沒有時間向這位掌故之王學習，真的失諸交臂。

梁濤很早已用魯言的筆名替廣角鏡出版社寫《香港掌故》系列，一九七七年七月出版《香港掌故》第一集，直至一九九一年六月，共出版了十三集（十三本書）。這套書雖然是小開本、每本只二百頁左

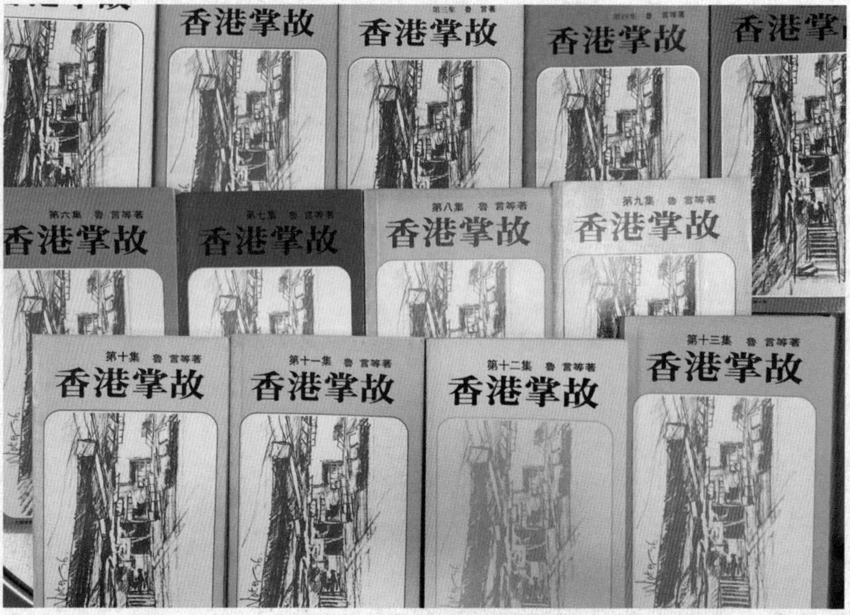

魯金用筆名魯言撰述的《香港掌故》系列，為香港保留了大量珍貴史料。

右，但內容非常豐富、珍貴，稱得上是香港掌故的小百科全書。以第一集為例，全書一百九十頁共有十六篇文章，包括〈香港早期西報滄桑〉、〈香港食水供應史〉、〈香港的黑色聖誕日〉、〈香港稅收史話〉、〈香港治安史實〉、〈香港海盜史略〉、〈一九五六年九龍暴動始末〉等等，內容涵蓋民生、社會、經濟、政治，多姿多彩。從第四集開始，他邀集了其他作者的稿件，令《香港掌故》內容更豐富。除了《香港掌故》之外，他又以筆名魯金寫了多本著作，包括《九龍城寨史話》、《港人生活望後鏡》、《香港中區街道故事》、《妙言廟宇》、《香港廟趣》、《魯金札記：中國民間羅漢小史》、《香江舊語》、《香港賭博史》等等。一九九二年他更為市政局編寫《香港街道命名考源》和《九龍街道命名考源》。

梁濤從事新聞工作五十多年，曾在省、港、澳的報紙擔任編輯和撰述工作，抗戰勝利後來港定居，專注研究香港歷史，對於香港的民間風俗以及歷史掌故更為用功。八十年代，吳志森訪問了梁濤，訪問稿後來收入《香港掌故》第六集。梁濤說出搜集資料的秘訣：「搜集資料的方法有兩種，一種是歷史資料，一種是現代的。歷史資料要找些縣誌、刊物、期刊。人們不注意的東西，我就去找。例如同鄉會的會刊，會刊就是講同鄉會的歷史，但沒有人會留意它。……新資料就是靠行，所以經常要旅行，我行了二十多年，香港每個地方我都去過。……我每去一處，都到一些最下層的茶樓飲茶，有時到一些廟堂寺院看看，跟尼姑和尚道士談談，那些人，在那裏住得久了，就知道那地方的變化，跟他們談，就可以知道很多資料。」

梁濤一九九五年去世，香港中央圖書館特藏部收藏了他部份作品，主要分為兩類：一為書刊，內容圍繞粵港澳三地的歷史、文化和社會風俗；二為剪報，涵蓋二十世紀七十至九十年代他在港澳報章發表的專欄文章，內容既包含港澳的掌故，也觸及當時的社會狀況。

香港食經第一人

香港飲食界傳奇人物「特級校對」，一九五一年已在《星島日報》寫食經，成為第一個在香港報紙開專欄寫食經的人。自他開始，食家寫食經愈來愈多，有如過江之鯽，到今天更是鋪天蓋地。

特級校對是陳夢因行走江湖的筆名，寫文章都以此署名。陳夢因是香港報界鼎鼎大名的前輩，一九五零年九月《星島日報》總編輯沈頌芳辭職，老闆胡好（胡文虎兒子）要陳夢因接任老總，儘管陳夢因萬般不願意還是被擺上台。胡好後來返回

特級校對的《食經》

新加坡，香港《星島日報》社長一職由林靄民接任，陳夢因不滿林靄民的政治立場，陳身為老總也無權決定報紙的方針，「孭鑊」卻有份，於是自嘲自己是報館的「特級校對」，只比校對地位高少少。

陳夢因在回憶錄講述他寫食經的來龍去脈。事緣《星島》在林靄民主政後銷路不斷下跌，一九五一年某月某日，林靄民召開編輯會議急商對策，陳夢因隨口說：「多開一個娛樂版吧！」提議獲通過，交由當時採訪娛樂新聞的陳良光負責編輯這個「娛樂版」，陳夢因建議陳良光在娛樂範圍加些衣食住行內容。當娛樂版內容準備得七七八八卻獨欠寫飲食的作者，陳夢因遂自告奮勇交了幾篇食稿，公司同事周鼎（後來做了《星島》老總）提議把這個專欄叫做「食經」，從此便開創了報紙寫食經的先河，陳夢因索性把特級校對用作筆名。本屬遊戲文章的食經竟然大受歡迎，六個月後文章結集印行單行本發售，亦一紙風行，特級校對之名不脛而走，他亦為香港美食評論奠下基石。

這些年來，陳夢因後人已把特級校對生前的食經文章重新整理出版，幾十年前的文章今天讀起來還是津津有味。陳夢因早年寫過在廣州荔灣泛舟食艇仔粥滋味，令人回味。他說艇仔粥（當年稱作魚生粥）以「合記艇」最有名，一角錢一碗，加兩角錢鮮蝦，多放一些薑絲，兩碗、三碗，熱烘烘的吃着。因為光顧人多，同時間多艘小舟圍着大粥艇，如蟻附羶。陳夢因說：「粥的作料，不外魚片、海蜇、薑絲、辣椒、油條、炸花生、生菜絲之類的普通東西而已，但一經煮來，味道特別鮮美。」

陳夢因帶起寫食經的風潮，七、八十年代香港報紙老總領銜一班食家寫食經，把風潮推向另一高峰，這與當年經濟起飛、市民追求美食享受很有關係。大企業老闆宣傳業務要找報館幫手，報紙老總為公（報紙可能會有廣告）為私大多會出面應酬，老總事後在自己地盤（專欄）介紹企業老闆宴請的美食，順便寫幾筆企業老闆成功之道，這是其中一種交際食經。另外一種食經就是飲食集團邀請各報老總試菜，老總事後也會在報紙上介紹新菜式的特色，順便替主人家美言幾句，正所謂：天下沒有免費的午餐（包括晚餐）。還有一類是「揸正宗旨」的食評家，就是「不付費的不食」，即是說他們寫的食經是自己用真

陳夢因（特級校對）八十年代出版的《粵菜溯源錄》

金白銀換來的。

報紙老總飲宴頻繁，鐘鳴鼎食令人羨慕，但一個星期幾天山珍海錯、鮑參翅肚也會吃不消，還要挺着肚子寫食經，這份差事不易做。然而，多位老總因為近廚得食，為香港食壇留下經典食經，在這裏略作介紹。其中一本老總食經是《七家食德》，是《成報》老總韓中旋牽頭組稿成書，由封于陽、梁多玲、陳非、唯靈、過來人、漁客、簡而清等七位知名食家聯合撰寫的飲食精華。其中，封于陽、陳非、梁多玲屬老總級食家。封于陽即是韓中旋，他是報界才子，飽讀古書，精於詩詞歌賦，飲食文章，旁徵博引，位列七家之首。陳非任職《明報》多年，最高職位做到副總編輯，自言嚐遍大江南北精粗貴賤食物。簡而清自稱「為食而生存」，敢於嘗試世間奇食異味。唯靈，好酒貪杯，嘴饞愛吃，筆耕甚勤，推廣香港美食不遺餘力。梁多玲是七家中唯一女性，任《飲食世界》月刊總編輯。七家每人供稿三十多篇，總數達二百五十一篇，古今中外大小菜式紛陳，稱得上是一部美食小辭典。陳非另外寫了《陳非食經》和《食古》，也值得推介。《食古》側重寫古老食品（例如飲鹿血、牛酾沙、蟬、三蒸飯等等），亦兼寫趣怪食聞。

「秀官」是報紙老總羅秀的筆名，他寫食經別具一格，王亭之形容他是「良心硬頸食家」。他的食經不是訂枱指南，因他絕少開列菜單、食店字號。他更關注的是城市人的飲食文化，例如在《秀官談吃》書中，秀官不厭其煩的批評生果伴邊浪費資源，食店「下欄」難頂……等等。

寫食經的老總（和他們的朋友）一代傳一代，應酬文章少不免，但只要寫得好睇，讓讀者從字裏行間感受到色香味美、增長一些飲食知識，便是好的食經，我們沒有必要去斤斤計較哪一篇是鱔稿，哪一篇不是鱔稿。

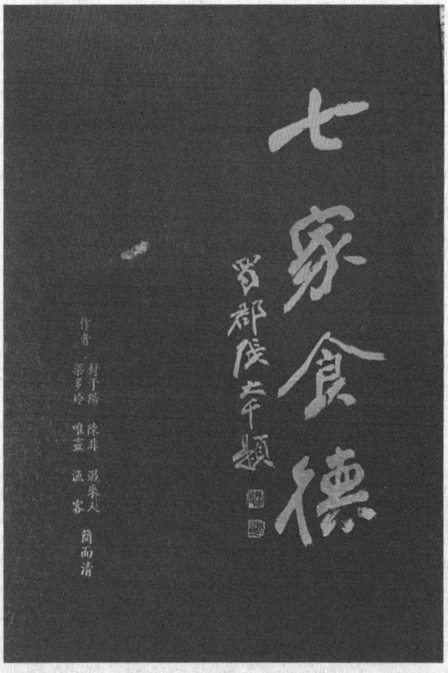

七位名家聯合撰稿的《七家食德》，封面由張大千題字。

《秀官談吃》關注城市人的飲食文化

打開香港第一代廚神寶庫

陳榮被稱為香港第一代廚神，他入廚幾十年，寫了多本烹飪書和入廚秘笈。筆者最近把陳榮出版過的所有著作重新翻閱一遍，雖然是走馬看花，但仍深深被廚神留下的入廚瑰寶懾服。

根據已搜集得的資料，陳榮五、六十年代的著作有六部共二十五集（冊），分別是：

《入廚三十年》第一至十四集

《中國點心》第一至三集

《家庭食譜》第一至四集

《漢饌大全》一冊全

《烹飪指南》一冊全

《飲食經》上、下集

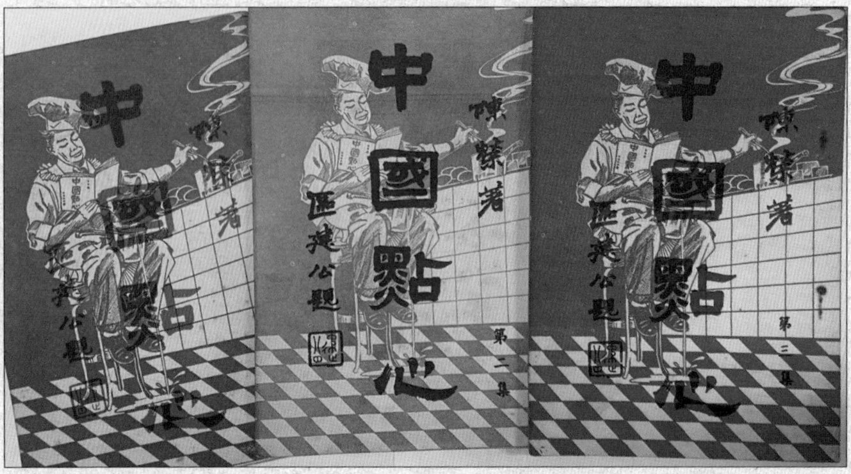
中國點心
陳榮著
第二集
第三集

家庭食譜
第一集
第二集
第三集
第四集
陳榮著

入廚叁拾年
入廚三十年集二
入廚三十年集三
入廚三十年集四
入廚三十年集
市橋陳榮著

陳榮的著作

《入廚三十年》為陳榮最經典作品，五十年代出版，是學廚的入門秘笈，當年飲食業廚師幾乎人手一本。食家蔡瀾二零零七年曾經撰文說很難得地給他找到一套《入廚三十年》，他那一套是四本裝的合訂本，是後來重印的。蔡瀾對《入廚三十年》推崇備至。他說：「當今的很多大廚，基礎沒打好，成不了大器，如果肯努力的話，先從《入廚三十年》開始看起吧！」早年香港人放洋搵食，不少是到中國餐館做廚工，他們事先要在香港上堂學習炒番幾味，因此當年香港烹飪學校愈開愈多，入廚的書籍也就變成暢銷書。陳榮五十年代已開班授徒，早年徒子徒孫遍海外。海外的華文報紙也有陳榮的招生廣告，例如一九五九年多倫多一份中文報紙上有一則廣告：「百萬家財不及一藝，請搵入廚三十年作者陳榮教授烹飪。地址北角渣華街五號。」

《入廚三十年》由於廣受歡迎，不斷再版，因此在六部書之中印數最多，但要儲齊一套十四冊也不容易。其他五部書印數比較少而且年代久遠，要找舊版的也很困難。《中國點心》一套三冊介紹了近二百款點心製作，包括包點、蛋糕、鹹甜點心、粥品、糖水、油炸鬼、月餅等用料和做法，應有盡有，可說是中國點心大全。《中國點心》一書另有特別之處是，附錄多幀陳榮授課照片，最精彩一張照片是紀錄了曾參加淞滬會戰和徐州會戰的國民黨將軍香翰屏到訪陳榮烹飪班，親自炮製「香公蟹」。

最受家庭主婦歡迎的當然是一套四冊的《家庭食譜》和一冊過的《烹飪指南》，陳榮把各款家庭小菜的用料、製法詳細列出，跟着做沒難度，熟習後主婦也會變大廚。《飲食經》則以講故事形式介紹中國地道菜色的源流和做法。

一九五一年出版的《漢饌大全》（粵菜製法說明書）分四十九章，分別介紹煲翅、煮鮑魚燕窩方法、各式肉類烹調、粵菜四川菜配料法、大漢全席的解剖、蛇桌會，甚至狗肉三味等等。陳榮在書中自我介紹：「鄙人從事於酒菜業烹飪部凡二十餘年，嘗漫遊南北川黔滇越省港澳及廣東各縣，考察多年，不敢云余見廣，聊將製造秘法註述其中——以謀人類口福知所問津焉。」此書找來當年的行政立法兩局首席非官守議員周埈年爵士題字，顯見陳榮的江湖地位。

感謝陳榮師傅，他為我們留下大量入廚秘笈，令無數傳統菜譜得以保存下來。

陳榮師傅向學生示範廚藝

甘健成的《鏞樓甘饌錄》

甘健成介紹燒鵝烹製方法

曾幾何時，中環鏞記酒家的燒鵝給讚得天上有、地下無。第二代主持人甘健成掌廚年代，鏞記的金漆招牌金光燦爛，傲視同儕，他撰寫的《鏞樓甘饌錄》，處處閃耀着鏞記的精彩出品。

鏞記酒家由甘穗煇創立，他於上世紀三十年代頂下中環廣源西街一個叫「鏞記」經營粥粉麵和燒味的大牌檔，久而久之，甘穗煇的燒鵝成為招牌菜，「燒鵝煇」漸漸「響朵」。一九六四年，甘穗煇買下威靈頓街現時地段作為鏞記旗艦札根之地，燒鵝煇從此踏入事業新里程碑。這一年，甘穗煇長子甘健成（原名琨勝）加入鏞記，他從基層做起以積聚經驗。甘健成在《鏞樓甘饌錄》中多次流露出對父親的崇拜和尊敬。他說：「先嚴穗輝公投身飲食業凡七十餘載，燒鵝絕技舉世無雙……健成自幼受先嚴薰陶，一九六四年加入鏞記，經家嚴耳提面授，業界先進指點，四十餘年，獲益良多。」一九七四年鏞記大廈落成之日燒鵝輝宣佈「收刀」不再斬鵝做菜，把日常實務交給三個兒子：甘健成、甘琨禮和甘琨岐，自己仍坐鎮鏞記運籌帷幄。

甘健成接掌鏞記後利用人脈關係提升鏞記在國際的飲食地位，外國遊客對鏞記「正宗炭燒燒鵝」（Signature Charcoal Roasted Goose）趨之若鶩。甘健成和鏞記得獎無數，他本人先後獲法國美食協會頒發「藍帶勳章」、「飲食傑出之星獎」，

石板街年代的鏞記

並獲法國廚皇美食會頒發「中華文化飲食大使」榮銜。《鏞樓甘饌錄》乃甘健成在報章的飲食專欄文章結集，於二零零六年出版，之後兩次再版，可惜今天書坊已買不到此書，網上雖有少量舊書兜售，但索價六百元至一千元不等（新書出版時定價八十八元），也算洛陽紙貴。《鏞樓甘饌錄》可視作是一部鏞記經典美食介紹書，也可以視它為香港現代食經，甘健成在書中介紹了部份名菜源流歷史、飲食行內術語探究、食物審美藝術等等。

甘健成盛讚其父的燒鵝技術舉世無雙，《鏞樓甘饌錄》透露了少許獨門秘笈，即使如此，外人也難窺其堂奧。甘健成說，紅棗皮、醬汁濃為鏞記金牌燒鵝特色。他強調這醬汁乃燒鵝輝的獨步單方，不外傳。鏞記選用黑鬃鵝，頸短、身短、腳短，每隻不超過五斤，產自清遠、東莞、從化及佛山。筆者很想知道：自從甘健成過身、鏞記家族爭產分身家後，這張燒鵝「獨步單方」究竟花落誰家？以前每天負責烤燒鵝的大師傅是否也掌握了落料的獨門秘方？

甘健成念念不忘父親守禮重義、誠信待人的教誨，他說當看見一碑腐乳、一碗白粥，就想起父親慈祥笑靨。這碑腐乳便是傳說中的「董事長腐乳」，董事長是甘穗煇，甘老先生喜清淡，明火白粥、腐乳均屬至愛。腐乳是由甘穗煇童年好友棠叔替他特造，採用優質黃豆，以石磨磨製，配以純正米酒自然發酵，入口融化、齒頰留香，友好譽之為「董事長腐乳」。甘健成說此腐乳有一特徵：可用筷子夾着拉絲，此為一般腐乳所無。

《鏞樓甘饌錄》洋溢着鏞記經典美食之色、香、味，也處處透着甘健成與父親燒鵝煇的濃濃父子情。這部書寫於鏞記的黃金年代，惜燒鵝煇和甘健成先後去世，之後家族兄弟鬩牆爭產，鏞記燒鵝的金漆招牌已無復當年金光燦爛，令人扼腕。

甘健成著作《鏞樓甘饌錄》

陸羽茶室歷史回眸

新冠肺炎疫情之下，市民減少外出用膳，連帶有「潤佬茶室」之稱的名店生意也受影響。在舊書堆裏撿出《陸羽茶室歷史回眸》這本舊書，沏了一壺普洱茶，寒夜裏一邊享受茶香，一邊回眸陸羽茶室歷史，一樂也！

早年很多粵劇名伶都喜歡到陸羽茶室品茗應酬，這些大老倌包括薛覺先、馬師曾、靚次伯、何非凡等，編劇家南海十三郎亦是座上客。原來陸羽守門口的印度「阿星」同南海十三郎有很大關係，沒有十三

陸羽茶室官方刊物

郎就沒有「阿星」的出現。根據陸羽茶室出版的《陸羽茶室歷史回眸》一書記載，南海十三郎替薛覺先編寫了《心聲淚影》後聲名大噪，譽滿省港澳，深受老薛賞識，以上賓禮待，十三郎到陸羽任飲任食，全部由老薛找數。南海十三郎後來精神失常在中區一帶流浪，仍經常進出陸羽。一九六零年六月初，十三郎到陸羽找尋某報記者，記者不在場，十三郎失望之餘竟將茶室的訂座牌撕爛才離開。為免其他貴客受到騷擾，陸羽特別聘請包頭的印度人守門口。六月中十三郎重返陸羽，「阿星」阻止他入內，糾纏間十三郎受傷，此事成為報紙新聞，十三郎從此便沒再在陸羽出現。印度人守門口這個傳統，陸羽堅持到今天。

陸羽茶室開業至今近九十年。一九三三

人生舞台悲劇重演
十三郎舊病復發
流浪街頭鬧茶樓

蓬頭垢面不換衣服
陸羽門前糾纏傷腳
與記者談話時語無倫次
梅綺說他嗜烟酒不靜養

一九六零年六月，南海十三郎大鬧陸羽茶室成為頭條新聞。

年農曆五月十九日，做錢莊東主助手的馬超萬和在石塘咀共和酒樓任職經理的李熾南，於中環永吉街六號創辦陸羽茶室，上址原是協大銀舖，銀舖老闆周仲鵬後來也加入為股東。陸羽一開始就走高檔茶室路線，一般茶樓茶錢每位四仙，陸羽收六仙。五十年代至六十年代，金銀買賣和外幣找換都集中在永吉街附近一帶，陸羽茶室自然成了金融業界聚腳地方。七十年代華資實業家、地產商相繼冒起，這批早年茶客都成了陸羽忠實擁躉。一九七五年陸羽永吉街舖新業主要收回單位重建，恰巧附近士丹利街二十四號得勝酒樓找人頂讓，陸羽承頂後便遷到士丹利街重組成為有限公司，並得到霍英東、郭得勝、王寬誠、何添、何賢等近二十名熟客富商投資。一九九零

陸羽茶室創辦人與股東合照

年陸羽所在的興隆大廈放盤，陸羽購入一半業權，並將大廈改名為陸羽大廈。幾十年來，陸羽的股東一直是原來一班人，老股東去世後股權便直接由其家族代表承繼，每年繼續收取優厚的股息。陸羽茶室很有歷史感，它所在的士丹利街二十四號，曾經是孫中山革命黨的基地，一九零零年孫中山委託助手陳少白在上址開辦《中國日報》宣傳革命，報社並一度成為革命黨總部。

陸羽茶室除了茶靚點心正之外，侍應態度的傲慢也是遠近知名。陸羽一位股東向筆者解釋，一班富貴熟客幫襯了幾十年，而且指定每天都要坐同一位置，枱少熟客多，生客只能向隅。股東還講了一個連首富李嘉誠也被待慢的笑話：某天，陸羽收到一個電話，對方說「長實李先生要來飲茶，請留一張枱」。聽電話的夥計沒問清楚是哪位李先生，反正姓陳姓李都一樣，不是熟客不留位，隨便應答便掛了線，當然沒有留位給「李先生」。不久，稀客李嘉誠真的駕臨陸羽，此時地廳只有大堂中央有一空枱，李先生既然不介意給人眾目睽睽行注目禮，只好屈就一下。陸羽茶室有說不完的故事，建議大家到圖書館找本二零一零年出版的《陸羽茶室歷史回眸》看看，書中除了有很多人物故事，當然少不了有多款名菜介紹，例如霸王蓮子鴨、炒蟹黃桂花翅、鷓鴣粥燕窩、脆皮糯米雞、杏汁燉白肺……，看圖也食指大動、垂涎三尺。

南海十三郎罕見小說出土

筆者和香港浸會大學朱少璋博士在二零二三年年初經歷了一次尋找南海十三郎「殘卷」小說的奇妙旅程，成功把南海十三郎失踪了幾十年的作品「香艷言情」小說《深春紅杏》找了出來。

朱少璋博士在二零二三年一月十四日於《明報》世紀版發表鴻文，記述發現南海十三郎小說殘卷《春深紅杏》經過；朱博士所指殘卷是因為他手上的《春深紅杏》只有下冊，久候多年仍無緣得見上冊，有點兒遺憾。文章發表兩個多月後，事情有突破性發展，《春深紅杏》上冊竟然讓我找到了！事緣香港新亞書店三月初在網上拍賣舊書，店主蘇賡哲博士上載書單，拍品之中赫見《春深紅杏》一套上下冊！兩冊封面都寫明作者是南海十三郎，下冊封面和朱博士那本一模一樣。蘇博士知道這套小說幾十年難得一見，唯恐大家「走寶」，他另外在面書上公告天下：「南海十三郎罕見小說《春深紅杏》完整版本現正公開以暗標方式競投，歡迎大家出價。」好幾位藏書家摩拳擦掌暗地裏出價，翌日開標結果，筆者成功奪寶！

我第一時間致電朱少璋博士，答允把上冊影印一份給他，以報答他之前的明燈指路，因為沒有朱博士在《明報》的推介，沒有人會知道香港粵劇編劇泰斗南海十三郎寫過這部「香艷言情」小說。

《春深紅杏》上下冊同時出土，是機緣巧合？抑或是南海十三郎顯靈？天曉得！但可以肯定的，是《春深紅杏》乃迄今為止發現的南海十三郎唯一一部言情小說。筆者遍查本港各大小圖書館，都沒有南海十三郎同類小說記錄。眼前這兩冊《春深紅杏》沒有版權頁，除了封面註明作者是「南海十三郎」之外，沒有其他資料，出版社名稱、地址和出版年份全部欠奉，粗製濫造，完全不尊重作者身份，這對於名震粵劇界的南海十三郎來說簡直不可思議，不禁令人懷疑是否有人盜用其名義而出版小說圖利？朱少璋博士從小說文本分析，發覺小說裏用了若干與戲曲相關的典故，這些典故或可視為名編劇撰寫小說的特色之一。十三郎是著名編劇，曾是「覺先聲」、「義擎天」等名班編劇，因此在小說裏順手拈來戲班的曲詞，乃順理成章之事。朱博士進一步指出，《春深紅杏》下冊第十八節的小標題「花即是人人即是花」，本是麥嘯霞《遊龍戲鳳》的唱詞。小說「人花」之喻本是主角柯麗娜自慚之詞，麗娜在拒絕杜叔美之愛時說：「今日我已成為一朵殘花，而且為被人遺棄的殘花，留得春深護海棠，何復以殘花為念。」另外，小說第二十五節柯麗娜對杜叔美說「花落春歸去，今夜予實無歡心見君也」，這裏已有十三郎的影子，因為「花落春歸去」正是其名劇的名稱。朱博士是研究南海十三郎的專家，他從字裏行間已能確定《春深紅杏》作者正是南海十三郎。

筆者試圖從另外角度去佐證《春深紅杏》不是偽作。二零一八年香港資深傳媒人、藏書家何源清去世，何太約了丈夫生前幾位好友到北角家中收書，我接收了四百多期《香港電視》週刊，而新亞書店蘇賡哲博士則挑選了一些文學書籍，《春深紅杏》就是其中一套（這套書很薄，夾在大書之中，當時大家沒有發覺）。何源清藏書重質多於重量，其藏書多屬佳品，不少更是上世紀五十年代或之前出版的，以何源清的眼光，應該不會錯買冒牌南海十三郎的書。綜合而言，《春深紅杏》作者如假包換是南海十三部，但此書的出版應該沒有得到他的授權，否則一定會列明出版社名稱。筆者估計是有人把十三郎在報紙發表過的小說重新執字重排印成單行本，這種做法在五、六十年代常見。

返回《春深紅杏》的文本，朱少璋博士單憑下冊殘卷已能準確推測故事的大概：「性格偏執而在愛情上控制慾極強的鍾燕如愛上杜叔美，而叔美卻鍾情於燕如好友柯麗娜，及麗娜失身於白洛羊後遭拋棄，自殺獲救後乃接受叔美之愛，結為夫婦；燕如情場失意，萬念俱灰，遁入空門，未幾病逝。」筆者根據上下冊劇情的發展，作了一些補遺。《春深紅杏》上冊開篇第一條標題是「寶雲道上之杜叔美」，寫主角杜叔美黃昏獨自散步於香港島山頂寶雲道，「時當七月天，黃金色之斜陽織佈（布）於太平山下之寶雲道，輕風過處樹聲蕭疏，撩動萬點歸鴉，其聲測測（喳喳），若與散步者之步履相唱和……。」一小段寫景文字已先聲奪人。小說男主角杜叔美抗戰後復員返港，在寫字樓當文員，食宿均寄託於堅道一個遠房親戚家。是日放工後本照例返親戚家晚飯，但親戚家有宴會，所宴請者非富則貴，杜叔美恐妨礙主人家，決定不歸，改到寶雲道散步。路途上叔美見一雙一對戀人打情罵俏，憶起抗戰期間自己曾入內地工作，與一女子談戀愛，叔美後來奉調別地工作，失去聯絡，及抗戰勝利，雙方偶然相遇於復員客船中，女方已為人婦矣。這段開場白，或許是南海十三郎觸景傷情、夫子自道——十三郎在香港大學求學期間曾單戀一位女同學，女同學因事要返上海，不辭而別，十三郎追到上海卻慘吃閉門羹，精神大受刺激。

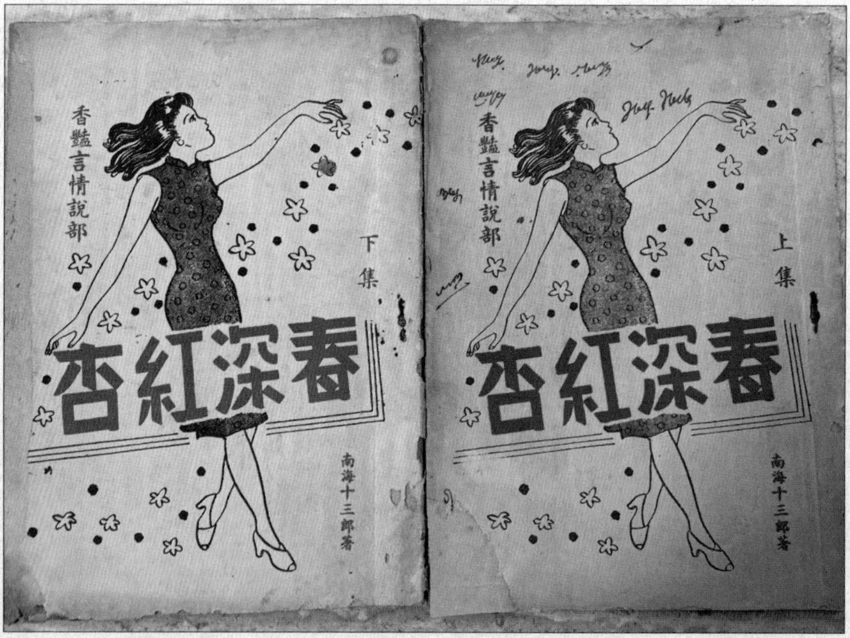

南海十三郎「艷情小說」《春深紅杏》一套兩冊

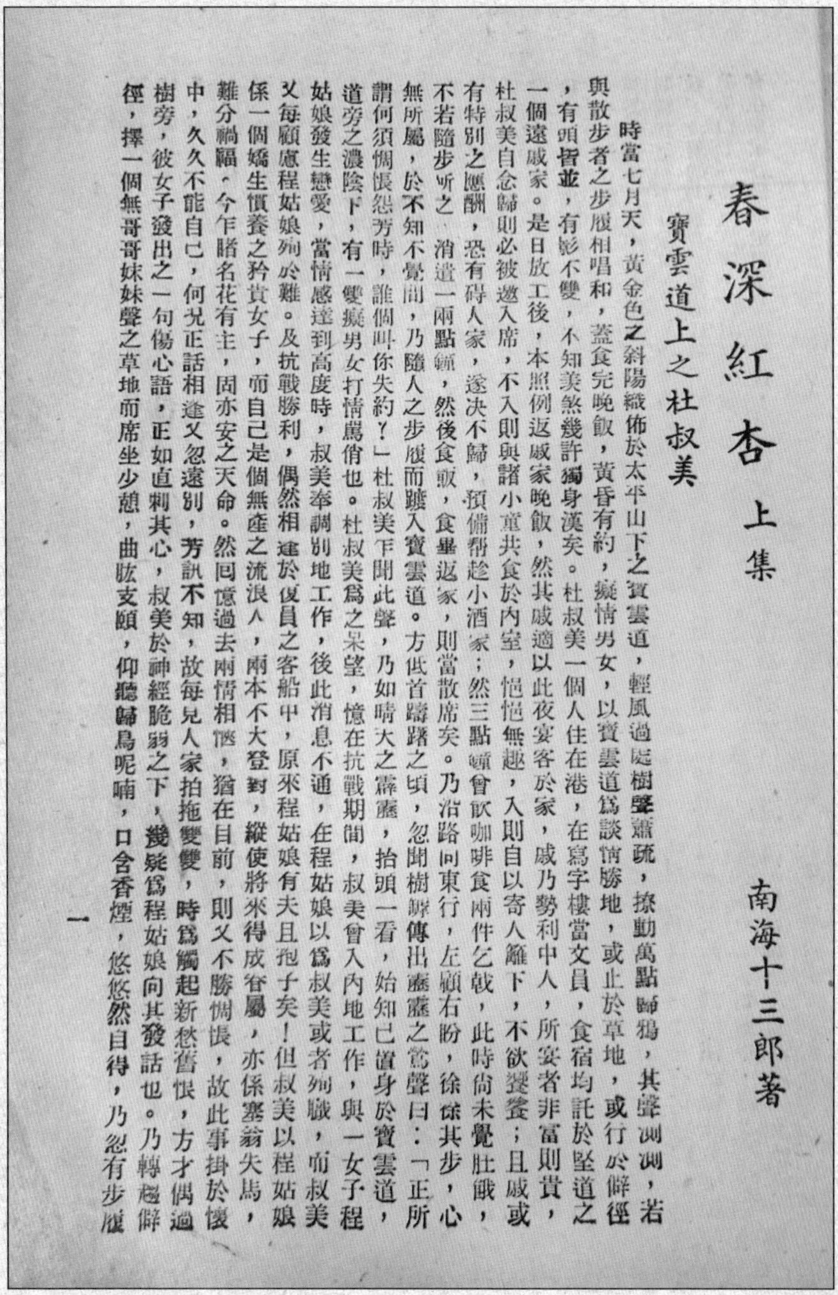

春深紅杏 上集

南海十三郎著

寶雲道上之杜叔美

時當七月天，黃金色之斜陽織佈於太平山下之寶雲道，輕風過處樹聲蕭疏，撩動萬點歸鴉，其聲沏沏，若與散步者之步履相唱和，蓋食完晚飯，黃昏有約，擬情男女，以寶雲道爲談情勝地，或止於草地，或行於僻徑，有頭皆並，有影不雙，不知羨煞幾許獨身漢矣。杜叔美一個人住在港，在寫字樓當文員，食宿均託於堅道之一個遠戚家。是日放工後，本照例返戚家晚飯，然其戚適以此夜宴客於家，戚乃勢利中人，所宴者非富則貴，杜叔美自念歸則必被邀入席，不入則與諸小童共食於內室，悒悒無趣，入則自以寄人籬下，不欲饕餮；且戚或有特別之應酬，恐有碍人家，遂決不歸，預備帮趁小酒家；然三點鐘曾飲咖啡食兩件乞戟，此時尚未覺肚餓，不若隨步所之，消遣一兩點鐘，然後食飯，食畢返家，則當散席矣。乃沿路向東行，左顧右盼，徐徐其步，心無所屬，於不知不覺間，乃隨人之步履而蹀入寶雲道。方低首躊躇之頃，忽聞樹蔭傳出霹靂之驚聲曰：「正所謂何須惆悵怨芳時，誰個叫你失約？」杜叔美乍聞此聲，乃如晴天之霹靂，抬頭一看，始知已置身於寶雲道，道旁之濃陰下，有一雙擬男女打情罵俏也。杜叔美爲之呆望，憶在抗戰期間，叔美曾入內地工作，與一女子程姑娘發生戀愛，當情感達到高度時，叔美奉調別地工作，後此消息不通，在程姑娘以爲叔美或者殉職，而叔美又每顧慮程姑娘殉於難。及抗戰勝利，偶然相逢於復員之客船中，原來程姑娘有夫且抱子矣！但叔美以程姑娘係一個嬌生慣養之矜貴女子，而自己是個無產之流浪人，兩本不大登對，縱使將來得成眷屬，亦係塞翁失馬，難分禍福。今乍睹名花有主，固亦安之天命。然回憶過去兩情相憾，猶在目前，則又不勝惆悵，故此事掛於懷中，久久不能自己，何況正話相逢又忽遠別，芳訊不知，故每見人家拍拖雙雙，時爲觸起新愁舊恨，方才偶過樹旁，彼女子發出之一句傷心語，正如直刺其心，叔美於神經脆弱之下，幾疑爲程姑娘向其發話也。乃轉趨僻徑，擇一個無哥哥妹妹聲之草地而席坐少憩，曲肱支頤，仰聽歸鳥呢喃，口含香煙，悠悠然自得，乃忽有步履

一

小說《春深紅杏》的開場白

《春深紅杏》中的杜叔美當晚在寶雲道遇上戰前舊同事白洛羊偕女友柯麗娜拍拖而至，三人傾談甚歡，柯麗娜說要介紹舊同學（鍾燕如）給杜叔美；四人當晚便在中環柯麗娜租住的梗房談天，然後打麻將，竹戰期間，杜、鍾很快便「撻着」，後來成為戀人，以後故事的發展便是圍繞兩對戀人糾纏的四角關係。杜叔美與鍾燕如都喜歡對方，惟鍾燕如守身如玉，連初吻也遲遲不肯獻上，杜叔美大感「冇癮」，他對鍾燕如有這樣的抱怨：「燕如此人真令人傷腦筋，其佔有慾太過厲害，識得一個男朋友，便不許人家再與一個性異（異性）結識……，既顧慮其愛人被他人誘惑，則應該對其愛人呵護備至，愛人有所欲者，當不惜如何犧牲亦須就之。」那邊廂，柯麗娜性格開放，遇上情場老手的白洛羊，身體早已被佔有。作者這樣描寫白洛羊：「白洛羊之交際手腕圓滑異常，三寸舌時驚四座，對女人尤為細膩精密，過去之羅曼斯（史）不可數計。」白洛羊、柯麗娜的關係建築在浮沙上，容易見異思遷；杜叔美與鍾燕如蜜運時，柯麗娜已在有意無意之間情挑杜叔美，杜叔美礙於鍾燕如對愛情的極強控制慾而不敢越軌。最後，劇情的發展誠如朱少璋博士的推測：柯麗娜遭拋棄，轉移到杜叔美懷抱，鍾燕如遁入空門，不久病逝。

《春深紅杏》劇情說不上蕩氣迴腸，但勝在人物故事簡單，一書兩冊加起來也只是五十八頁而已，讀來一氣呵成。小說的封面以「香艷言情」作招徠，這只是出版商的宣傳手法。言情固然有之，香艷則乏善足陳，有的只是一兩個接吻場面，小兒科矣！《春深紅杏》

以淺白文言文寫成，間中夾雜一兩句廣東話，這是四、五十年代以至六十年代香港報紙副刊流行的文體。南海十三郎編劇獨步梨園，然則其小說在香港文壇應佔甚麼席位，這有待日後有更多的十三郎小說出土才可論斷。

南海十三郎天才橫溢，深受讀者、劇迷歡迎，其生前一舉一動備受關注。一九五九年十二月十日，南海十三郎離開西營盤東邊街精神病院，便成為翌日報章頭條新聞。十三郎出院當天接受記者訪問時精神甚佳，即場引吭高歌他為薛覺先寫的劇本《心聲淚影》主題曲其中一段：「傷心淚，灑不了前塵影事，心頭滋味唯有自己知，一彎新月未許人有團圓意，音沉信杳迷亂情思，踏遍天涯不移志，癡心一片付與伊……。」十三郎幾次出入精神病院，病情時好時壞，一九八四年五月六日，他在青山精神病院辭世，享年七十五歲。

MING PAO 星期五 一九五九年十二月十一日

明報

督印人：沈寶新

本報每份零售壹毫

第二〇六號

怪鴿公開展覽

南海十三郎昨出院

生涯轉換暢談新生

躲盡危機狂歌隨夢歇 未殘心事壯志逐言開

屈指計流年久歷江湖悲落拓

潛心修故藝重揮椽筆奮長才

今日笑談趣事 當時一曲知名

唱出前塵彩事 心決重操椽管

一九五九年十二月南海十三郎離開精神病院，成為報紙頭條新聞。

南海十三郎

《葉靈鳳日記》淺談

《陳君葆日記全集》和《葉靈鳳日記》堪稱香港近代文人兩大日記。陳、葉份屬至交，特別是日佔期間，兩人一起度過「三年零八個月」，閱讀、對照兩人的日記，別有一番味道。

葉靈鳳是著名作家、編輯、藏書家，長時間在報紙編副刊、寫文章，並且留下多年的日記。他的後人早已計劃將之出版，「葉迷」引頸以待多時，可惜只聞樓梯響。幾年前已聽聞小思老師（盧瑋鑾教授）正在整理葉靈鳳日記，小思老師每字斟酌，還要做箋註註釋，一字不能錯，可謂千錘百鍊。在張詠梅教授協助下終底於成，二零二零年六月面世。一套三冊的日記涵蓋年份由一九四三年九月至一九七四年五月，期間有中斷，例如一九六二年和一九七二年只有一天記事。

我喜歡研究香港報業史，近年寫了一本小書：《淪陷時期香港報業與「漢奸」》，論述日佔時期香港報人如何在日軍鐵蹄下度過黑暗歲月。葉靈鳳當時被日本當局委以聯絡文化人和報人的「重任」，因此一度被視為「漢奸」；但他又暗中向國民政府輸送情報，被國民黨

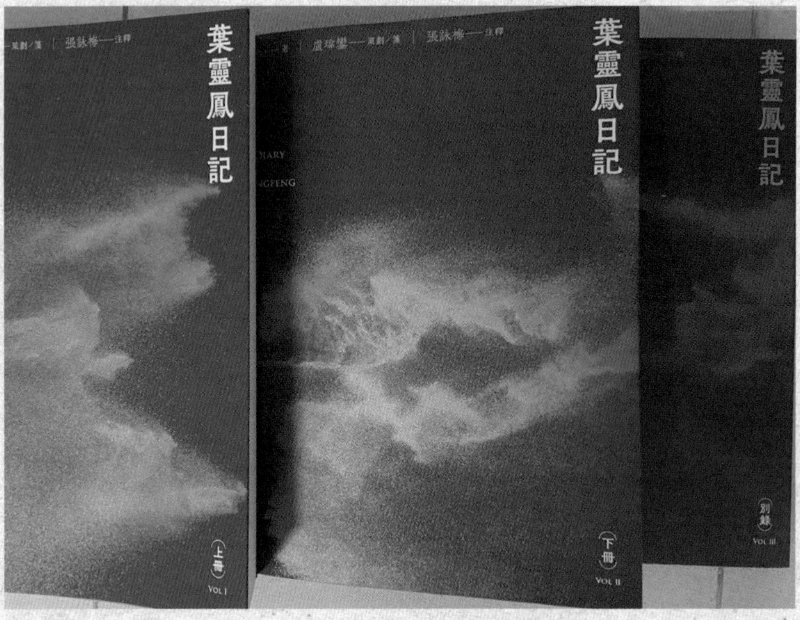

《葉靈鳳日記》

葉靈鳳攝於家中書桌前（一九四零年代中）

視為「同志」；葉靈鳳同時也與地下共產黨有來往，他至少有三重身份。《葉靈鳳日記》到手後，我馬上揭到淪陷期間的日記，希望了解更多葉靈鳳當年的政治角色，可惜葉沒有透露半點風聲。之前我閱讀《陳君葆日記全集》，陳君葆也流露出看不透老朋友葉靈鳳的內心世界。幾年前我遇見葉靈鳳女兒葉中敏，詢之其父日記（當時還未公開）有否記下日佔時期不為人知內幕？葉中敏直言父親為人十分謹慎，哪會白紙黑字寫下敏感字句？葉靈鳳平日與子女閒談，也沒有涉及日佔期間的政治活動。

即使如此，葉靈鳳在日記裏對「國難」也有輕輕觸及，一九四三年十月七日的日記這樣寫道：「擬用『國破山河在』為題，作今年雙十節紀念文，思索久之，題目雖好，但無從下筆，也許以『四十年代的少壯者，應為復興新中國的幹部』為中心來寫這題目，似乎容易些，改日再試一下。」盧瑋鑾為此附上箋註：「在敵治境中，講國破山河在，實在難為。」葉靈鳳不能在日記暢所欲言，但日佔期間他在其負責編輯之刊物常有曲筆嘲諷日人的言論，有興趣者可參考盧瑋鑾和其他學者的專著。

日記大量記載葉靈鳳搜購中外古今書籍，字裏行間經常見到「買書、讀書、寫書」等字眼，葉靈鳳把讀書當作他生活的全部。早年他每次上報館拿稿費後，必會到別發書店（Kelly & Walsh，後來改名為必發）買書和訂書。戰後葉靈鳳長期負責《星島日報》副刊文化版編務，他的日記記載了不少《星島》和當時其他報館的人和事，當中涉及一些「內幕」。

溫文爾雅的葉靈鳳有時也會不留情面月旦報業中人，有些我們認識的報界高人在葉靈鳳眼中原來不過爾爾，或許大家政見不同而已。除了在《星島》有固定工作之外，很多報刊不論左中右大中小都邀請葉靈鳳寫稿，葉因食指浩繁盡量供稿。他替《成報》寫稿寫了十五年，直至一九六九年年底因眼疾無法兼顧，葉對每月少了四百元稿費亦覺可惜。半年後《成報》稱應讀者要求邀葉靈鳳恢復供稿，葉以健康理由婉拒，但同意《成報》所請由另一位作者王季友用葉靈鳳筆名代寫。

一九七四年五月十日是《葉靈鳳日記》最後一天記事。葉靈鳳這一天寫下：「日前本港外國報紙所載郭老（筆者按：郭沫若）的（病危）消息，我國報紙至今並無記載，可見必是無中生有的捏造消息。」郭沫若於四年後的一九七八年六月十二日去世。

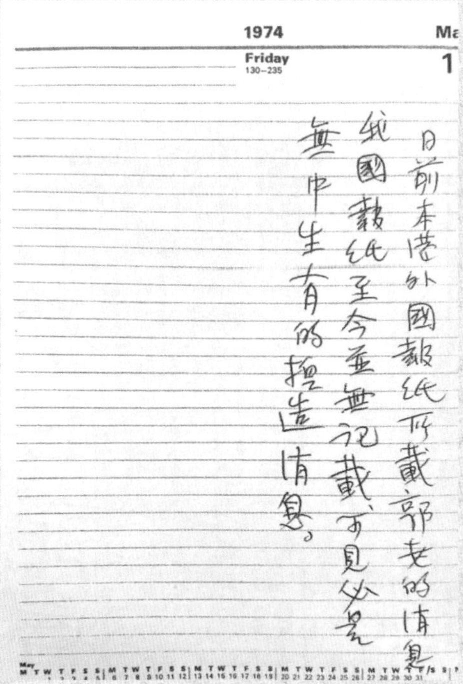
1974 Ma
Friday 130–235 1

日前本港外國報紙所載郭老的消息
我國報紙至今並無記載，可見必是
無中生有的揑造消息。

葉靈鳳最後一頁日記

葉靈鳳的藏書捐贈香港中文大學圖書館

陳君葆日記賣斷市

《陳君葆日記全集》收錄大量珍貴資料

香港大學已故著名學者陳君葆在日佔期間妥善保存大批珍貴典籍和政府檔案，戰後獲英皇喬治六世授予O.B.E.勳銜以示嘉許。陳君葆二次大戰前後活躍文壇，他留下的日記更成為香港珍貴史料。筆者手上一張陳君葆一九四六年光顧告羅士打酒店（The Gloucester Hotel）的單據，也有研究價值。

陳君葆三十年代開始任教香港大學，歷任馮平山圖書館館長、中文學院教席。他最為人津津樂道的是在戰時保護了大批典籍和政府檔案。一九四一年十二月二十五日日軍攻佔香港，香港淪陷，日軍第一時間查封香港大學圖書館，並且禁錮陳君葆要他供出一批珍貴典籍下落，最後日軍把一百一十一箱南京中央圖書館寄存在港大總計約三萬本的古籍劫走。陳君葆原先準備把這批圖書運往美國保存，惜香港淪陷而落入日本人手中。

陳君葆時刻記掛這批圖書下落，一九四五年八月日本投降後陳君葆四出追尋，適值外國友人博薩爾前往東京參加審訊戰犯，陳君葆託他留意圖書下落。博薩爾後來查悉百多箱圖書存放在東京上野帝國圖書館，陳立即通知國民政府教育部常務次長杭立武，及時接回圖書。宋慶齡後來親筆寫信給陳君葆予以表彰，一九五五

陳君葆背後一箱箱東西，是他成功搶救回來的部份書籍（照片拍攝日期為一九四五年十一月）。

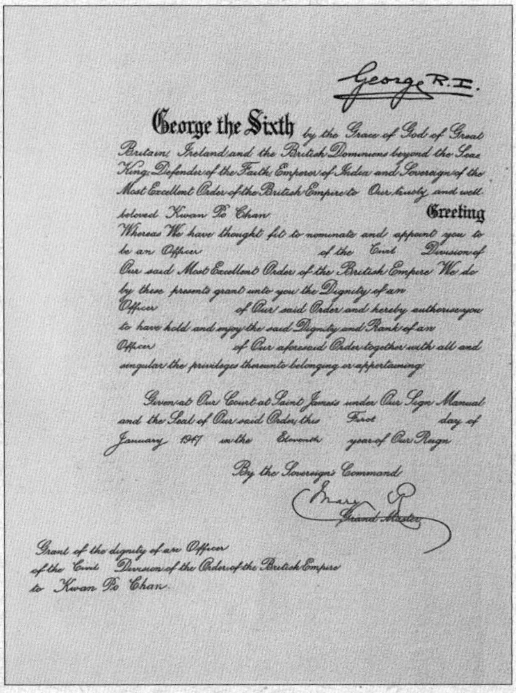

George R.I.

George the Sixth by the Grace of God of Great Britain, Ireland and the British Dominions beyond the Seas King, Defender of the Faith, Emperor of India and Sovereign of the Most Excellent Order of the British Empire to Our trusty and well beloved Kwan Po Chan Greeting

Whereas We have thought fit to nominate and appoint you to be an Officer of the Civil Division of Our said Most Excellent Order of the British Empire We do by these presents grant unto you the Dignity of an Officer of Our said Order and hereby authorise you to have hold and enjoy the said Dignity and Rank of an Officer of Our aforesaid Order together with all and singular the privileges thereunto belonging or appertaining.

Given at Our Court at Saint James's under Our Sign Manual and the Seal of Our said Order this First day of January 1947 in the Eleventh year of Our Reign

By the Sovereign's Command

Grand Master

Grant of the dignity of an Officer of the Civil Division of the Order of the British Empire to Kwan Po Chan

一九四七年英王喬治六世向陳君葆頒授 O.B.E. 勳銜

一九五六年周恩來總理（右）在中南海接見陳君葆

年十二月二十日周恩來總理在北京中南海接見陳君葆、陳丕士等人時當面稱讚陳君葆保護古籍有功。另外，陳君葆在日佔期間收集散落在港九各地的圖書和政府檔案，避免被日軍盜走或破壞；這批政府檔案，包括生死註冊處資料，為戰後香港社會重建提供重要依據。

陳君葆留下的日記由其女婿謝榮滾整理成《陳君葆日記全集》，涵蓋年份由一九三二年至一九八二年。要研究戰前戰後和淪陷期間香港的狀況，這套日記是重要參考書，可惜日記全集已銷售一空，要看只能到圖書館借閱。陳君葆在日記裏記下很多交際往還的人和事，其中，陳君葆經常與朋友到中環告羅士打酒店應酬。日軍侵佔香港之前，很多達官貴人都喜歡在

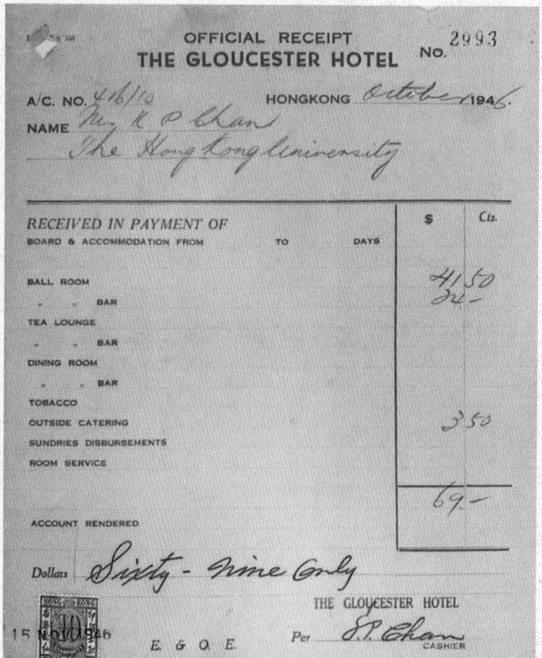
OFFICIAL RECEIPT
THE GLOUCESTER HOTEL No. 2993
A/C. NO. 416/10 HONGKONG October 1946.
NAME Mr K P Chan
The Hong Kong University

RECEIVED IN PAYMENT OF	$ Cts.
BOARD & ACCOMMODATION FROM TO DAYS	
BALL ROOM	41.50
" " BAR	24-
TEA LOUNGE	
" " BAR	
DINING ROOM	
" " BAR	
TOBACCO	
OUTSIDE CATERING	3.50
SUNDRIES DISBURSEMENTS	
ROOM SERVICE	
	69-
ACCOUNT RENDERED	

Dollars Sixty-nine Only
THE GLOUCESTER HOTEL
Per S.P. Chan CASHIER
E. & O. E.
HONG KONG TEN CENTS 10
15 NOV 1946

一九四六年十月陳君葆光顧告羅士打酒店的單據

該處飲宴作樂。淪陷期間告羅士打酒店易名松原大廈，戰後恢復舊稱。

筆者手上這張告羅士打酒店一九四六年十月發出的顧客飲食收據，顧客乃 Mr. K.P. Chan, The Hong Kong University 。K.P. 是君葆英文 Kwan Po 縮寫。收據銀碼為六十九元，單憑收據我們不知道陳君葆（和朋友）吃了些甚麼。根據英京酒樓一九四六年的廣告，一席十道菜翅席，取價一百二十元，可見陳君葆當日在告羅士打埋單六十九元不是小數目。筆者有興趣知道陳君葆當天與甚麼人應酬，但翻查陳君葆一九四六年十月的日記，他並沒有記下告羅士打酒店應酬一事。戰後香港百廢待興，香港大學重興教務在在需人需財，由於陳君葆的文化界脈絡甚廣，如果他代表港大到大酒店應酬，也屬正常不過。一九五五年年底陳君葆策劃組織了香港大學一批英籍教授訪問中國，訪問團獲得周恩來總理接見，此行令陳君葆在大學教育圈子裏贏得美譽，自此之後北京更加重用陳君葆，周恩來也叫他留在香港工作。

今聖嘆《新文學家回想錄》前世今生

五十年代至八十年代，作家今聖嘆活躍香港文壇，一九七七年他出版的《新文學家回想錄》大受好評，遺韻廣佈，可惜絕版多年。他的兒子程鼎一在父親離世後一直想重印此書，好事多磨，二零二一年在沈西城穿針引線下終於成事。新書增添了一些內容和多張照片，並由金耀基教授重新為書名題字。

今聖嘆原名程綏楚，朋友多以程靖

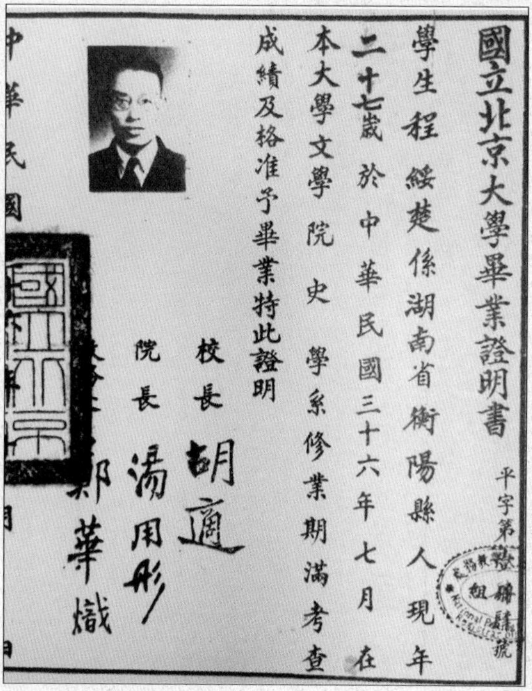
國立北京大學畢業證明書

平字第　號

學生程綏楚係湖南省衡陽縣人現年二十七歲於中華民國三十六年七月在本大學文學院史學系修業期滿考查成績及格准予畢業特此證明

校長 胡適

院長 湯用彤

鄭華熾

中華民國

程靖宇一九四七年的畢業證書，時任校長為胡適。

宇稱之。他畢業於北京大學史學系，受業於陳衡哲、陳寅恪門下，頗得胡適器重。程靖宇一九四八年移居香港，一九五一年任崇基學院講師，兼職寫作，先後在香港多份報章撰寫專欄。程靖宇寫民國文人逸事特別好看，因為文章裏的人物很多都是他認識的，敘事有血有肉。六十年代初，他在香港《新生晚報》以丁世五筆名寫《儒林清話》，著名書評人黃俊東很喜歡《儒林清話》文章，每天把程先生的文章剪下來，慢慢就變成一本文學剪貼簿。十多年後黃俊東兼職文化生活出版社，他建議出版社徵求程靖宇同意，把剪貼簿的舊文章結集出書。出版社同事翁靈文跟程靖宇相識，由翁靈文出面，結果一拍即合，書名定為《新文學家回想錄》，「儒林清話」則作為副題，作者也改署「今聖嘆」，一九七七年九月出版。此書已絕版多年，一本難求。

余生也晚，沒見過程靖宇先生，但「今聖嘆」（程老常用筆名）三字如雷貫耳，「才子今聖嘆」早已享譽香港報壇和文壇。多年前，一個偶然機會讓我擁有程靖宇先生這本名著《新文學家回想錄》。事緣黃俊東先生移民澳洲之後，他把剪貼簿連同一封介紹剪報集來龍去脈的親筆書函交給香港新亞書店拍賣，我順利投得。後來，我認識在國泰航空公司任職高層的程鼎一，獲他告知其父乃程靖宇先生，我把拍得程老先生文章的剪貼簿一事告之，鼎一稱這是難得的文學緣份。以後每次和鼎一見面，話題總離不開程老先生的故事。鼎一這些年來一直都在整理父親的資料，包括父親留下的文字和其他人寫程靖宇先生的文章，鼎一似乎要替

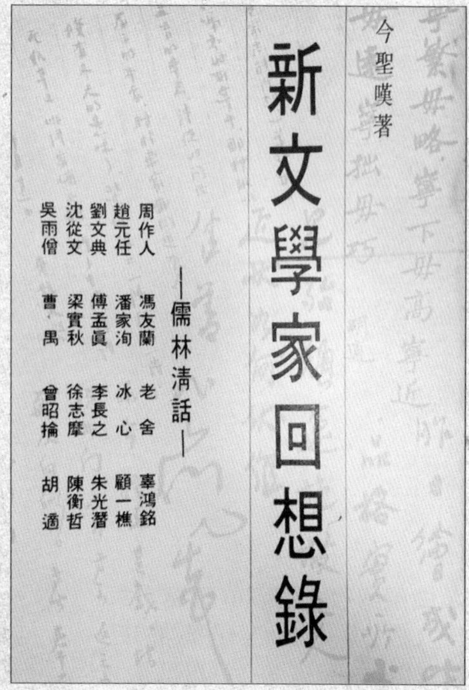

一九七七年初版的《新文學家回想錄》

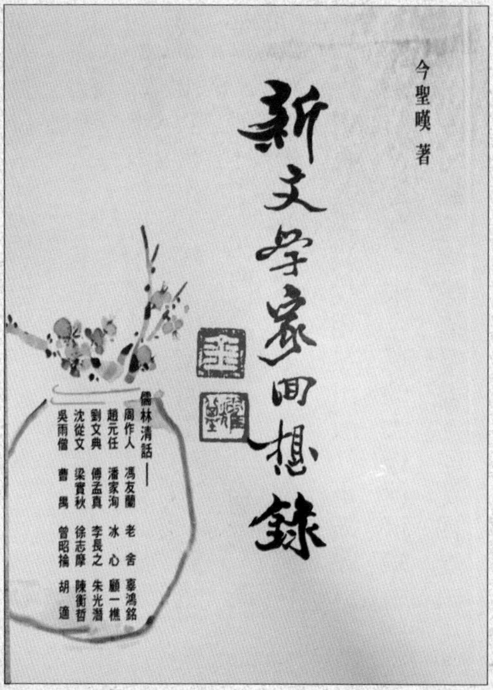

二零二一年新版《新文學家回想錄》

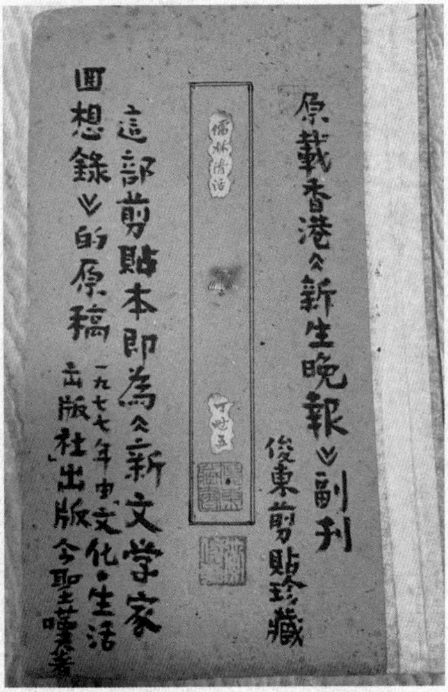

黃俊東剪存今聖嘆的專欄文章，一九七七年用《新文學家回想錄》書名出版。

父親做點文字方面的事。

二零二零年年底，程鼎一邀約沈西城和我在上海總會午飯敘舊，席間鼎一出示其父親的舊作《新文學家回想錄》，說這是孤本。此時，沈西城順口搭上一句：「既然一書難求，而且內容又那麼好看，這本書就借給我，讓我找相熟出版社重新設計排印出版，這樣一來令尊的大作便可繼續留傳，也可讓更多讀者受益。」沈西城這番話說到鼎一的心坎裏，鼎一二話不說便把父親的遺著交到沈西城手裏。我旁觀整個過程，當天還以為沈西城只是隨便說說，飯後便會忘記得一乾二淨，豈料幾個月後沈西城來電說新書已完成排版，正在校閱文字，要我替新書寫篇小序。

寫小序時讓我回憶起上述文壇的一段

程鼎一讀小一時與父親程靖宇（今聖嘆）合照

文學緣份，沒有黃俊東的剪貼簿，便沒有一九七七年的《新文學家回想錄》出版。四十多年後，程鼎一希望父親的文章能千秋萬世流傳，這是兒子的心願。沈西城明白鼎一作為人子的孝心，努力促成其事，上一代的文學緣份因此得以延續，沈西城的功勞絕不遜於黃俊東。

新書出版後，程鼎一放下心頭大石，終於可以圓夢了。鼎一說他從小跟父親的關係並不親密，父親是嚴父且恃才傲物，再加上年近五十才生鼎一，父子倆沒甚麼可聊。維繫父子日常關係的竟是父親的風流韻事，鼎一細細個已常去舞廳，不是尋歡而是尋找父親！原來程靖宇風流成性，常流連舞廳、歌廳，日籍妻子不便出入這些娛樂場所尋人，無奈只好叫小鼎一去找父親回家。久而久之，鼎一便成為歡場常客，有時要坐在一角等父親「飲埋呢杯」才陪着父親歸家。鼎一向我們講述這些往事絲毫沒有怪責父親，他體諒文人的率性，而且父親每天要寫那麼多專欄，到舞廳歌廳減減壓也不為過吧？

鼎一讀小學五、六年級時，常要幫父親送稿到幾家報館，一天要跑幾間，當然不是免費的，他送完稿可得兩塊錢，算是很不錯的收入。程鼎一大學畢業出來工作後，從報壇前輩口中聽到不少程靖宇（今聖嘆）的逸事，才知道父親是那麼聞名。鼎一在父親離世後整理遺物，在書信堆裏發現胡適、陳寅恪、陳衡哲等著名學者給父親的信件，鼎一挑選了幾封，刊登在重新出版的《新文學家回想錄》裏，和讀者分享。

程鼎一十九歲生日，父親送書勉勵。

李樹芬、李崧——香港兩位名醫的回憶錄

李樹芬一九六一年出版的回憶錄

李崧的回憶錄

李樹芬和李崧是上世紀香港的名醫，兩人是香港大學前後期校友，兩人大半生服務的病人卻是極端不同的階層，一個是富豪階級，一個是勞工階層。

李樹芬和李崧各自寫有回憶錄，記載着他們大半生的傳奇故事。李樹芬是「養和之父」，是養和醫院首任院長，戰後寫了《香港外科醫生——六十年回憶錄》。李崧協助工聯會創辦了工人醫療所，出任義務醫生三十多年，留下了《李崧醫生回憶錄》。

李樹芬一九零八年畢業於香港西醫書院後留學愛丁堡大學，未畢業已加入同盟會追隨孫中山先生參加革命活動。民國初年他在廣州被任命為第一任衛生司長，一九二三至一九二五年期間擔任孫中山的醫事顧問。孫中山逝世後李樹芬返港行醫並協助改組養和醫院。一九四一年十二月二十五日香港淪陷，

一九一一年廣東醫學共進會歡迎孫中山先生，前坐右二為李樹芬。

李樹芬被視為「親英反日」分子被監控，幾次被傳召到日軍憲兵總部盤問。他目睹日軍很多暴行，在他的回憶錄中有詳細記載。他在鐵蹄下生活了十八個月最後決定逃亡，回憶錄講到他如何策劃逃離日軍魔爪這一節很精彩。李樹芬逃出香港後輾轉去到戰時首都重慶，之後再經印度飛往英國，戰後一九四五年十一月從美國回到香港，以董事長兼院長身份收回養和醫院，惟醫院已面目全非，他費了九牛二虎之力才把醫務納回正軌。

李崧是著名的「紅色醫生」，他一九二一年在香港大學醫學院畢業，行醫超過六十年，無數貧困家庭都受過他的救助，被譽為「看病不要錢」的名醫。李崧在皇仁書院只讀了兩年未畢業，本應沒有資格入讀港大，但由於參加廣東省政府免費學額的考試考了五個優，成功免費入讀。李崧港大畢業後開始行醫，家住跑馬地萬松坊，他住三樓，四樓住了一位叫潘達微的先生。李崧把潘達微的肺病治好，兩人成為忘年之交，潘的女兒潘甦後來嫁給李崧。潘達微大有來頭，他一八九五年起追隨孫中山先生，一九一一年積極參與黃花崗起義的準備工作，起義失敗後他冒着生命危險收殮烈士遺骸，把烈士葬於黃花崗。

李崧一九四九年開始已經為工會和一些社團當義務醫生，病人拿着工會介紹信，看病不用付診金，只收藥費兩元。一九五零年七月李崧協助工聯會開辦了工人醫療所，自此在醫療所當了三十多年的義務醫生。《李崧醫生回憶錄》由著名作家杜漸負責筆錄，杜漸就是李崧兒子李文健的筆名。

章衣萍的「中國名人故事叢書」

中環二樓書店上海印書館幾年前發售「中國名人故事叢書」，這叢書有多本小書，每本小書介紹一位中國著名歷史人物。這套書是上世紀三十年代由上海兒童書局出版發行，編著者為章衣萍。二樓書店店主把這批圖書放在徐訏、傑克、張恨水的著作附近，顯見章衣萍並非等閒之輩，可惜沒有引起太多讀者注意。

章衣萍來頭不小，他的名字常與胡適和魯迅拉扯一起。章衣萍常到胡適家裏替胡適抄寫，和他一家稔熟，常以「我的朋友胡適之」自豪。章衣萍寫過不少引人注目文章，其中以《情書一束》最為轟動，有「情書專家」之稱，沒想到章衣萍也編寫過兒童圖書。正如香港知名作家兼書評家許定銘所言：「到今天，若還記得文壇上有章衣萍的話，大概仍因為他的《情書一束》，有誰還會記起他曾寫過幾十本兒童書？」想不到章衣萍的兒童書「中國名人故事叢書」半個世紀之後會出現在香港中環二樓的書店。

這套叢書究竟出版了多少本小書？沒有確切數字，估計有幾十本。香港上海印書館放售的起碼有二十種，每本小書定價只是二十多元，筆者一次過掃走十多本，有《諸葛亮》、《關雲長》、《包拯》、《王安石》、《班超》、《朱子》、《岳飛》等等。

從「中國名人故事叢書」的版權頁可以知道，叢書的出版日期是從一九三二年「一·二八」淞滬戰爭開始之後。在此之前，章衣萍的朋友溫梓川建議他寫兒童文學，因為他的文句顯淺，最適宜寫兒童文學。現時香港所見到的「中國名人故事叢書」都是重印本。抗戰時期物資匱乏，出版書籍在用紙和印刷方面盡量節省，「中國名

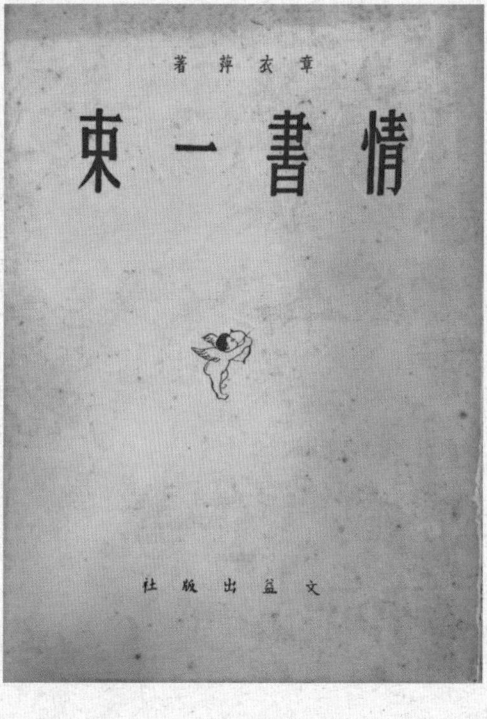

章衣萍的《情書一束》轟動文壇

章衣萍編著的「中國名人故事叢書」

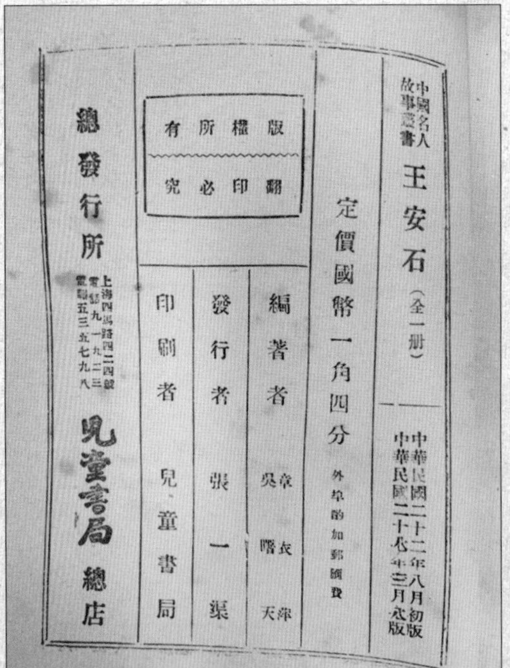
中國名人故事叢書 王安石（全一冊）

中華民國二十二年八月初版
中華民國二十[illegible]年三月[illegible]版

定價國幣一角四分 外埠酌加郵匯費

版權所有 翻印必究

編著者 章衣萍 吳曙天
發行者 張一渠
印刷者 兒童書局

總發行所 上海四馬路四二四號 電報九一九二三 電話五三五七九八 兒童書局總店

「中國名人故事叢書」
版權頁

章衣萍

曹聚仁

近年，我時常看台灣出版的[illegible]，以及蕭孟能先生所選編的文星[illegible]刊，覺得台灣畢竟是老年人的天地，寫回憶，談掌故，也頗有幾把好手。因為他們畢竟是過來人，比道聽塗說的高了一大截。即如胡遯園的賢不肖列傳，便是我愛看的一種。胡氏比我大不了幾歲，他所寫的人物，大半是我的朋友。他說他和盧冀野一同在暨大教過書，還和章衣萍同過事，我再把封面上的照片看一看，實在想不起來。

不過，我看看胡氏所寫的「章衣萍故事」，尤其是說衣萍在暨南的事，完全不對路；同時他亦沒看過衣萍的情書一束，簡直道聽塗說，牛頭不對馬嘴，大出我的意外。胡氏說：『衣萍在暨大附中教過國文，因用他那本「情書一束」的大作做參考教材，給鄭洪年解聘；後來在騶鄉的事件後，他回到暨大當秘書。』衣萍和章鐵民所以離開暨大，乃是他們和文學院院長陳鐘凡，為了詩經「伯兮」的語譯而吵嘴而離開的。至於用自己的小說作教本的，乃是另一徽州人汪靜之的事，和衣萍並不相干。衣萍不會用「情書一束」作國文參考書。

胡氏說：『章衣萍是最可憐的一個人，所謂「摸屁股」這個怪難聽的稱號。……因為「情書一束」這一本小冊子，章衣萍在衛道之士的攻擊中，是毀多於譽。……』這段話，證明

曹聚仁撰文評論章衣萍

人故事叢書」不例外，然而薄薄幾十頁的小書也有不少插圖，讓小朋友愛不釋手。這套叢書很受歡迎，每本都重印多次，有些更重印了幾十版。章衣萍很認真寫這套叢書，他說：「我平生寫文章很少起草稿，但這番替兒童書局寫中國名人故事，有時竟不能不起草稿，而且再三修改。我為甚麼要這樣小心呢？怕的是唐突古人，貽誤少年讀者而已。」

「中國名人故事叢書」有幾本是章衣萍和妻子吳曙天合著的。吳本身也是作家，出過散文集《斷片的回憶》和《戀愛日記三種》，還編過一本《女子書信》。吳曙天不到四十歲便去世。

青文叢書成搶手貨

隨着羅志華不幸身故，灣仔青文書屋的傳奇故事已成為香港文化人的集體回憶，青文出版的叢書更成為一眾文青追捧的讀物。

很多書友不約而同來到我老總書房，要找青文書屋早年出版的叢書，特別是要黃碧雲、也斯和丘世文的著作，他們在書堆裏努力發掘，偶然給他們找到一兩本，開心到彈起。十多廿年前青文叢書唾手可得，青文書屋店主羅志華身邊便有一大堆，可見當年銷情很一般。自從羅志華「壯烈犧牲」後，青文叢書又熱銷起來，新一代的讀者也加入搶購行列，因此這幾年市面舊版青文書愈來愈少，幾成荒漠甘泉。

不經不覺，羅志華離開我們已十多年。

二零零八年的年廿八（二月四日），羅志華進入大角咀的書倉整理存書，十四天後他被揭發陳屍在書倉的書山之下。羅志華愛書，竟被塌下的書壓死，死得真是轟烈。今天仍然忘不了羅志華每天在書店電腦前默默工作的身影，他用電腦排版，與也斯（梁秉鈞）聯手策劃

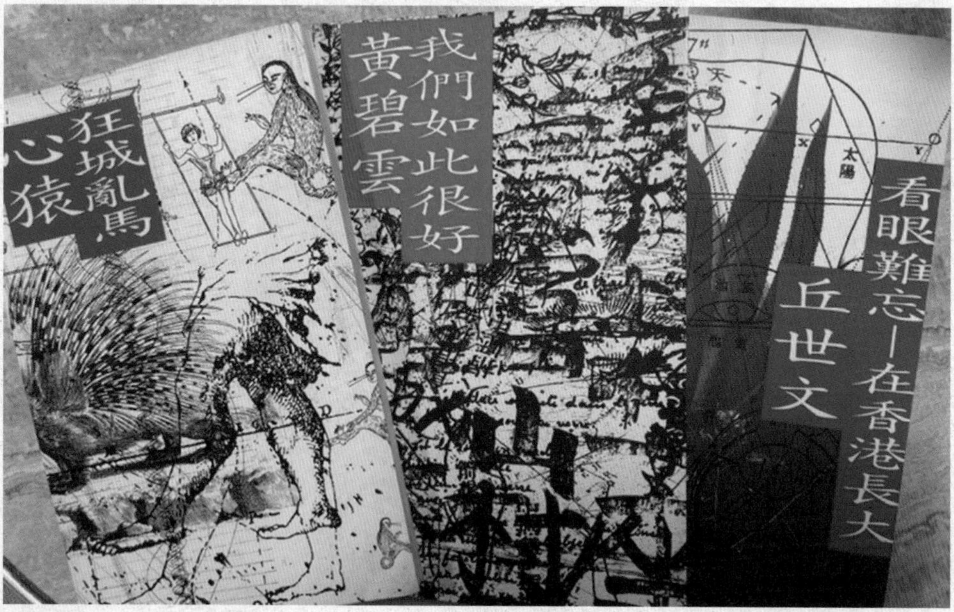

受年輕人熱捧的青文叢書

出版了「文化視野叢書」，從小說、詩集、散文到文化評論都有，一九九六年至二零零一年共出了下列二十一本書：

也斯《香港文化空間與文學》
游靜《另起爐灶》
黃碧雲《我們如此很好》
心猿《狂城亂馬》
也斯《越界書簡》
李國威《李國威文集》
黃淑嫻《女性書寫：電影與文學》
王仁芸《如此》
葉輝《浮城後記》
丘世文《看眼難忘——在香港長大》

羅貴祥（編）《觀景窗》
也斯《失憶的女人》
錢雅婷編《十人詩選》
張燦輝《情愛與中西文化》
丘世文《周日牀上的顧西蒙》
丘世文《一人觀眾》
許焯權《空間的文化》
陳冠中《什麼都沒有發生》
陳冠中《半唐番城市筆記》
葉輝《書寫浮城：香港文學評論集》
崑南《地的門》

近日我重讀的《狂城亂馬》，是「文化視野叢書」一九九六年初版。九七年讀此書已感震撼，編者指這本書是「作者以香港都市空間為背景發展出來的一闋狂想曲，可說是香港九十年代的風俗圖、諷刺畫，既是文化批評又是末世寓言」。當年讀此書時已猜想作者心猿並非等閒之輩，書出來後文化圈一直在議論作者是何方神聖，後來終於有人揭開謎底，真身原來是也斯！難怪，但不奇怪，唯有也斯方能創作出這樣既魔幻又現實的小說。

二零零九年初，葉輝、馬家輝和一班文友出版《活在書堆下——我們懷念羅志華》紀念文集，讓我們永遠記起這位終年四十四歲的戇直書店店主。羅志華、也斯雖已遠去，他們的傳奇故事仍然寫不完、仍然新鮮。

朋友為紀念羅志華出版了《活在書堆下》

香港塘西風月史

上世紀二、三十年代，香港「塘西」乃省港澳最著名的煙花之地，繁榮「娼」盛歷時三十年之久。政府禁娼，塘西花國歷史於一九三五年六月三十日劃上句號。我們只能從書本重溫那段春色無邊歷史。很多人看過電影《胭脂扣》，張國榮飾演的十二少戀上梅艷芳飾演的塘西「紅牌阿姑」如花，才首次聽過塘西這個名字。塘西沒有留下一點風月遺蹟，電影鏡頭當然欠奉。

西環屈地街至堅尼地城之間的地段，叫做石塘咀。一九零三年政府強迫水坑口的妓院全數搬往石塘咀，自此便進入「塘西風月」時期。當年塘西風月的中心地帶，就是今天的山道位置，高

石塘咀塘西風月時期舊照

娼妓禁絕矣

昨夕已無妓女應徵

石塘酒家討論維持營業

本港實行廢娼、限全港公娼於本年六月底完全禁絕、在本港方面、石塘之詠花等三妓院、及對海油蔴地吳淞街之雙鳳樓、及廟街新合香等十妓院、已完全奉令停業、而各寨旗下之娼妓、亦經於本月廿六日、奉命到華民署繳牌、至昨日止、已悉數離寨、同時由昨晚起、已無妓女出局應徵、從此塘西蔴地之繁盛區域、已成陳跡、茲將記者調查所得之詳情、分誌如下、

（停業之妓院）查石塘咀方面、最近尚有詠花翠紅長樂三間、而該三寨妓女、昨（廿七）晚尚應徵者、有詠花妓院之榮君、森蘭、金仔、彩玉、艷容、芊芊、[illegible]、長樂妓院之翠紅、碧[illegible]

（廿六日除牌）禁娼原期限至本月底止、但今日為星期六、明日為星期日、華民署俱休息、故預先通知各妓院妓女、限至廿六日除牌、故石塘咀油蔴地各妓女得接通告後、經於本月廿六日[illegible]前往華民[illegible]

昨日據已停業之妓院僱稱、妓女多另謀生、赴省者有之、赴澳門者有之、且有等不辭勞苦遠涉重洋、赴安南星洲者亦大有人在、有等妓女則以皮肉生涯、慘無人道、改習舞技以謀生活者為數頗衆、各適其適

（酒樓不影響）又以妓院停業、酒家生意、未免不受影響、記者又特向酒樓方面調查、據云、妓院雖停業、酒樓生意、實不易受影響、其原因近來各酒樓之月租、多已減低、同時僱員方面、亦多已實行減薪、自下月開酒家已加聘女招待、將來酒家酒樓、或將効法、并實行將酒菜減低、以廣招徠

（將召集會議）又查石塘咀之[illegible]

香港一九三五年六月三十日起實施禁娼，圖為六月二十九日《華僑日報》的報道。

樓大廈已取代昔日著名妓院、酒家，十二少和如花今天若在塘西重逢，只能茫然站在街頭，無所適從。

現今我們只能靠書籍和報紙追尋塘西風月歷史，其中，書本以羅澧銘的《塘西花月痕》最具代表性，報紙則以《骨子報》最有名。後期吳昊撰寫的《塘西風月史》，以及袁步雲監製和主演的電影《塘西風月痕》（一九九二年）也很有參考價值，公共圖書館可以借閱前者。羅澧銘《塘西花月痕》絕版多時，近年有不同出版社將其重排出版，容易買到。《骨子報》一九二八年出版，是羅澧銘和孫壽康合辦的三日刊。羅澧銘辦《骨子報》時正是塘西的黃金年代，內有專欄詳細報道塘西花事。

羅澧銘畢業於聖士提反書院，是鄧

肇堅同學，他十九歲時（一九二二年）已出版小說《胭脂紅淚》，風行一時。他在《塘西花月痕》書中自言「情竇初開，追隨朋友買醉塘西，返寨打水圍，直入香閨。……」羅澧銘身體力行，因而對塘西舊事瞭如指掌。一九五六年六月他開始在《星島晚報》以「塘西舊侶」筆名寫塘西風月史，超過一千二百篇，後來結集出版，取名《塘西花月痕》，奠定他的塘西掌故至尊地位。羅澧銘自信其書絕無誨淫文字，所說的全是事實，發人深省，他忠告一眾浪子不宜在風月場中爭雄鬥勝，否則必定傾家蕩產、身敗名裂。羅澧銘透過他的生花妙筆，把塘西的掌故和妓院的眾生相活現於讀者眼前，閱讀《塘西花月痕》就好像跟隨作者進入花國目睹開筵坐花的盛況，看着商賈大少如何一擲千金，紅牌阿姑如何欲拒還迎的場面，真的是愛不釋手。

塘西風月經典小說《塘西花月痕》

塘西風月既神秘又令人神往，當年無色膽又缺銀両者，唯有靠睇報紙上塘西名妓故事頂癮，「風月小報」因此應運而生。這些風月報紙頭版例有一幅塘西紅牌阿姑或者歌壇女伶的照片，旁邊配以一段「哀艷動人」文字介紹她們的身世；報紙上當然少不了有描述嫖客到塘西狎妓冶遊的小說，閱報者有如親歷其境。筆者手上有一份一九三零年四月二十六日的風月小報《青樓夢》，該報頭版就有一張「茶花二妹碧霞合照」大相，配以幾百字旁白介紹「茶花」出場，其中一段寫道：「館之內有茶花一朵焉，芳名美美，年華二九，貌艷如桃，才堪咏絮；唯賦性不羈，浪漫幾過於美顏。因是之故，人咸目彼姝為淫娃，固不知她外貌之浪漫，心正若江南之菜也。……」文章標題是「冰清玉潔羡茶花」，講到茶花如何出淤泥而不染，其實是在替茶花賣廣告而已。風月小報作者大多是文字高手，下筆亦莊亦諧，同一天的《青樓夢》第二版的作者「花叢大叔」便有妙文：「根據老舉眾人妻，人客水流柴之說，則娼門之妓，豈有真情真義之哉，亦不外乎妓為悅己之錢而已。然十室之邑必有忠信，百步之內豈無芳草，又似乎不能以一竹篙而打盡一船人也。……」

在芸芸風月小報之中，《骨子報》聲名最響，最有地位。講塘西風月不能不提《骨子報》，研究香港風月史不能不研究《骨子報》，而《骨子報》是少數能保存下來的風月小報，雖然期數不多而且只能在香港大學圖書館內閱讀，但已足夠讓學者浸淫數星期。在《骨子報》之前，已有《開心》、《疏肝》等風月小報出現，之後也陸續有新辦的。香江風月小報曾經繁花盛放，香港報業史不應缺了這一章。

第一頁　民國十九年四月廿六日　THE CHING LOU MONG WEEKLY　夏曆庚午年三月廿八日　星期六

青樓夢週刊

第廿五期

社長兼總編輯譚伯養

督印人薛雲生

冰清玉潔姜茶花

茶花二妹碧霞合照

一九三零年的塘西風月小報《青樓夢》

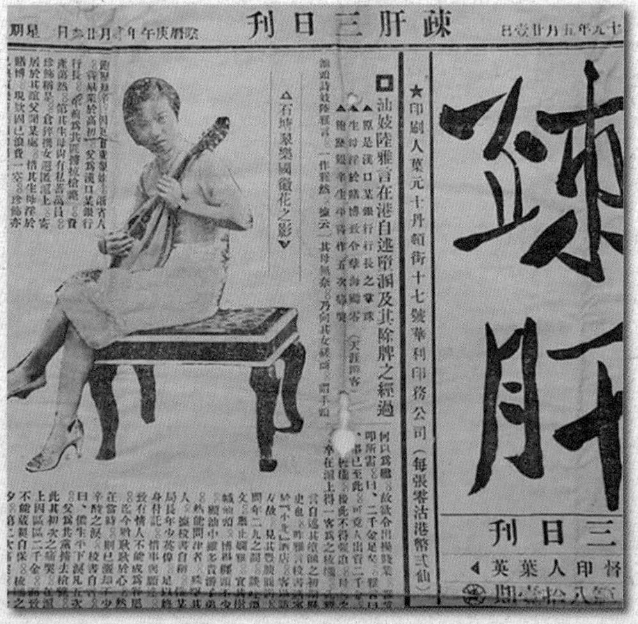
疏肝三日刊

疏肝

三日刊

印刷人葉元　十七號華利印務公司（每張零沽港幣弍仙）

督印人葉英

油妓陸雅言在港自述墮溷及其除牌之經過

石塘翠樂園徵花之影

塘西風月小報《疏肝》

香港的「午夜小說」和「廟街文學」

上世紀七十年代香港出現某類色情小說，它們只能夠在午夜時份的報攤見到，日出就會消失，銷售對象主要是夜遊人，我們叫這類小說做「午夜小說」，其中最具代表性的「午夜作家」就是「夏飛」。

夏飛究竟是何許人也？樹仁大學新聞與傳播學系教授黃仲鳴窮多年之力追查也無法找到答案。黃教授說陳湘記書局老闆之子陳炳新曾向他透露夏飛乃是肥婆一名，是耶？非耶？孤證難以稽考矣。由於夏飛的小說三幾天便出一本，一人之力恐難如此多產，筆者和黃教授傾向認為夏飛乃是集體創作的筆名。究竟夏飛寫了多少本午夜小說？實在沒法統計，但估計應該有近千，因為筆者個人已擁有約二百本（部份重複）。說實在話，筆者並非夏飛的忠實擁躉，只是機緣巧合收集了大批夏飛的書。多年前一家買賣舊光碟的小店收到兩大袋紅白藍膠

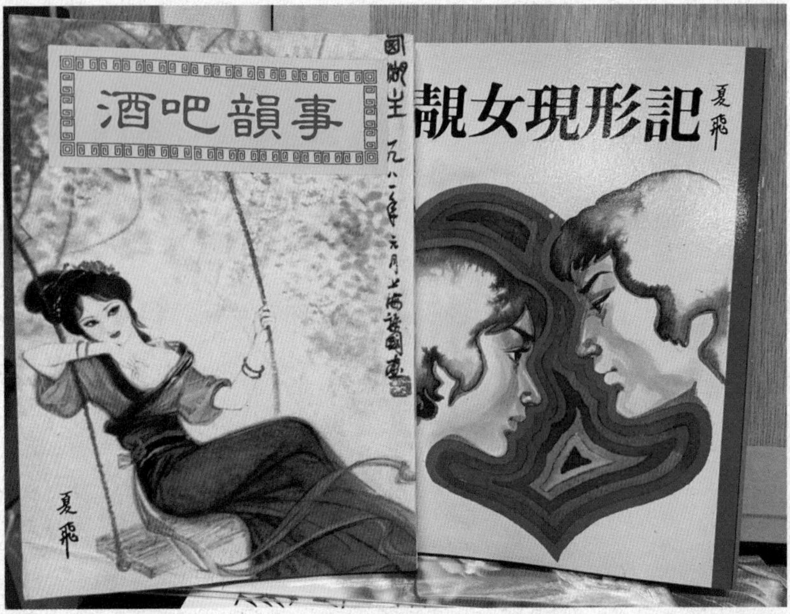

夏飛的「午夜小說」

袋的舊書，裏面全是夏飛的小說。筆者剛巧經過，店主和我相熟，他本人對此堆鹹書無甚興趣，遂以一個極度相宜的價錢轉讓給我，如此這般我便成為「夏飛小說收藏家」。朋友後來知道此事，紛紛要求割愛一兩本，很快便送走一半「珍藏」。

夏飛小說被歸類為「鹹濕小說」或色情小說，好聽一點就叫做情色小說。然而，根據黃仲鳴教授的研究心得，夏飛不是一般的「色情作家」，他（她）師承明清艷情小說的傳統，所販賣的不只是色情。黃仲鳴二零零五年八月在其主編的《作家》月刊上以筆名「方原」寫了一篇文章〈解讀「午夜作家」夏飛的《夜夜換新巢》〉，寫了幾千字，引經據典分析夏飛其中一本小說《夜夜換新巢》。黃仲鳴對夏飛「另

解讀「午夜作家」夏飛的《夜夜換新巢》

方原

大學兼職教授，專研通俗小說及其語言。

《夜夜換新巢》書影。

一、是「情色作家」，非「色情作家」

上個世紀七十年代，我剛進報界，每日凌晨下班，當途經銅鑼灣一帶時，有幾處報檔書檔通宵營業，我輒蹲下瀏覽一番。那些書檔，是待商舖休息之後，深夜始擺地攤，專售成人讀物和流行小說。在芸芸書刊中，有個作家引起我的注意。那就是「夏飛」。

夏飛的書每整行排列，陣容鼎盛。而且，還不斷有「新貨」推出，產量十分可觀；每一本都是艷情爲尚，男女交媾爲主。我捧讀之下，驚覺這位「色情作家」和那些「鹹濕作家」迥然有別，也曾購買多冊，看得津津有味。可惜，迭經搬遷，滄海桑田，到了八十年代，這位作家已銷聲匿跡，我所藏亦風流雲散，不知花落何處了。

到了九十年代中，我偶翻藏書，赫然檢出一冊《夜夜換新巢》[1]；再閱之下，發

黃仲鳴教授以筆名「方原」撰文解讀夏飛的小說

眼相看」，他說夏飛每一本作品雖是艷情為尚，男女交媾為主，但與一般色情小說迥然有別。他寫道：「夏飛的《夜夜換新巢》，其中指涉到『兩性身體爭霸戰』、『男權與女權』、『倫常性變』等等層面上，而在行文中所顯示的性器隱喻、飲食男女的描述，更承襲了中國艷情傳統的餘緒，比之同時代的『性作家』，不知勝了多少籌。」「（夏飛小說）敍事非單純賣弄色情，它背後隱含了政治性，甚至批判了道德和禮教。……」旨哉斯言！原本不能登大雅之堂的夏飛情色小說，經黃仲鳴教授點評後，一下子便被提升至較高層次的境界，嚴肅文學評論家不一定同意黃教授的分析。

我走馬看花式的看過夏飛部份作品，可以用「良莠不齊」來形容，這些作品有

些寫得很用心，有些明顯是趕貨式的粗製濫造。我認為夏飛是一個寫作班子，有些作者認真地寫，希望可以出人頭地，有些作者求求其其，旨在呃稿費。

在那個還沒規定鹹書必須「包膠袋」的年代，很多色情刊物爭相以出位照片作封面招徠；夏飛小說封面照片卻很克制。「色」途老馬不理封面，一見夏飛寫的便買，夏飛這個金漆招牌絕對是賣書保證。夏飛小說是代表香港某個時期的市井文學，值得深入研究，可惜連作者真身也無法確認，唯望夏飛諸君或其親友能挺身而出解開謎團。筆者一位書友手上有夏飛五十年代末在報紙寫情色小說的剪報，但此夏飛是否上文的夏飛，已無從稽考矣。

差不多同一年代，油麻地廟街湧現大

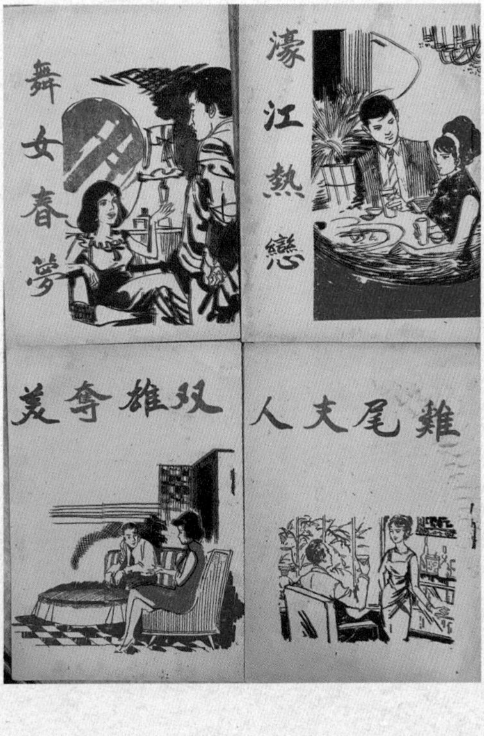

有逾半世紀歷史的「廟街文學」

量色情小說和雜誌，到處可見令人血脈沸騰的「打真軍」（hardcore）成人讀物，例如《老爺車》、《咖啡屋》、《迷你》、*Playboy*、*Penthouse*……。其中有一個系列書仔由三十六本鹹濕小說組成，每本薄薄十六頁，約六千至七千字，沒有插圖，沒有售價，出版社名稱地址欠奉。這系列小說距今已逾半世紀，能保存到今天以饗讀者的僅香港神州書店。書店老闆歐陽文利特別給它改了一個戲謔的名稱：「廟街文學」。歐陽先生說，很多年之前，有人把一包包的東西拿到中環神州書店，他拆開一看原來是全新的書仔，封面圖畫和書名以紅藍為主色，驟眼看與一般流行愛情小說無異，閱讀內文卻別有洞天。文章開始幾段作者以懶有文藝腔的筆調勸喻世人追歡逐樂、縱情酒色要有限度，不要玩物喪志，否則恨錯難返云云；接着的幾千字便是描寫沉淪的男女主角如何大玩性愛遊戲。據說，這系列的色情小說早年曾在廟街免費派發，希望好色之徒看完後光顧附近的色情架步。歐陽文利當然不會認真把這系列的小書視作文學書，標示「廟街文學」，只是把它當作廟街一個時代的標記和回憶而已。

早年廟街除了五光十色的攤販和街頭賣藝之外，還有幾個售賣嚴肅書籍的舊書檔，只要有點耐性，總能夠以很便宜的價錢撿到好書，有緣者更可買到名家的簽名本。以前舊樓清拆、搬家或大宅清理廢物，很多舊書便由清潔工人清走，部份會流到廟街平售。

唯性史觀齋主梁小中

梁小中乃香港報壇鼎鼎大名的前輩，先後擔任過九家報社社長和總編輯；他又是多產作家，出書逾三十本，有五十多個筆名，其中以「石人」和「唯性史觀齋主」最為人熟悉。

梁小中一九四八年身懷僅一元幾角港幣從內地來港，初來甫到睡的是「晚桁朝拆」的帆布床，吃的是麵包皮，捱過一段苦日子後結婚，不久加入報界，編務之餘兼寫專欄，很快便聲名鵲起。梁小中專職寫稿超過三十年，煮字兩億個以上，全盛時他每天要寫十八篇專欄。他很滿意自己用「唯性史觀齋主」筆名寫的一系列「性書」，他認為當年香港學術界裏的所

梁小中用筆名「石人」和「唯性史觀齋主」寫作的部份作品

唯性史觀齋主的「性書」

劉天賜拜梁小中（左）為師

謂「性學博士」浪得虛名，其著作遠遠不及他的作品精彩。

梁小中曾經說過早在五十年代，他已出版了幾本嚴肅的性學著作。其中一本著作《媚藥雜談》，是專門探討古代房中藥物，全書二十萬字，每一個名詞都有出處和來歷，稱得上是學術之作。另外一套三冊的《歷史性文獻》，包含了中國古文學中男女情慾的創作，由詩經講到白話詩、民歌。此外還有一套兩冊的《中國同性戀史》，也是「劃時代」的著作，因為五十年代還是一個保守閉塞年代。六十年代有日本書商未經他同意便把他的《歷史性文獻》用日文出版。

劉天賜尊稱梁小中為「老師」，賜官九零年代移民加拿大獲梁小中收為徒弟，准許他影印《唯性史觀齋主全集》，只缺一本《慾經綱鑑》。劉天賜在其著作《賜官馳騁縱横五十年》（天地圖書出版）也談及拜師梁小中一事。劉天賜整理出唯性史觀齋主作品目錄如下：

《歷代名女人》共五冊

《中國同性戀秘史》（上、下）

《歷史性文獻》共三冊

《媚藥雜談》

《性慾誌異》（上、下）
《慾海異聞錄》（上、下）
《變態性生活》（上、下）
《古代採補術搜奇》
《古代性藝術》
《歷代風流皇帝性生活》
《慾經綱鑑》

梁小中以「石人」筆名寫了多部小說散文集和《枕邊笑話》、《床上笑話》等系列「鹹濕笑話」，很受歡迎。「堅誠不磨滅，化作山頭石」，梁小中稱自己是「石人」，石人有風化的一天，但石人（包括唯性史觀齋主）的作品不會磨滅。梁小中二零一二年十二月病逝加拿大，終年八十八歲。要了解梁小中生平小事，可參考天地圖書出版的《香港老照片（叁）》，是梁氏自己撰寫的回憶錄。

余過的《四人夜話》

《四人夜話》奇幻小說系列曾經風靡香港及東南亞，香港電台更把部份內容改編為「懸疑靈幻」廣播劇，作者余過的大名為人熟悉，惟很多讀者都不知余過是何許人。

余過竟然出現在我眼前！原來他是我們新聞界前輩潘粵生先生。八十年代尾開始，每星期總有一兩次見到潘老總，因為報界一班總編輯深夜收工後喜歡聚在一起宵夜然後打麻將，潘先生時任《明報》總編輯，我是《成報》採訪主任，我不打牌但喜歡宵夜，跟着《成報》總編輯韓中旋赴會，因而認識潘先生，不久就知道他就是《四人夜話》作者余過。

潘粵生先生文質彬彬不多説話但常保持笑容，一點也沒有余過天馬行空、靈幻古怪的性格。一九五九年《明報》創刊時潘先生已是該報中流砥柱，他負責編務之餘也寫專欄，不知何時開始《明報》便出現余過的《四人夜話》，很受讀者歡迎。《四人夜話》在報紙連載了二十多年，文章先後結集成很多本袋裝書，先由明窗出版社出版，後轉到勤+緣出版。余過説《四人夜話》不是一般鬼故事，而是成人童話、寓言，情節浪漫激情，讀者看後會會心微笑，會拍案叫絕。《四人夜話》的「四人」，乃英國人、美國人、法國人和日本人，由他們各自講述自己國家文化玄怪故事。其實《四人夜話》只是余過（潘粵生）一個人在說話，你要敬佩他知識的豐富、文字的變化多端。喜歡衛斯理科幻小說的讀者，不能錯過《四人夜話》。可惜余過已封筆多年，要回味《四人夜話》，只能往圖書館或者二手書店尋覓。

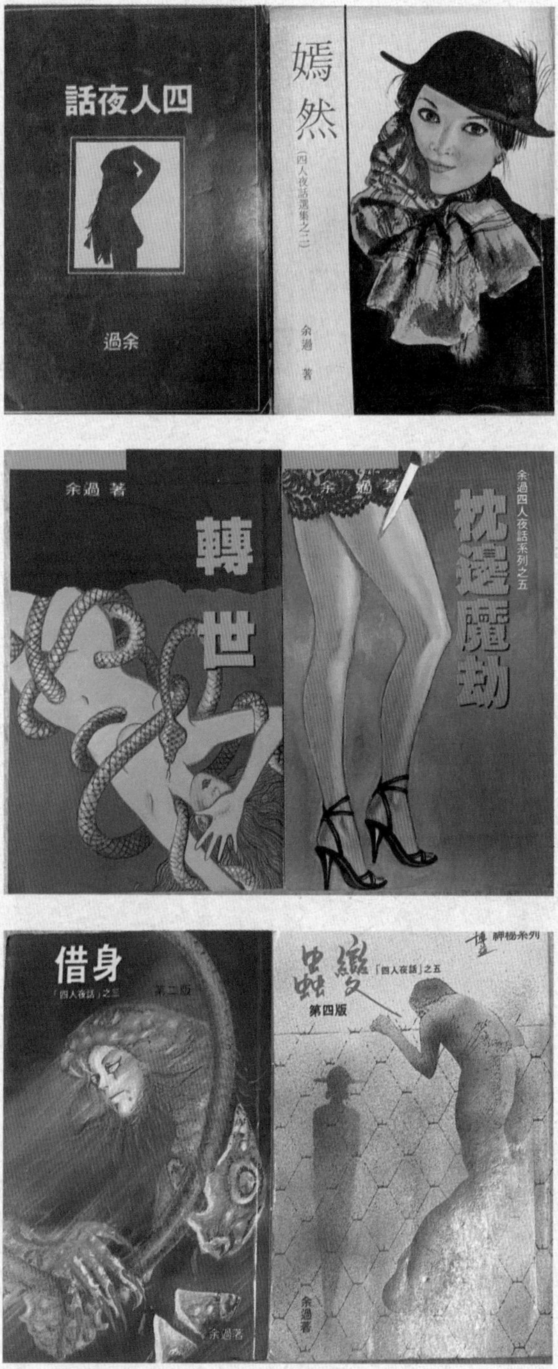

余過的經典作品

潘粵生先生是我太古城街坊，因此常在太古城中心遇上，每次都見潘先生牽着愛妻的手在商場散步。最近少見潘先生，原來潘太入了護老院，少了在商場蹓躂。潘先生乃謙謙君子，是報壇前輩，又是擁有千千萬萬讀者的余過，真能人也！

筆名余過的潘粵生

四人夜話
余過文
鳳簫圖

她一點也不反抗

日本人說的：

連體嬌妻

佳子對杏子的進襲毫不反抗，反而臉上帶着微笑。

杏子不解，鬆下了手道：「爲什麼我快扼死你了，你一點反抗的意思也沒有？」

「我想死，」佳子慼然道：「我今生的目的是爲了對你報復，現在目的已達，死了也沒什麼遺憾。」

「你倒說得好，」杏子嗚嗚咽咽地哭泣：「你
可是剩下我一個
的時候，雖然對
個可以談話和
我更加苦不堪

「唉！」佳子

「你說什麼？

「我沒說什麼
多無聊，寃寃
瞞你說，我對你
本來我還要使你
磨，我要弄瞎你
你的兩腿，可

「爲什麼？」

「因爲……我
惘。你是當我
而且你又處處
妹看待。我覺
太不像話了，
不到做了寃鬼

「是的，我
我的好姐妹！

在《明報》連載的《四人夜話》

楊天成的《二世祖手記》

上世紀五、六十年代的香港，是通俗小說的天下，每天都有通俗刊物出版。既然是通俗，當然不能登當年文學大雅之堂；但當歲月沉澱，懷舊熱潮席捲全城，很多人要追回以往的記憶，舊日刊物便愈來愈多人追尋。很多通俗刊物成為研究早年香港這個小島風情的資料庫，可惜當年這些刊物很多都是讀完即棄，能保存下來的，自然是香港的另類文化遺產，至為寶貴；有些更成為舊書拍賣會的珍品，楊天成的《二世祖手記》就是其中一個經典例子。

六十年代出版的《二世祖手記》，每冊零售價為一元七角，比當時流行的三毫子或四毫子小說貴幾倍，但捧場者甚眾，何故？因其乃當時男主角的「尋歡手記」也。小市民愛看歡場上光怪陸離的東西，楊天成捉到這種「窺秘」心理，但它絕非一般的色情刊物（香港人俗稱的鹹書）。楊天成描寫性愛場面都是點到即止，他的強項是把社會秘聞融入小說情節裏，道出社會百態。楊天成是五、六十年代香港文壇的風雲人物，當時的香港文壇分為三大流派，分別為傳統的左派、右派和本土派。而本土派又分為「通俗」和「青年文社」兩系。楊

一套三十冊的《二世祖手記》絕版多時

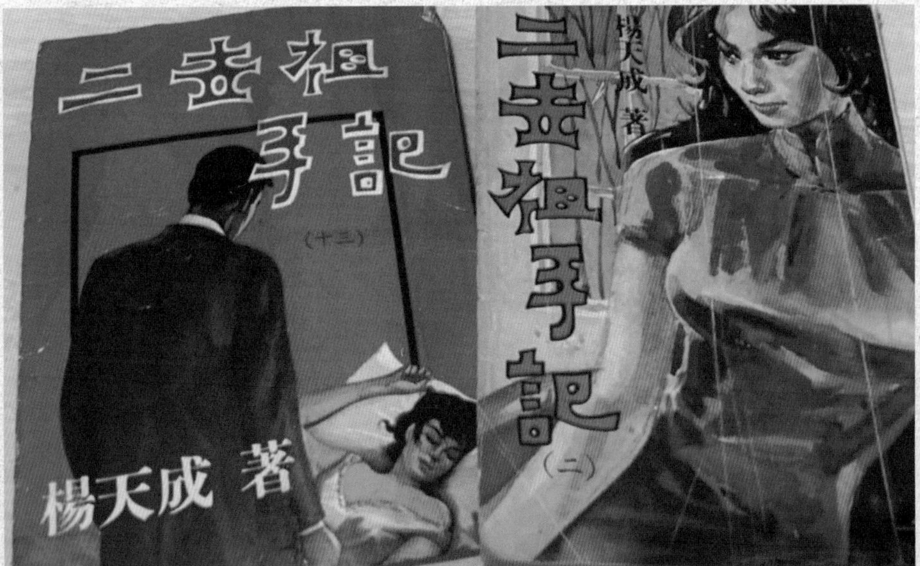

《二世祖手記》封面吸引

天成是羅斌《新報》旗下的作家，羅斌立場親右，旗下作家也多親右，楊天成早年曾任職記者，對時事敏感度高，擅長把社會新聞滲入小說。舉例說，《二世祖手記》第八冊講到電影公司電懋的創辦人陸運濤在台灣墜機身亡一事，作者認為事因有可疑，不排除是政治謀殺的可能。當然，事後調查證明該次空難純屬意外。

另外，楊天成也常常將一些名流藝人的秘聞，以揞名方式融入小說內，但讀者一看便心領神會。

《二世祖手記》在一九六三年起由金剛出版社出版，羅斌旗下的環球出版社發行，每期一冊，出了三十冊便停刊。三十冊的套裝已絕跡多時，坊間間中或可找到零星的散本。我有幸於幾年前從新亞書店

二零一六年，沈西城（左）與筆者分享《二世祖手記》的閱讀心得。

蘇賡哲那裏取得一套，品相不錯，九成新，歷半世紀仍可以保持得那麼新淨，足見上手物主是如何的珍而重之。

以今天的標準看，《二世祖手記》絕對可以擺出廳堂，不會失禮人，唯一要提防的是當有朋友造訪，必須把它藏起來，否則朋友借閱你又拒絕，會很傷大家感情。

楊天成是多產作家，寫過多本三毫子和四毫子小說，有些更改編成電影劇本，但最令老一輩讀者最懷念的還是這套《二世祖手記》。

顛倒眾生的《中區麗人日記》

七十年代香港出現了至少兩位「姣婆」作家，「她們」每天在報章寫中區白領麗人如何「姣屍扽篤」、如何煙視媚行，寫得出神入化，吸引無數狂蜂浪蝶，成為報壇佳話。

筆者有緣認識這兩位「中區白領靚女」，而且過從甚密，可惜這兩個「靚女」真身卻係身材豐滿（肥胖）的麻甩佬！有名有姓，一個是韓中旋，另一個是張寬義，兩人都是報館的老總。韓中旋以筆名「碧琪」每天在《信報》寫「中區麗人日記」，他筆下的自己（中區麗人）是胸大腰細臀挺，每天踩着高跟鞋出入中環，引來大批麻甩佬注目，流晒口水。碧琪常寫一些血氣方剛小子「掛住望我個胸，望到撞埋燈柱」。韓中旋當時已貴為《成報》總編輯，每天都有飲宴應酬，認識很多名流富豪，上流社會的八卦故事，經常出現在「中區麗人日記」，打工仔睇到眉飛色舞。韓老總浸淫股票馬經多年，經常在專欄裏提供貼士，偶爾會貼中大冷門，令讀者大有斬獲。

《成報》社長何文法知道韓中旋在《信報》的專欄好收得（很多讀者），肥水不應流去別人田，三催四請叫韓中旋把專欄移到《成報》，碧琪於是停筆，《信報》「中區麗人日記」由「楊八妹」頂上。楊八妹乃《信報》老總張寬義，老張希望延續碧琪香火，可惜無論寫得怎麼好，也缺少了碧琪那種姣到入骨的韻味。那邊廂，韓老總在《成報》以另一個女性筆名「珠珠」開了「公關小姐身歷聲」專欄，繼續發姣。韓中旋把珠珠塑造成一個滿腹經綸能夠吟詩作對的職業女性，吸引了一批文化老中青。吟詩作對乃韓老總的絕學，唐詩宋詞信手拈來，他起的報紙標題語帶相關，令人嘻哈絕倒。很多讀者都不知道碧琪、珠珠都係滿臉鬚根的肥佬，有些痴戀者常常寫信到報館向「她們」示愛，説要娶「她們」為妻；可惜碧琪、珠珠永不回信，傷了大批熱情粉絲的心。

八十年代《信報》的「中區麗人日記」

公關小姐身歷声

·珠珠·

春光乍洩任人知

英國有個攝影家，拍攝網球賽多年，男女賽事之精彩鏡頭拍得不少。佢影女球星照片，底褲照片一叠叠。發覺底褲最靚者係嘉美及匈牙利另一女將譚美茜華莉。女球星之底褲，非露不可，因此，一般都選購靚底褲，趁機騷一騷，不亦善哉？

攝影家又珍藏一叠叠露毛照片，誰個女球星有茂林豐草，佢如數家珍。友儕如要欣賞，佢會悉數提供。

女仔有一種學問，如果修維得好，有助個人事業愛情幸福，呢門學問，就是如何善用春光乍洩。

所謂春光，自然包括露胸、露毛、露底褲在內。凡露乜露物，都以漫不經心為最佳，着意去露，則與乍洩無緣矣。

打網球游水露毛，有一種天真情趣，非刻意寫真可比。珠珠力主着靚底褲，非五百文以上之底褲，所不穿也。時下興着短裙，偶然露出一角，也予人以美感優惠，不失為菩薩心腸也。

女仔懂得春光乍洩之道者，其智慧也，未必高人一等。吾友碧蒂，IQ爆棚，夏天出海游水，遊艇之上，纖毛乍露，秋天郎派紅柬，報與人知，本姑娘結婚矣。原來當時一露，引得堅尼夫一見鍾情，就此成就了這一段美滿因緣。

不過，另有一種春光，不宜乍洩者。例如莎拉與寶油郎在遊艇上，對面而坐，二人伸手在枱，輕輕揸住。

若果是普通一對情侶，原無所謂。弊在莎拉係安德魯王子老婆，如此鏡頭，畀老記拍得，騰載於英國小報，國人皆知，引起女皇不滿，下令安德魯好好管教老婆，勿令流言四起。安德魯王子本來服役海軍，長年水上生涯，現時調佢上岸，好等佢有較多機會約束老婆。

其實老婆何須管，若外騖之心已生，管也無用。女人心之變，非朝夕事，等到變出面時，勉強挽回亦不過是雙方痛苦之延續耳。

其實莎拉個款並不出衆，而風度之拙，有目共睹。寶油郎係花花公子，家族富有，個樣看來，也頗瀟洒俊朗。莎拉之樂於同佢揸吓手仔，應可理解。

寶油郎身邊應該有好多靚女，有啲多嘢唔揸，偏偏去揸莎拉隻手，看來好奇心成分甚高。因為只有呢隻手，至有皇室味道，其他的手仔，在佢眼中，可能無法相比。男人之趣味，大多數捨易取難。身邊玫瑰不要，偏偏認為月中丹桂，至係極品，點知幻想中之丹桂，乃一堆沙丘耳。

《成報》珠珠寫的「公關小姐身歷聲」，也是韓中旋化名作品。

由「艾黛」執筆，我不認識艾黛，當然不敢妄說艾黛是男還是女。艾黛自稱洋名Ada，畢業於香港大學，任職商界，寫作是副業，早期作品刊於港大學生報月刊《學苑》。博益出版社一九八八年九月替艾黛的文章結集，書名《我是中區麗人》。編輯形容艾黛「是徹頭徹尾的中區麗人。大學未畢業，她已身穿連卡佛套裝、高跟鞋，手挽公事包在中環闖蕩。她有學識、有智慧、有美貌，在中區她威氣迫人，『張牙舞爪』，尖酸又刻薄，冷艷兼冷傲。……」一九九零年二月普樸出版社替艾黛出了另外一本書，書名《我與賭仔明》，裏面有陳冠中寫的序：「不知不覺亦不太順氣的情況下，每天都在看艾黛的專欄，這還不出奇，我太太在中區做事，有天突然對我說，這個艾黛肯定是在中區做事的女人。……」

「末代中區麗人」艾黛的作品《我是中區麗人》

曾以筆名碧琪寫活中區麗人的韓中旋（右），與筆者閒話家常。

香港奇案實錄作家第一人

上世紀七十年代初香港出現第一套奇案實錄叢書，一共出版了三十四冊，直至一九九四年才結束，橫跨二十一年。書名《二十年來香港驚人罪案》，很多人都不知作者「河洛」的真正身份，筆者與他共事多年，也不知河洛原來是他。

河洛真名何劍緋，七十年代已在《成報》任職港聞編輯，筆者一九七九年加入《成報》，聽見人人叫他做「何老師」，因此也以「何老師」稱呼他。何劍緋不苟言笑，我跟他共事十多年沒有機會和他深談過，只知道他有

河洛的《二十年來香港驚人罪案》

《20 年來香港驚人罪案》第一冊新舊版本

曾任總督察的劉啟法著述的罪案實錄

個兒子做醫生，到前幾年才知道是何仲平醫生。何劍緋給我的印象是很工作忙碌，按道理編一兩個新聞版對有經驗的編輯來説簡直是濕濕碎，但總是見他埋頭苦幹，好像是在寫稿，直至離開《成報》時也不知他在寫甚麼。若干年後，有人告知寫《二十年來香港驚人罪案》的「河洛」就是何劍緋。啊！是了，我記得何劍緋儲起很多新聞照片，這些照片是記者沖曬出來供編輯選用，何劍緋把用剩或多餘的罪案新聞照片收藏起來，這就是《二十年來香港驚人罪案》書中照片的主要來源，書中資料大多來自《成報》資料室。何劍緋近水樓台，這就説明了他的寫作材料和照片為何可以源源不絕。

近日和《成報》舊同事茶敍，提起已去世多年的何老師，我告知他們河洛就是何老師，眾人不禁嘩然。他們也回報何老師一樁「瘀事」：何老師起新聞標題時喜歡抽煙搵靈感，有一次煙蒂燒着記者的稿紙，把部份內容燒掉了，幸好記者還未下班，來得及重寫一次。

説回《二十年來香港驚人罪案》，此系列第一集於一九七三年成書，最後的第三十四集於一九九四年出版後河洛便擱筆。全書納入的案件主要發生於一九七三年之前二十年和之後二十年，覆蓋範圍由一九五三年至一九九四年，前後四十一年，稱得上是香港驚人罪案實錄大全。何劍緋也就是香港罪案實錄作家的先驅，繼其後者，湧現了不同年代的罪案實錄作家，例如總督察劉啟法便出版了幾本罪案實錄，翁靜晶後來的《危險人物》更是其中的代表作。

陳非和他的《三狼案》

上世紀五、六十年代發生的「三狼案」，被網民列為香港「十大奇案」之首，除了是該案發生的日子比較早，主要原因是案發經過曲折離奇，破案經過又是神推鬼擘，稱得上是奇案中的奇案。三狼案後來拍成電影，從此更多人認識三狼的故事。

網上有很多相關的資料，但流傳下來的書刊非常少。名記者陳非撰述的《三狼案》，是其中少有的經典實錄小說。首先讓我簡單介紹案情，一九五九年六月十八號晚上，富商黃錫彬的兒子黃應求與朋友外出宵夜，第二天凌晨回家時突然失踪，三天之後黃錫彬接到一個包裹，裹面有人的耳朵和黃應求一些隨身物品，還有一封勒索信要求黃家支付五十萬元贖金，信件署名「野狼」。黃家拒絕付款，黃應求後來遭撕票，但黃錫彬仍未知兒子已被殺害。一九六一年二月十日，黃錫彬本人也被綁架，綁匪寄給黃家的勒索信又是署名「野狼」，黃家交了五十萬贖金後黃錫彬安全獲釋。

警方對「兩黃」被綁架案毫無頭緒，直至一九六一年十二月十日，案情始有驚人突破。當天中午，兩名警員在大埔道與龍翔道交界執行任務截查車輛時，突然聽到附近山上傳來救命聲。兩警循聲往查，抵達山上時見兩男子正在猛揍一男，被揍男子見警出現即喊叫：「他們是野狼！」此時其中一打人者已逃走，現場剩下另一打人男子叫李渭，被打者叫鄧偉明（綽號蛇仔明）。鄧說野狼想殺人滅口，因為懷疑他會向警方踢爆三狼綁架黃應求和黃錫彬真相。各人被帶返警署，警方高層如獲至寶，根據蛇仔明和李渭的口供先後拘捕另外兩狼倪秉堅和馬廣燦，並到淺水灣道一處樹叢起回黃應求的骸骨。案中另有一個死者名叫鄧添福（綽號鬼仔福），他是鄧偉明同村兄弟，因為知道三狼秘密而向蛇仔明索錢，後亦被三狼殺害。三狼經法庭審訊後被裁定罪名成立，一九六二年十一月二十八日在赤柱刑房被處繯首之刑氣絕而死。鄧偉明承認有份綁架黃錫彬，被判入

「三狼案」案發後，報攤發售的特刊。

獄五年十個月。

三狼案從案發到破案再到三狼伏法，歷時三年多，其間新聞界可謂出盡法寶，兵分多路四出採訪，希望能取得獨家消息。然而，黃錫彬一家一直保持低調，對案情三緘其口，僅由黃的另一兒子黃應士代表家族向新聞界說過幾句話（黃應士七十年代是香港浸會學院傳理系系主任，有香港新聞教父之稱）。三狼案發生之初，警方和新聞界同樣是一籌莫展，直至蛇仔明和李渭被捕後打破缺口，新聞界才有機會各展神通。其中，日後成為名記者的陳非（真名龍國雲）由頭到尾都參與三狼案的採訪工作，並且親自撰寫稿件，因此他完全掌握案情的始末。一九七八年他將當年採訪所見所聞寫成著名的罪案實錄小說，書名就叫做《三狼案》，由文藝書屋出版。為何陳非要在三狼伏法十多年後才出書？陳非在書的序言有提及：「名作家劉以鬯先生主編報紙的副刊，閒聊中知道我有（三狼案）這些素材，鼓勵我寫這篇小說。」

陳非說在他二十多年的採訪生涯中，三狼案最為哄

「三狼案」被告提堂

動。「此案自始至終我都參與採訪，並且大多數時候是新聞撰稿人。」陳非自稱沒有甚麼學歷，但他寫的新聞稿很好看，特別是一些奇情社會新聞落入他手上寫成新聞往往不同凡響、文采斐然。原來陳非師承名報人任護花，任先生的「中國殺人王」系列小說，乃香港三及第小說的經典。陳非自言為了搵食，一九五六年考入任護花旗下的《紅綠報》做記者，跟任先生學習採訪和爬格子（寫稿）。五年後陳非轉投《明報》，由記者做到採訪主任、編輯主任、副總編輯，直至退休。陳非對記者的寫稿要求非常嚴格，見記者寫稿寫得「味同嚼蠟」，便會毫不客氣斥責。他有一句常在編採部說的話：「你們看，這就是新聞系出來寫的稿！」然後大力把記者的稿件擲到枱上，搞到新入行的傳理系、新聞系畢業生無地自容。

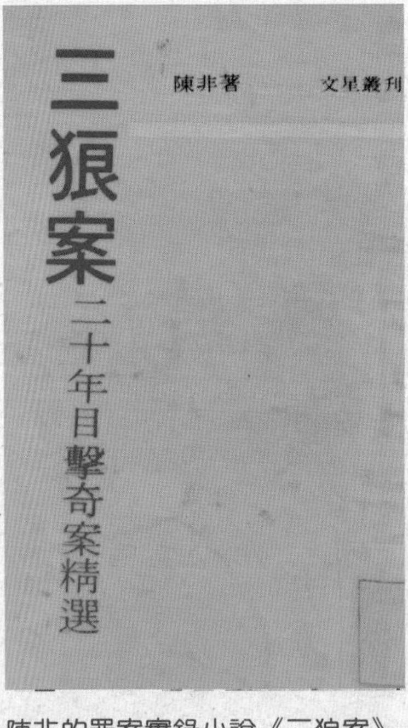

陳非的罪案實錄小說《三狼案》

The Murder Case –
the "Three Wolves"
by Chen Fai
COPYRIGHT 1978
BY CULTURE BOOK HOUSE
HONG KONG

三　狼　案
文星叢刊 323

著者	陳非
出版者	文藝書屋 香港九龍漢口道4號5A
印刷者	志豪印刷公司 柴灣祥利街7號萬峯大廈12樓A座　電話：5—572211
每冊定價	港幣六元
初版	一九七八年二月

版權所有・翻印必究

《三狼案》的版權頁

香港黑社會研究書籍

香港黑社會歷史長遠，香港的官方法例和警方報告在一百八十年前已提及黑社會（三合會）活動。可是，研究香港黑社會的專門著作不多，具權威性的更少。

現時坊間最流行的兩本黑社會研究書籍，一本是章盛著、香港天地圖書一九八四年五月出版的《香港黑社會活動真相》（二零二一年再版），另外一本是W. P. Morgan（莫勤）撰寫的 *Triad Societies in Hong Kong*。莫勤的書由政府印務局出版，被認為是迄今為止最權威的黑社會研究刊物，亦是警方反黑人員必讀的書。章盛的書不是學術著作，只能當作是一本通俗參考書籍，此書勝在容易讀，資料豐富。章盛稱不少內容是根據「江湖人士」提供資料，但有資深反黑探員指出，書中一些所謂「勁料」似未經核查，難免以偏蓋全。然而，因為沒有第二本資料史詳盡的中文刊物，此書也就被很多人當作研究香港黑社會的代表作。內地和海外不少學者在研究香港黑社會問題時，多番引用章盛這本《香港黑社會活動真相》。

黑社會一直是英治時期令香港警方頭痛的問題。一九五六年雙十暴動暴露了黑社會勢

章盛的《香港黑社會活動真相》

莫勤的英文專著及中文翻譯本

力的囂張，警方因此迅速成立專門反黑的小組。一九五八年，時任警方副督察的莫勤，得到當時的華民政務司麥道軻（J. C. McDouall）鼓勵，開始搜集和撰寫香港黑社會專書。莫勤在華人警務人員協助下盤問了多位在雙十暴動後被捕的黑社會大佬，在他們身上取得很多第一手資料，包括黑社會組織結構、堂口分佈、入會儀式、黑社會文化等等。為了讓外界更容易了解黑社會的入會儀式，莫勤像拍戲般找人扮演入會過程，幾位黑社會大哥在場提供「專業」意見，整個過程拍成影片和硬照，圖文並茂刊於專書裏。

一九八八年警務處的中文主任把莫勤的專著翻譯成中文，名為《香港三合會》，讓不諳英文的警務人員閱讀。中譯本一九九

一九七四年由時任警務處長施禮榮指示編寫的黑社會小書

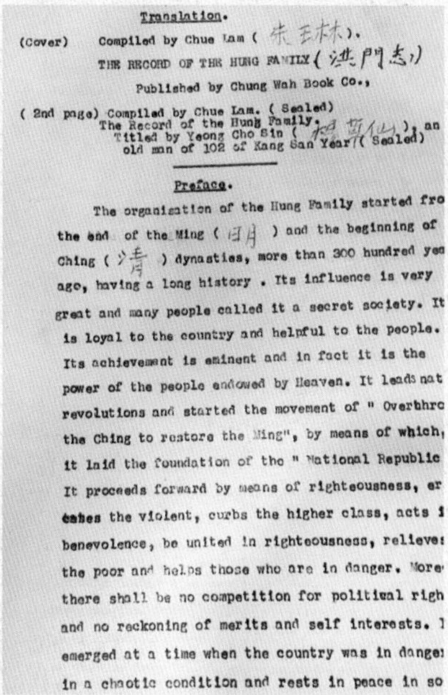

Translation.

(Cover) Compiled by Chue Lam (朱琳).
THE RECORD OF THE HUNG FAMILY (洪門志)
Published by Chung Wah Book Co.,

(2nd page) Compiled by Chue Lam. (Sealed)
The Record of the Hung Family.
Titled by Yeong Cho Sin (楊草仙), an old man of 102 of Kang San Year (Sealed)

Preface.

The organisation of the Hung Family started fro the end of the Ming (明) and the beginning of Ching (清) dynasties, more than 300 hundred yea ago, having a long history . Its influence is very great and many people called it a secret society. It is loyal to the country and helpful to the people. Its achievement is eminent and in fact it is the power of the people endowed by Heaven. It leads nat revolutions and started the movement of " Overthro the Ching to restore the Ming", by means of which, it laid the foundation of the " National Republic It proceeds forward by means of righteousness, er cates the violent, curbs the higher class, acts i benevolence, be united in righteousness, relieve the poor and helps those who are in danger. More there shall be no competition for political righ and no reckoning of merits and self interests. I emerged at a time when the country was in dange in a chaotic condition and rests in peace in so

朱琳《洪門志》的英文翻譯本

零年八月由政府印務局印行，屬警方內部刊物。中譯本序言指出：「三合會是本港最嚴重的治安問題之一，因此各警務人員應盡量了解其歷史、內部組織和各類儀式……。由於關於三合會的著述不多，具權威性的中文書籍更屬絕無僅有，本書實在是警務人員和司法界的重要參考書之一。」一九七四年，警務處特別印製了一本名為 *Triad Societies Hong Kong 1974* 的硬皮書，分發給督察級和以上的警官，講解香港黑社會的最新情況，時任警務處長施禮榮（Brian Slevin）寫序，說這書是他指示編製。他要求有關的警務人員細讀書中內容，以充分了解黑社會的嚴重性。

「世界華人幫會研究學會」會長林建強，是香港屈指可數的黑社會研究專家，退休前是香港警方偵緝警署警長，有豐富反黑經驗。他的刑事司法理學士學位論文，是研究三合會犯罪文化。林建強指現有的黑社會研究書籍很多都是紙上談兵，作者缺乏前線執法經驗，他計劃寫一本比較翔實的黑社會書籍。另一方面，林建強指出，很多人都把黑社會和洪門混為一談，他說兩者絕對不能等同，走上歪路作奸犯科的洪門才叫黑社會。

洪門有三百多年歷史，組織於明朝末年已開始，早年有不少研究洪門的書籍，朱琳編著的《洪門志》是其中之一，六十年代有一個版本改稱《洪門幫會志》。筆者有一本《洪門志》的英譯本，詳細翻譯了洪門歷史、洪門文化和洪門詩句，中英對讀，饒有趣味。

趙滋蕃寫《重生島》被遞解出境

四十年代末五十年代初，內地大批文化人因逃避戰亂南來香港。不少人後來以寫稿為業，他們所寫的文章題材五花八門，那個時候出現了大批「反共文學」和「難民文學」，趙滋蕃的《半下流社會》是難民文學的代表，他亦因為寫了長篇小說《重生島》被港英政府遞解出境。

趙滋蕃出生於德國漢堡，抗日戰爭爆發後跟隨父母回國，他響應「十萬青年十萬軍」入伍，曾任國民黨政工少校。趙滋蕃一九五零年避難香港，住過調景嶺難民營，瞓過樓梯底，生活朝不保夕。一九五三年，趙滋蕃把坎坷經歷寫成《半下流社會》交亞洲出版社出版，非常暢銷，聲名大噪。作者自言苦熬了五十八個通宵寫成這本書，創作過程很辛苦，「差不多每一萬字，要拼掉一磅血肉」，完書後瘦了十七磅。

趙滋蕃一九五三年寫了「難民小說」《半下流社會》，一舉成名。

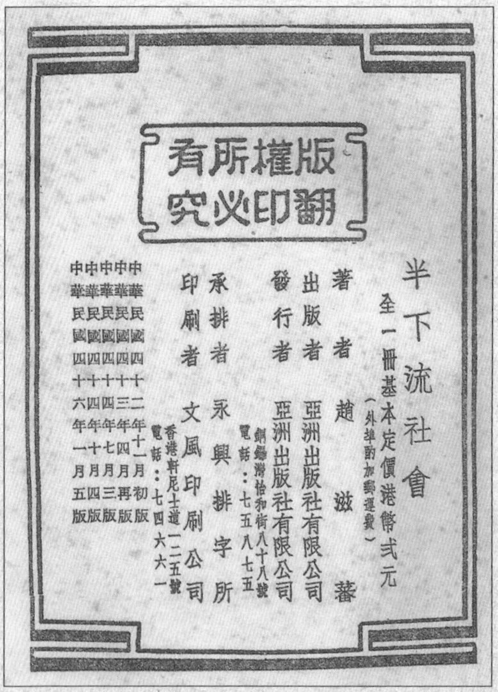

版權所有
翻印必究

半下流社會
全一冊基本定價港幣弍元
（外埠酌加郵運費）

著者 趙滋蕃
出版者 亞洲出版社有限公司
發行者 亞洲出版社有限公司 銅鑼灣怡和街八十八號 電話：七五八七五
承排者 永興排字所
印刷者 文風印刷公司 香港軒尼士道一二五號 電話：七四六六一

中華民國四十二年十二月初版
中華民國四十三年四月再版
中華民國四十四年七月三版
中華民國四十四年七月四版
中華民國四十六年一月五版

《半下流社會》的版權頁

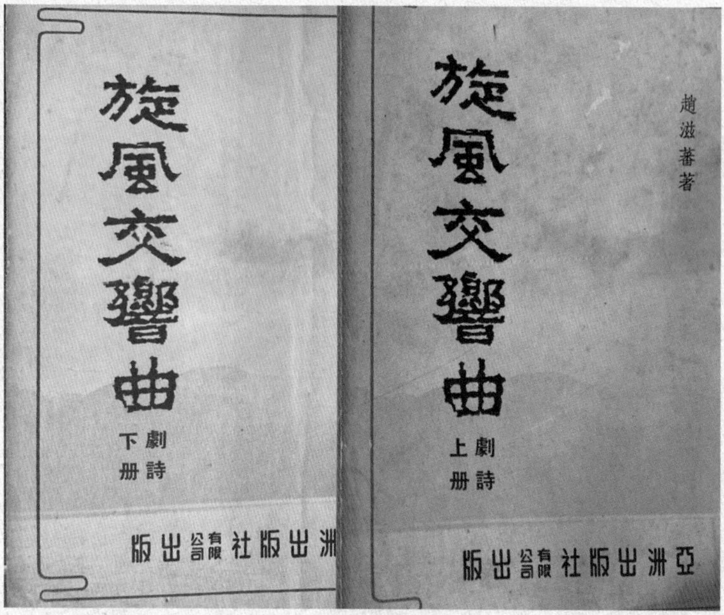

一九五五年《旋風交響曲》的稿費和版稅足夠趙滋蕃買一層樓

趙滋蕃透過《半下流社會》寫出南來難民在香港社會的悲慘生活，他們散居各處山坡木屋、棲身調景嶺簡陋棚屋，除了要和大自然搏鬥之外，又要在政治權力、人性黑暗的漩渦掙扎求存。《半下流社會》出版後趙滋蕃名成利就，稿費愈來愈高。五十年代是美國半官方和官方組織在香港大灑美金的年代，友聯出版社和亞洲出版社都是美援文化機構，接受美元資助。亞洲出版社好像有用不完的美金，出手特別闊綽。一九五五年趙滋蕃替亞洲出版社寫了一首八千行長詩劇《旋風交響曲》，它是以湖南雪峰山「旋風戰役」為背景的敍事詩劇。趙當年已是有名氣作家，因此稿費特優，詩劇出版後，出版社一次過給了他港幣八千元作為稿費和版稅。在五十年代的香港，足夠買一層樓。

一九六四年趙滋蕃發表長篇小說《重生島》，批評港英政府的不人道政策，被港英政府列為不受歡迎人物驅逐出境，輾轉到了台灣定居。《重生島》是寫港英政府把各類型罪犯放逐到香港四十浬以南的荒島，任得他們自生自滅。趙滋蕃在〈寫在重生島之前〉這樣形容：「重生島本是個蕞爾小島，寸草不生，涓滴全無。遠遠望去，像個大笨象的頭，斜插在南中國海的彎彎曲曲弧線裏。這個由幾百堆頑石構成，一平方英里不到的小島，港澳漁民們喊它做『落氣島』，蛋民們叫它做『痲瘋島』。」有人說，喜靈洲以前收容過麻瘋病人，因此懷疑小說中的「重生島」就是早年的喜靈洲，但亦有人不同意此說。趙

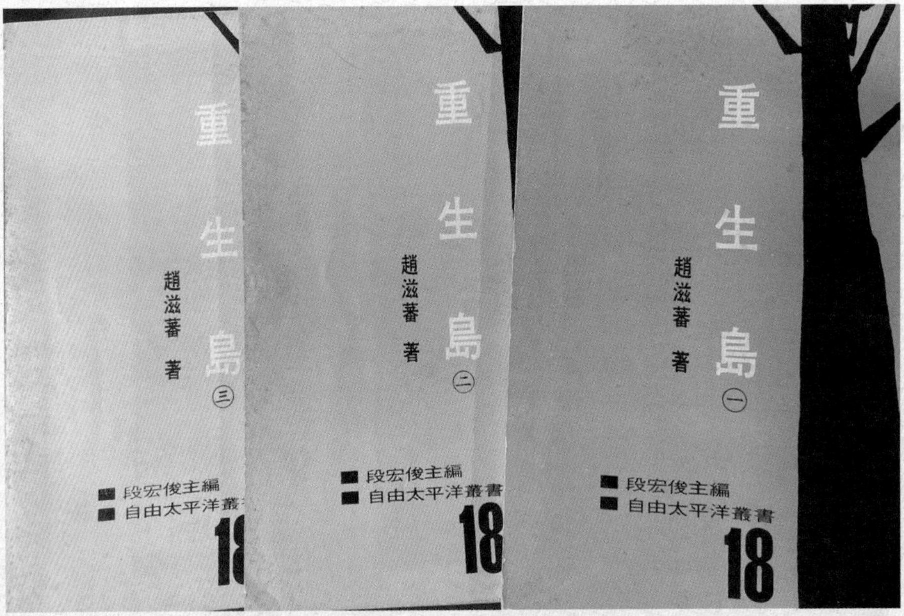

一九六四年趙滋蕃因為寫了小說《重生島》，被港英政府遞解出境。

滋蕃說他曾乘坐教會的福音船登陸重生島，在島上見過幾個倖存者，他們的故事後來收進《重生島》裏。

一九六二年七月香港總督頒佈實施《緊急（驅逐出境及拘留）規例》〔Emergency (Deportation And Detention) Regulations〕，部份不受歡迎人物被放逐到「重生島」。趙滋蕃說：「送到這兒來的人，儘管品流複雜，臥虎藏龍，但最後的命運卻是相同的——死！」他在書中詳細描寫荒島上罪犯努力求生、在絕境中映照出未泯的人性光輝。趙滋蕃說他寫《重生島》是要「鑿穿法律的神話，讓世人看清楚中國人在中國的土地上，變成不受番鬼佬歡迎的人物，而遭受遞解出境的荒謬可笑」。書成之後交台灣《聯合報》連載，小說還在連載期間，趙滋蕃已被港英政府列為「不受歡迎人物」遞解出境，可幸不是被送去「重生島」。他到了台灣後出任《中央日報》副刊主筆，繼續創作小說和寫評論文章，後來到東海大學任教，一九八六年三月十四日病逝，享年六十二歲。

《蝦球傳》歷久不衰

上世紀四十年代黃谷柳在香港報紙連載的《蝦球傳》備受關注，文章結集成書後立即一紙風行，是當年愛國團體重點推介的典型「進步」刊物。茅盾曾經指出，一九四八年，在華南最受歡迎的小說，數第一的應該是《蝦球傳》。

由內地學者劉登翰主編的《香港文學史》，特別有章節介紹《蝦球傳》，足見內地文學界對《蝦球傳》的重視。有內地學者形容《蝦球傳》堪稱「華南小說濫觴」的長篇小說。《蝦球傳》以戰後香港社會做背景，描寫了「蝦球」這位離家出走的窮小子如何在社會底層掙扎，如何跟「大佬」搵食，然後浪跡廣州，最後加入東江游擊隊。黃谷柳一九四七年

《蝦球傳》最初版本。四十年代在報紙連載後，結集成三個單行本。

十一月開始，在中共外圍組織主理的香港報章《華商報》副刊連載中篇小說《春風秋雨》，翌年繼續連載《白雲珠海》和《山長水遠》，這三個連載後來結集成為單行本，由香港新民主出版社分別於一九四八年二月、七月和一九四九年出版，一九五六年由北京通俗文藝出版社以書名《蝦球傳》再版；之後中、港再有不同出版社出版。一九八一年廣東電視台把《蝦球傳》改編為電視劇，主角蝦球成為珠江三角洲家傳戶曉人物。

新民主出版社形容《蝦球傳》為「轟動南中國的文藝巨著」，是「珠江人民的愛和恨、生和死的搏鬥；夢想的幻滅和追求；高貴的品質和卑下的衝擊……，這不僅是蝦球一個人的歷史，同時也是珠江苦

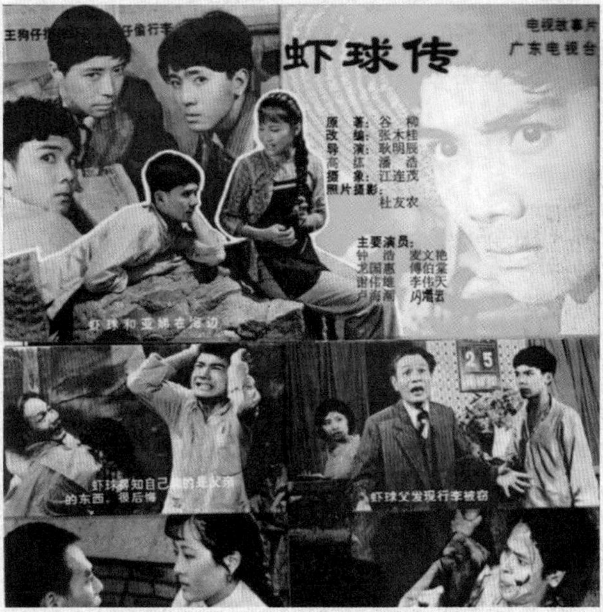

廣東電視台把《蝦球傳》改編為電視劇

難人民生活逼真的紀錄。」出版社宣傳時透露全書共四冊，前兩冊是《春風秋雨》和《白雲珠海》，後兩冊是《山長水遠》和《日月爭光》。不過，第四冊《日月爭光》卻胎死腹中，原因是作者黃谷柳回到內地後要完成一部以「抗美援朝」為題材的長篇小說，無暇續寫《蝦球傳》的第四冊。文革期間黃谷柳慘遭迫害，一九七七年一月二日腦溢血去世，《日月爭光》也就永遠無法「爭光」。

《蝦球傳》第一部（冊）《春風秋雨》描寫蝦球未出世父親已去了美國金山謀生，母親靠做苦工過日。蝦球長大了學做小販，生意失敗離家出走被「撈家」收為「馬仔」，開始走入黑社會。他做過走私，坐過監。第二部《白雲珠海》寫蝦球絕望之餘想和他的結拜兄弟去當游擊隊，誰知一到大鵬灣便被人當作壯丁拉去廣州，途中他們跳車逃走，重新過流浪生活，他為了生計歷盡風險。《山長水遠》是《蝦球傳》結局篇，講述蝦球如何智奪縣政府保安的輕機槍，然後帶着機槍投奔游擊隊。

一九五六年北京通俗文藝出版社替《蝦球傳》作全國發行，黃谷柳便對小說的文字作了一些修訂增刪，以配合政治形勢需要，故事情節大致維持不變。另外，為了適應其他省市讀者的閱讀習慣，一些廣州話和香港話便改為全國適用語言，例如「打斧頭」改為「揩油」；用來形容日本仔的「蘿蔔頭」則會加上註釋。這樣一來，香港本土味就沒有那麼濃烈，香港人讀來就沒有那麼「過癮」。現舉一例，說明黃谷柳如何修改內容配合形勢需要。《春風秋

《蝦球傳》大受歡迎，先後由不同出版社出版。

雨》開章第一段已有很着痕跡的改動。根據筆者手上一九四九年二月的版本，第一章開始幾句仍維持一九四八年初版的句子：「在船塢的附近，蝦球的生意碰到了勁敵，他的果醬麵包和牛油，奶油麵包都很少人過問了。……」道出蝦球初出道做小販無法與行家競爭的困境。黃谷柳一九五六年修訂版本時作出以下改動：「在香港紅磡船塢的附近，蝦球好容易逃過了英國警察的追趕，想不到他的生意又碰到了勁敵，他的果醬麵包和奶油麵包都很少人過問了。……」（一九五六年北京通俗文藝出版社版本）修訂版本增加「香港紅磡」地名，方便內地讀者閱讀，可以理解；但增加「英國警察的追趕」，明顯是配合政治形勢的需要，以示對當時英國殖民地政府的高壓統治，特別是白皮膚警察的欺壓表達不滿。《蝦球傳》之後的各種版本基本上沿用一九五六年的版本。

仇章的間諜小說

上世紀四、五十年代，粵港報紙都有仇章撰寫的間諜（諜報）小說，內容大多圍繞中方諜報人員如何與日方間諜鬥智鬥力，出生入死，最後取得勝利。當年國人對日本仔恨之入骨，仇章的小說可以替讀者渲洩仇恨，因此很受歡迎。

仇章短短的一生，創作了大量的間諜小說，堪稱華文世界間諜小說之王。根據五十年代初的書刊廣告資料，仇章創作小說有以下各種：《遠東間諜戰實錄》、《遭遇了支那間諜網》、《第一號勳章》、《間諜站》、

仇章的成名作《第五號情報員》，一九四三年在內地出版。

第二次世界大戰間諜實錄
香港間諜戰
仇章著
香港大中書局出版

第二次世界大戰間諜實錄
遠東間諜實錄
仇章著

仇章著
遭遇了支那間諜網

東京玫瑰
仇章著
1

仇章的作品

《廣州間諜戰》、《第五號情報員》、《香港間諜戰》、《遠東情報部》、《神秘潛艇》、《山機櫻子》、《忠節之間》、《東京玫瑰》（又名《川島芳子》）、《飛天間諜》、《偵探王》、《無聲的收音機》、《秘密任務》、《李斯探案》、《神秘島》、《韓諜記》、《台灣間諜記》、《漏網》、《鱷魚潭》、《五星間諜》等等。仇章小說可能不止上述所列，但這已是幾十年來在坊間所能見到的了。

《第五號情報員》和《遭遇了支那間諜網》，是仇章馳譽文壇最重要的兩部間諜小說，都是首先在曲江出版，其後在上海、廣州、香港等地再版。李我曾將小說改編為播音劇在電台播出。《第五號情報員》是寫中央特派諜報員「第五號情報員」到香港和廣州進行間諜工作，暗殺日本將領，與川島芳子、土原肥等日本特務鬥智。連載小說於一九四三年結集成書，由黃埔軍校編譯處高級翻譯官、軍事學家林薰南寫序，他這樣稱讚仇章：「仇章先生以文藝家之姿態，軍事家之眼光，運用其生花妙筆，而描繪活躍在世界東戰場之我國第五號情報員，筆調超逸，意遠心長！」

仇章雖然被譽為華文世界間諜小說之王，但有關他的個人資料不多，現時流傳下來的仇章生平資料，只有香港報人湯仲光在報紙寫過的一兩篇介紹文章。抗日戰爭爆發、日軍佔領廣州後很多粵港報人撤退到當時廣東臨時省會韶關辦報。一九四二年，韶關《中山日報》已出現仇章撰寫的間諜小說《第五號情報員》，而且大受歡迎。湯仲光在韶關認識仇章，仇章租住一個小房間，只能放下一床一小櫈，湯探望仇章時見他坐在小櫈以床作枱寫稿，《第五號情報員》就是這樣寫成的。同年蔡逢甲、李菁林、江之南等人在韶關辦《中國報》，也邀請仇章在《中國報》寫《突破封鎖線》諜報小說，仇章聲名大噪。

日本投降後仇章跟隨一眾報人從大後方返到廣州，繼續在報紙寫小說。一九四九年年底，仇章到香港在李青林任社長的《中聲日報》寫間諜小說。湯仲光八十年代用筆名「李家園」在《星島晚報》撰寫專欄「香港雜談」，他曾在專欄提及與仇章交往逸事。仇章每天上午十一時必在港島上環皇后酒店二樓新光酒家飲茶，他獨坐卡位一邊嘆茶一邊寫稿，在指定時間報社雜役便會到酒樓取稿。湯仲光偶爾會到新光酒樓

「山邊黃花砂，最好至杜
達仙」或「大生粉」，

香港雜談 李家園

活在人間祗卅餘年，舉殯又遇颱風襲港

仇章以寫「第五號情報員」小說而飲譽文壇，最先發表於一九四二年間韶關的中山日報創刊，後來在中國報也寫了「突破封鎖線」，大約在一九四四年間，又和他失去了聯絡。

在抗戰時候，人就如鳥兒一樣，有時在東，有時在西，像「人在江湖，身不由己」一樣。有人問我：「仇章是不是情報員？……第五號情報員是否就是他的寫照？……他是否受過特種訓練？要否，他為什麼對於諜報這門工作，這樣熟悉，寫來絲絲入扣？」對於這個問題，眞使我不知如何作答，因爲他的行踪飄忽，性格沉默，頭腦冷靜，正是一位好的情報人員料子。但，我的個性是向來不管人家事情的，所以對於仇章是否是情報員，恕我無法作答。

一幌，又過了一年，到了一九四五年八月十五日，日本無條件投降，我從大後方返到廣州，其後，在前鋒日報又發現仇章的小說。同時，仇章所著的「第五號情報員」、「突破封鎖線」、「支那間諜網」等小說陸續出版了，各書都非常暢銷，這樣一來，仇章大名更喧騰一時。

悼念小說家仇章

戰後，他以寫小說爲生，大約在一九四八年間，他還和前鋒日報營業部一位女職員結婚。那時，仇章大約是三十至卅一歲。那時，他還替一位著名的天空小說家，撰寫小說給他講述，照理，他的生活應該不錯的。

一九四九年十月，大陸局勢吃緊，仇章絜眷來了香港，住在九龍。這時，中聲報已在港出版，後來就改出中聲日報，和出版中聲日報。

仇章與中聲日晚報社長李青林在韶關時曾同居，而該兩報的人，又多是昔日韶關中國報的報人，彼此認識，所以仇章也在該報撰寫諜報小說。

仇章住在九龍彌敦道，但他每日上午十一時，必在港島上環皇后酒店二樓的新光酒家「飲茶」。他在那裡，獨坐一位卡位，稍坐後即開始寫稿，到相當時候，報社的雜役便到酒樓向他取稿，拿回去執排。

我有時也到新光酒樓找他聊天。

他有時乾咳幾聲，臉色也不像在廣州，在韶關時那樣紅潤了，我懷疑他患了肺病。本來，在這個時候，肺病已不是絕症，祗要多休息，多吃有營養食物及延醫生治理，便可痊癒，但仇章的咳病，却沒有起色。大約在一九五二年間，驚聞他在廣華醫院病逝了。在他舉殯那天，恰值颱風襲港，祗因中聲晚報同寅替他辦理後事，到場送殯的，祗寥寥幾人。名小說家仇章活在人間祗三十餘年而已。

湯仲光八十年代在報上撰文悼念仇章

找仇章聊天，後來他發現仇章臉色不像在韶關、廣州那樣紅潤，而且有乾咳，懷疑仇章患了肺病。仇章一九五二年病逝廣華醫院，死時還不到四十歲。

書評家許定銘指出，仇章也寫過一些文藝味很濃的文章，其中有四篇是附於《無聲的收音機》小說之後，包括〈兩條海岸線〉、〈榴花時節〉、〈無法投遞退回原寄〉和〈神秘劫案〉。許定銘說，這些含自傳味的散文，是仇章間諜小說以外的另一面。

陳潔如出書爆蔣介石內幕

一九六四年五月三日香港《晶報》頭版頭條報道，蔣介石第二位妻子陳潔如準備在美國出書爆她和老蔣的內幕，老蔣對出書之事大為緊張，千方百計阻止新書出版。

首先透露陳潔如準備用英文出版《我與蔣介石》的是三藩市《世界日報》，該報說新書有四百五十頁，內附數十張照片，新書將披露陳潔如由一九二零年至一九二七年與蔣介石同居故事。陳潔如稱她與蔣介石的婚姻糾葛尚未解決，此件公案總要說個明白，讓天下人知道真相。蔣介石身邊人四出打探並企圖阻止新書出版。國民黨 CC 系（中央俱樂部，Central Club）領袖陳立夫寫信給正在香港的陳潔如，懇求她不要出版回憶錄，以免傷害最高統帥和國民黨，並要求她一如既往保持沉默。後來陳立夫親自帶了十五萬美金到香港擺平此事，出書計劃才戛然停下來。根據楊天石《找尋真實的蔣介石》一書記載，陳立夫是於一九六四年十二月底到香港見陳潔如，陳潔如收錢後寫了一張收據：「茲由立夫先生交下洋十五萬元正。該款業已如數收訖。此後潔與介石雙方恢復自由，一切行動與對方無涉，特立此據為憑。陳潔如具 十二月卅日。」

晶報
CHING PO DAILY
144-146 WELLINGTON ST.
HONG KONG
今日全版狗經
第五版刊 賽狗專電
訴說七年同居關係圖文並茂
蔣介石棄婦著書
陳潔如在美用英文著作凡四百餘頁
三藩市世界日報先爲文介

一九六四年五月三日香港《晶報》報道陳潔如著書爆內幕

台灣出版社一九九二年出版《陳潔如回憶錄》

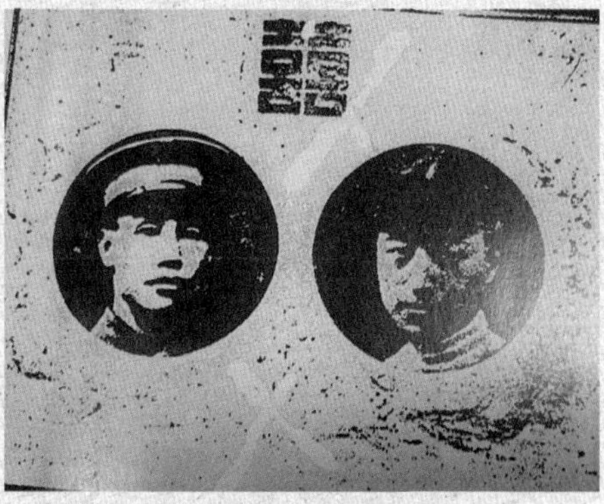

蔣介石與陳潔如的結婚請柬

陳潔如是於一九二七年八月被蔣介石強迫送往美國「讀書」，蔣介石當時已準備和宋美齡結婚。陳在美國生活幾年後返回中國內地，解放後滯留內地。一九六一年全國大饑荒，周恩來特別批准陳潔如到香港定居，陳到香港後便開始撰寫回憶錄，一九六三年完稿。陳透過美國一位出版商聯絡著名歷史學家唐德剛，邀請他把口述英文手稿整理成書出版，拖拉一段時間未能成事，後來陳潔如一方通知唐德剛稱出書計劃暫停。英文原稿從此「神秘失踪」，三十年之後忽然在史丹福大學胡佛圖書館出現。一九九二年，台灣《傳記文學》雜誌突然連載《陳潔如回憶錄》中文翻譯內容，並於同年出版《陳潔如回憶錄——蔣介石陳潔如的婚姻故事》中文版，此時距離老蔣去世已十七年，震撼力大大減低。陳潔如一九七一年在香港去世。

唐德剛應邀替中譯本寫序，唐指回憶錄「蘊藏着很多外界不知的第一手史料，……是貨真價實的歷史文獻，……它能替宏觀歷史提供微觀史料的佐證，價值甚高，雖然史料偶有小疵，然瑕不掩瑜也」。唐德剛相信本書似非陳潔如親筆，而是由他人執筆藝術加工過的。據楊天石説英文稿的執筆人是曾任蔣介石英文教師的李時敏，李是蔣、陳的舊識，熟知蔣早年的風流故事。唐德剛對陳潔如寄以同情：「她自二十歲投河未遂始，竟能忍氣吞聲，守活寡、撫幼女，四十餘年……最後還要寫一本英文自傳以自白，這也不是普通女人所能做得到的。」陳潔如以「我是蔣介石為迎娶宋美齡而遺棄的可憐人」作為全書終結。

蘇絲黃控告《蘇絲黃的世界》

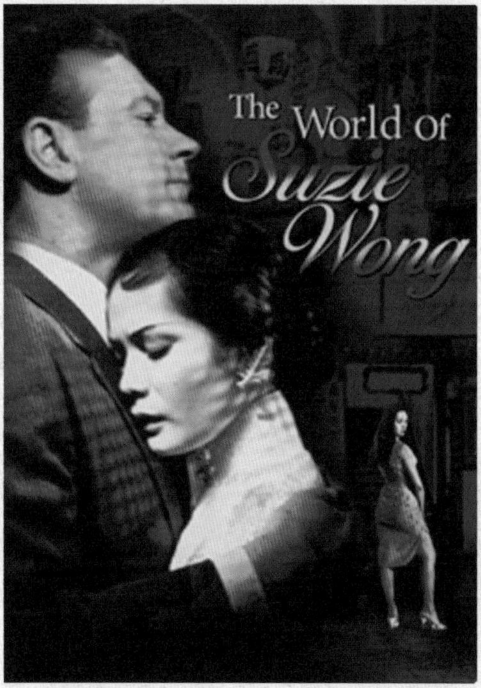

《蘇絲黃的世界》電影海報

《蘇絲黃的世界》男女主角威廉荷頓、關南施

工商晚報

香港蘇絲黃王玉蘭
在美請律師打官司

在紐約聯邦法院起訴
要求賠償五十萬美元

是日本將軍女兒
流落上海做爛妓

在六國酒家酒吧
與美國作家結識

王玉蘭在美國的官司成為香港報紙頭條新聞

電影《蘇絲黃的世界》借用《華僑日報》天台取景

關南施在電影《蘇絲黃的世界》裏面飾演灣仔吧女「蘇絲黃」深入人心，眾人都以為「蘇絲黃」是編劇根據原著小說 *The World of Suzie Wong* 創造出來的角色，誰料到「蘇絲黃」真有其人，這位「真蘇絲黃」後來更入稟美國法院控告電影公司侵權，要求巨額賠償，成為當年香港頭條新聞。

真蘇絲黃興訟的國際新聞發生於上世紀六十年代，由於年代久遠，知其事者恐不多。筆者手上有幾份當年報紙的資料，現在把事件的來龍去脈和大家分享。一九六四年二月《快報》記者幾經轉折訪問了香港真蘇絲黃，編輯替這篇訪問特稿起了一條標題：「沒有白晝的蘇絲黃」。訪問稿的引言這樣描述：「她的真姓名是王月蘭，雖帶濃厚上海口音，實際上卻是個日本人。一場戰禍，使她家破人亡，從此淪落風塵。她生育過三男四女，但送掉的送掉、死的死，和理察美遜所生的孩子，卻不認得他的母親！」文中提及的理察美遜（Richard Mason，香港人習慣叫李察美臣），就是後來寫 *The World of Suzie Wong* 的作者，他把和王月蘭（蘇絲黃）相戀的故事寫成小說，然後再拍成電影。

根據當年《快報》記者報道，王月蘭是日本人，父親是日本軍官。王月蘭六歲那年父親帶兵到中國，王跟隨父親出發到上海，母親和七個哥哥留在日本，王月蘭由奶娘帶大。她十一歲那年日本投降，王父自殺死亡，她與奶娘在上海相依為命。為了生活，她到織襪廠工作，後來給人誘騙到妓院當「琵琶女」（雛妓，陪酒不伴寢）。她的「老闆」五十年代把她帶到香港，先到手襪廠工作，後來輾轉去了灣仔六國酒店酒吧當吧女，取名 Suzie，人人都以「蘇絲黃」稱呼她。Suzie 在六國酒店邂逅從美國來港搜集寫作資料的記者理察美遜，還跟理察生了一個男孩。兩人分手後，王月蘭先後跟了幾個男人，生了幾個孩子，最後孩子不是送給人就是死掉，只剩下她和理察生的男孩，但母子也無緣團聚。理察美遜回國後將他與 Suzie 的霧水情緣寫成小說 *The World of Suzie Wong*，一九五七年出版後馬上成為暢銷書，小說之後改編為舞台劇和荷里活電影。據說，理察曾兩度重返香江找尋 Suzie，可惜佳人已芳踪杳然。

《快報》記者一九六四年採訪王月蘭，記者這樣形容她：「她不高不矮，橢圓形的臉孔，面頰下部稍微凹陷，顴骨頗高，說話的時候帶着濃重的上海口音。」王月蘭接受訪問後便失去消息，直至一九六五年十月她入稟美國法院控告出版社及派拉蒙電影公司，Suzie Wong 大名才再度見報。Suzie 在入稟狀聲稱與訟人「未經同意而採用她的姓名和私生活」來撰寫《蘇絲黃的世界》這部小說和拍攝電影，要求賠償損失五十萬美元。

入稟狀送到美國法院後卻沒有進一步消息，報章亦沒有續聞，這宗香港蘇絲黃控告《蘇絲黃的世界》出版社和電影公司不知何故卻像斷了線的紙鳶無影無踪。有人估計極可能是訴訟雙方庭外和解，自此之後，「香港蘇絲黃」王月蘭便消失在香港人海中，她的傳奇只能在《蘇絲黃的世界》小說和電影中重溫。電影《蘇絲黃的世界》令女主角關南施（Nancy

Kwan）一炮而紅，同時吸引了不少國人來港認識灣仔 Suzie Wong 紙醉金迷的世界，香港酒吧區也忽然多了很多 Suzie 吧女。

香港人亦可從這齣電影重溫六十年代的香港街景，例如電影一開始男主角威廉荷頓（William Holden）在天星小輪上偶遇蘇絲黃一幕，便重現了天星碼頭一帶舊景；另外，男女主角共築短暫愛巢的場景，原來是借用上環荷李活道《華僑日報》天台拍攝，鏡頭所見，當年的維多利亞港視野廣闊，舊香港的風景線令人回味。

馬雲「鐵拐俠盜」系列

香港的馬雲雖然沒有阿里巴巴的馬雲那麼富有，但香港馬雲的著作遠遠多過內地馬雲，單是一系列的「鐵拐俠盜」小說已足夠令香港馬雲晉身名作家之列。

香港馬雲原名李世輝，一九五四年投稿《麗的呼聲日報》，得到主編陳阿冰賞識邀請加入報社工作，因而認識著名編劇家唐滌生和球王李惠堂，三人曾共處一室寫稿。李世輝後來用「馬雲」筆名替麗的呼聲寫廣播劇，他因為喜歡馬匹在天空飛奔的姿勢，乃取名「馬雲」，自此馬雲廣為人知，不久便開始替暢銷週刊《藍皮書》寫偵探小說。由於魏力（即倪匡）的「女黑俠木蘭花」、小平的「女飛賊黃鶯」故事系列很受歡迎，馬雲也用類似題材寫了好幾期的「迷你女賊」。直至《新報》老闆羅斌創辦武俠綜合雜誌《武俠世界》邀請馬雲寫稿，「鐵拐俠盜」終於面世！

馬雲說，「鐵拐俠盜」的靈感乃來自一九七八年播影的電視劇《盲俠走天涯》。勝新太郎扮演的盲俠身手不凡，馬雲也構思了一位傷殘的跛腳君子做主角儆惡鋤奸。當年香港警察

馬雲替讀者簽名

馬雲部份作品

貪污嚴重，豺狼當道，馬雲透過主角呂偉良對社會的不公義口誅筆伐，替天行道。呂偉良憑着一枝鐵拐出生入死，鐵拐內置機關，可以是麻醉槍，也可以是供逃生的飛鈎鋼索，讀者看得開心過癮。「鐵拐俠盜」大受歡迎，後來出了單行本，行銷香港、台灣和東南亞。小說後來改編為廣播劇，佳藝電視亦將之改編為十三集的電視劇。一度把TVB打得落花流水的麗的電視劇集《大地恩情》，原來也是改編自馬雲原著。馬雲沒想過是他間接令到TVB腰斬《輪流轉》。

馬雲一九五四年開始寫稿，寫到一九九零年擱筆退休，先後寫了三百多部小說。這些小說可以歸納為幾個系列：「鐵拐俠盜系列」、「千門奇俠系列」、「迷你女

馬雲（右）手持的《大地恩情》也是他的作品

賊系列」、「太空科幻系列」、「鬼故事系列」和「黃飛鴻傳奇」。系列之外，還有多部個別作品。馬雲說，他因為「播音皇帝」鍾偉明的關係，成為黃飛鴻弟子林世榮徒弟朱愚齋的弟子。上世紀五十年代，鍾偉明在麗的呼聲電台講黃飛鴻故事，朱愚齋負責撰稿。當時馬雲以《麗的呼聲日報》記者身份常駐電台採訪，與任職電台節目顧問的球王李惠堂和唐滌生同室辦公，鍾偉明常來閒談。他見馬雲身材瘦削，介紹他跟朱愚齋學鐵綫拳強健身體，馬雲因此便拜朱愚齋為師，成為朱的關門弟子。關德興後來被朱愚齋選中飾演銀幕上的黃飛鴻，成為家傳戶曉人物。關德興感恩朱愚齋，愛屋及烏，朱愚齋去世後，主動邀請馬雲做他的徒弟，馬雲便成為關德興門生。馬雲說，他與關德興的師徒關係僅是形式上的，關師傅沒有教他功夫，關師傅收他為徒乃是要對朱師傅表示尊重，對他這個徒弟一直以禮相待，由始至終都叫馬雲做「馬先生」。

任護花的「中國殺人王」系列小說

任護花是香港報壇鬼才，他早年以筆名「周白蘋」創作「中國殺人王」系列小說，暢銷香港、東南亞和歐美華人社會。今天，還有讀者四出找尋「殺人王」舊書。

「中國殺人王」系列小說有三十輯左右，包括：《中國殺人王初到三藩市》、《大戰扭計深》、《大戰玻璃黨》、《大鬧墨西哥》、《大鬧紐約》、《大戰芝加哥》、《橫渡太平洋》、《大戰機械黨》、《大破三雄堂》、《大破暗殺團》、《大戰阿根廷》、《大鬧上海》、《大戰三K黨》、《初到英京》、《大鬧巴西》、《火燒加拿大》、《大戰死光黨》、《大鬧博覽會》、《大戰生地獄》、《大戰遁地黨》、《大戰恐怖黨》、《血戰奧大利》、《大鬧瑪德里》、《大戰飛機黨》、《大破鋼爪黨》等等。單看書名已非常過癮，故事是寫主角殺人王「詑利」應華僑團體邀請先後殺入西方多國，與當地陀地、堂口、幫會大鬥法，劇情曲折離奇，是占士邦型的驚險小說。

任護花為何會寫那麼多「中國殺人王」殺入異域的故事？說來這是與他的行業有關。任護花除了辦報之外，他本身也是粵劇戲班的開戲師爺，曾多次隨團到美國唐人街的社團中演出。他深感華僑在海外受白人黑社會及黑人流氓的欺壓，當地華人雖然組織同鄉會宗親會自保，但無法抵擋鬼佬和黑人的軍火。任護花靈機一觸創造了「中國殺人王」這位英雄，殺人王應華僑團體邀請去到唐人街與匪徒對抗，他運用過人的機智與驚人的槍法及武功，屢破強敵，保護唐人街華人的性命財產。

任護花在〈中國殺人王事畧〉中介紹：「中國殺人王小說雖有連續性，但分開每集均能看得通，蓋中國殺人王似福爾摩斯偵探案，分讀之亦覺有趣也。中國殺人王最初到三藩市主持堂口鬥爭，續與扭計深鬥智。堂口戰事平息，殺人王至

任護花「中國殺人王」系列

哥盧埠大破玻璃黨以解華僑之困。旋因墨西哥擠華花埠及諸里加埠之墨人發動排華，殺人王南下救護，大鬧墨西哥。排華潮平息之後，殺人王復至紐約，與紐約當地黑社會爭鬥，取得最後勝利。紐約餘黨逃至芝加哥仍與華僑作對，殺人王乃引眾到芝。……」

任護花上世紀三十年代在廣州任職記者，移居香港後先後創辦《先導報》和《紅綠報》，「中國殺人王」在《紅綠報》連載，吸引大批讀者。任護花後來創造了抗日英雄「牛精良」系列小說，寫牛精良這位三角碼頭「咕哩頭」率領一眾愛國咕哩多次襲擊日軍和漢奸。「牛精良」受歡迎程度媲美「中國殺人王」，這兩套小說也就成為任護花的至尊孖寶作品。

任護花創辦《先導報》時一反《骨子》、《華星》等報的風格，大量採用三及第文體，文言、白話、粵語並用，開報紙風氣之先。任護花在《先導報》以「金牙二」筆名撰寫的專欄，與後來三蘇（高雄、小生姓高）的怪論，可謂一脈相承，大家同樣使用三及第文體。

任護花的「牛精良」系列

誰是「我是山人」？

金庸、梁羽生新派武俠小說面世之前，「我是山人」的南派技擊小說甚為暢銷，其撰寫的三德和尚、方世玉、洪熙官少林故事膾炙人口。大多數讀者只知「我是山人」是筆名而不知作者的真姓名，原來乃香港報壇名宿陳魯勁（原名陳勁）是也，他一九七四年八月離世前是《天下日報》總編輯。

筆者沒有見過陳魯勁，但與《天下日報》少東勞可強君稔熟，得知陳魯勁一些逸事。陳魯勁早年在廣州報紙寫小說，來港後先後在多間報館工作，五十年代協助創辦《天下日報》。六十年代尾開始，勞可強日間在商業電台新聞部供職，晚上返《天下日報》協

我是山人的「洪熙官系列」小說，早年大受歡迎。

助父親打理報館業務，記者、編輯、翻譯工作一腳踢，其父勞勉之精於棋藝，《天下日報》的「天下棋壇」一欄由勞父主理，很受棋迷歡迎。報館中人以「陳老總」稱呼陳魯勁，七十年代初陳魯勁因年紀關係沒法總管編務，只負責副刊，除了編稿外，仍繼續寫其小說。陳老總博學，報館上下遇上甚麼難題都會向他請教。當年報館時興包伙食，陳老總吃完飯才返赤柱的家。勞可強說陳老總走得很突然，一九七四年八月某日勞可強在澳門處理公事，忽接香港電話告知陳老總過身消息。根據當年八月二十八日《華僑日報》刊登的訃聞，陳魯勁二十五日病逝瑪麗醫院。訃聞指「陳氏係港穗報業耆宿，著作甚多，生前為人仗義，素為報壇中人稱道。……」訃聞只有陳魯勁卒年沒有生年，勞可強說他印象中陳老總應該有七十多八十歲。

我是山人著名小說《佛山贊先生》

陳魯勁以「我是山人」筆名寫武俠小說始於戰後《廣東商報》，處女作是《三德和尚三探西禪寺》，一鳴驚人，稿約紛至，後來成為技擊小說最多產作家。其文字文言白話粵語交雜，不拘一格，他聲稱要以通俗手法寫小說發揚國術。一九四八年三月他於《三德和尚三探西禪寺》的單行本小說自序指出，國人在烽火連天之際衣食住行成問題，哪有閒情涉獵文學，戰後文化水準低落乃必然現象，「苟以難澀之文章強國民接受，結果適得其反。山人之意，實欲以通俗之筆，發揚國術，一洗東亞病夫之恥耳。」

五十年代初有評論家在《小說精華》第三期的文章裏這樣評論我是山人：「環觀近代小說作家，能試寫長篇小說，第一篇即能成名，而其署名更能令婦孺皆知，其作品令到家傳戶誦者，則有我是山人矣！」這篇作品就是《三德和尚三探

中華民國五十一年（一九六二）一月十日　星期三

漫翁

天下日報

督印人：朱榮熙

洪熙官及七次賽馬分場表刊第四版

環球與天下

弟主編環球報，歷時九年半，蒙讀者熱烈愛護，感激不勝，今再主編天下日報，當與同人等夙夜匪懈，全力以赴，以酬讀者諸君愛護之誠，昔日洪熙官及其他小說，移刊本報，繼續刊登，各方親友與親愛讀者，如有函電，請致本報，尚希時賜教言，藉匡不逮！

陳勁拜啓

一九六二年一月陳勁（我是山人）在《天下日報》的啟事

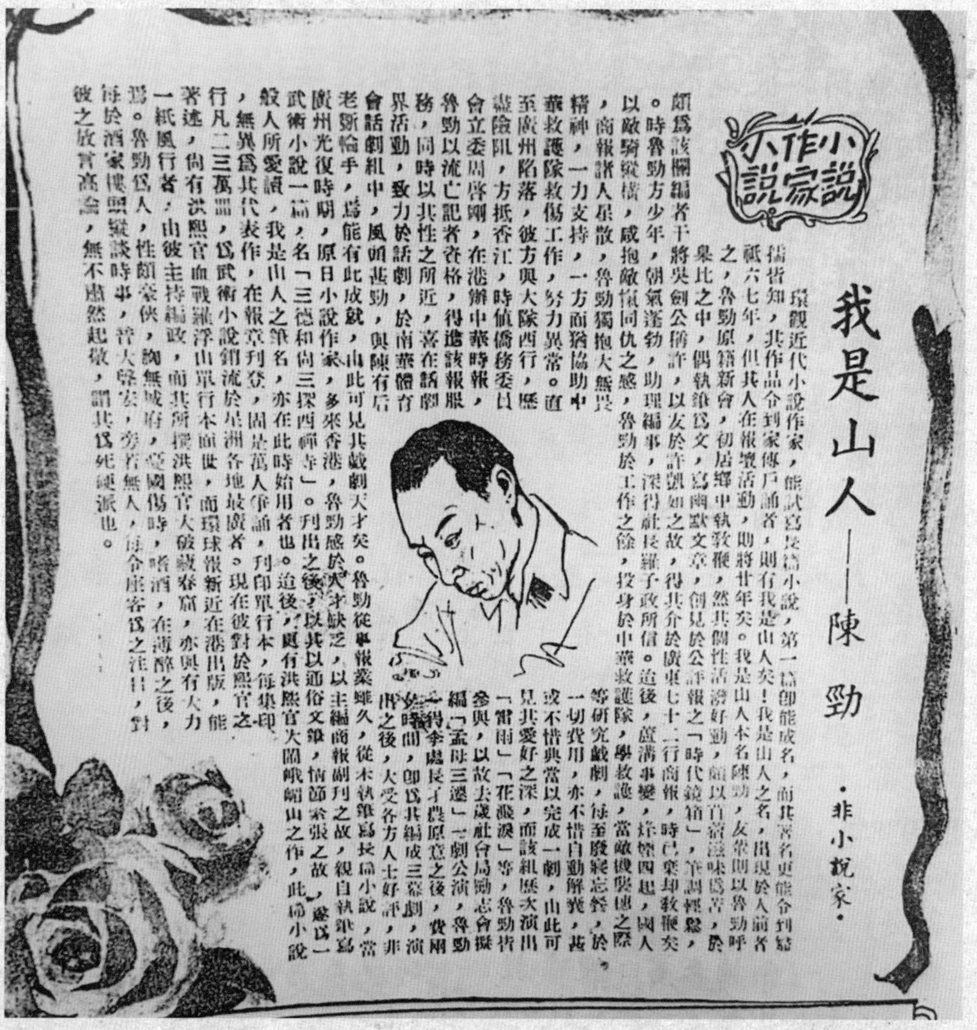

小說作家

我是山人——陳勁

·非小說家·

環觀近代小說作家，能試寫長篇小說，第一篇即能成名，而其著名更能令到婦孺皆知，其作品令到家傳戶誦者，則有我是山人矣！我是山人之名，出現於人前者祇六七年，但其人在報壇活動，則將廿年矣。我是山人本名陳勁，友輩則以魯勁呼之，魯勁原籍新會，初居鄉中執教鞭，然其個性活潑好動，頗以自嘗滋味爲苦，於臬比之中，偶執筆爲文，寫幽默文章，創見於公評報之「時代鏡箱」，筆調輕鬆，頗爲該欄編者于將吳劍公稱許，以友於許凱如之故，得其介於廣東七十二行商報，時已棄卻教鞭矣。時魯勁方少年，朝氣蓬勃，助理編事，深得社長羅子政所信。迨後，蘆溝事變，烽煙四起，國人以敵騎縱橫，咸抱敵愾同仇之感，魯勁於工作之餘，投身於中華救護隊，學救護，當敵機襲穗之際，商報諸人星散，魯勁獨抱大無畏精神，一力支持，一方面猶協助中華救護隊救傷工作，努力異常。直至廣州陷落，彼方與大隊西行，歷盡險阻，方抵香江，時值僑務委員會立委周啓剛，在港辦中華時報，魯勁以流亡記者資格，得進該報服務，同時以其性之所近，喜在話劇界活動，致力於話劇，於南華體育會話劇組中，風頭甚勁，與陳有后等研究戲劇，每至廢寢忘餐，於一切費用，亦不惜自動解囊，甚或不惜典當以完成一劇，由此可見其愛好之深，而該組歷次演出「雷雨」「花濺淚」等，魯勁皆參與，以故去歲社會局勵志會擬編「孟母三遷」一劇公演，魯勁一得李處長才農原意之後，費兩晚時間，即爲其編成三幕劇，演出之後，大受各方人士好評，非老斲輪手，焉能有此成就，由此可見其戲劇天才矣。魯勁從事報業雖久，從未執筆寫長篇小說，當廣州光復時期，原日小說作家，多來香港，魯勁感於人才缺乏，以主編商報副刊之故，親自執筆寫武術小說一篇，名「三德和尚三探西禪寺」。刊出之後，以其以通俗文筆，情節緊張之故，遂爲一般人所愛讀，我是山人之筆名，亦在此時始用者也。迨後，更有洪熙官大鬧峨嵋山之作，此篇小說，無異爲其代表作，在報章刊登，固是萬人爭誦，刊印單行本，每集印行凡二三萬冊，爲武術小說銷流於星洲各地最廣者。現在彼對於熙官之著述，尚有洪熙官血戰羅浮山單行本面世，而環球報新近在港出版，能一紙風行者，由彼主持編政，而其所撰洪熙官大破鐵簽窟，亦與有大力焉。魯勁爲人，性頗豪俠，胸無城府，憂國傷時，嗜酒，在薄醉之後，每於酒家樓頭縱談時事，皆大發宏論，旁若無人，每令座客爲之注目，對彼之放言高論，無不肅然起敬，謂其爲死硬派也。

五十年代《小說精華》介紹我是山人

西禪寺》。我是山人接着寫《洪熙官大鬧峨嵋山》，每集印兩、三萬冊。我是山人主持香港《環球報》編務時，因為刊登《洪熙官大破藏毒窟》，令《環球報》一紙風行。一九六二年一月十日，我是山人以「陳勁」名義在《天下日報》頭版刊登一段啟事，通知各界他的洪熙官及其他小說已移刊《天下日報》。啟事內容如下：

> 弟主編環球報，歷時九年半，蒙讀者熱烈愛護，感激不勝。今再主編天下日報，當與同人等夙夜匪懈，全力以赴，以酬讀者諸君愛護之誠。昔日洪熙官及其他小說，移刊本報，繼續刊登。各方親友與親愛讀者，如有函電，請致本報，尚希時賜　教言，藉匡不逮！
>
> 陳勁拜啟

陳勁這段如同與《環球報》割蓆的聲明，顯示我是山人小說仍然很受報紙老闆看重，仍然是報紙銷量的保證。

「山人」乃古代學者常用雅號。據黃仲鳴教授研究所得，寫少林故事有五位山人，包括「我是山人」陳魯勁、「是佛山人」鄧羽公、「同是佛山人」楊大名、「禪山人」（姓名不詳）和「念佛山人」許凱如。五位山人除陳魯勁是新會人之外，其餘四人籍貫均為南海、佛山，與佛山關係殊深。

《漫畫世界》——漫畫人的搖籃

《漫畫世界》一九五六年創刊，是香港戰後第一本掀起漫畫熱潮的漫畫書。香港漫畫史專家楊維邦形容，《漫畫世界》是香港戰後新一代漫畫人（王澤、王司馬、香山亞黃、胡樹儒等人）的搖籃。

抗日戰爭爆發初期，內地不少漫畫家避難移居香港，如廣州的李凡夫、林檎、潘醉生，上海的葉淺予、張正宇、丁聰等，都是當時首屈一指的漫畫大師。他們在港成立了「中華全國漫畫作家協會香港分會」，該分會於一九三九年主辦了「現代中國漫畫展」，是香港有史以來第一次漫畫展，掀起漫畫高潮。戰後，部份漫畫家先後返回內地，香港漫畫活動沉寂了一段時間。直到一九五六年，由一群漫畫家李凡夫、李淩翰、陳子多、區晴、黃蒙田、鄭家鎮等人合資，出版了《漫畫世界》半月刊，再度掀起香港漫畫界的熱潮。

《漫畫世界》一九五六年十二月一日創刊，一個月出版兩期，售價每冊八角。編者在創刊號「開場白」中指出：「我們希望通過自己的作品使人察覺到人生社會的某些缺陷，但更大的意圖還是希望讀者在我們的作品中得到一點快樂。……」第一期篇幅三十四頁，執筆的漫畫家包括鄭家鎮（鄭是《漫畫世界》督印人）、李凡夫、陳子多、李凌翰、司徒因、王牛、丁岡、綠雲、麥正、魯歷、陸叔、關山美、任遜、秋風、李克瑩、白尼、半醉居士等人。創刊號封面的漫畫是陳子多作品，第二頁「漫畫世界新張大慶」畫作是集體創作，祝賀之餘順便介紹各漫畫家筆下的漫畫主角，例如「大官」、「何老大」，「大隻廣」、「大口潘」、「肥陳」、「大班周」、「吉

《漫畫世界》封底有四大名家插圖

《漫畫世界》創刊號的封面

叔」、「太子德」、「蘇蝦」、「阿飛與肥奶奶」、「B仔」、「撈女」、「張小三」、「小王」、「阿丁」、「大口金」、「四眼徐」、「包租婆」、「素珍」等等。長篇漫畫有李凡夫的《何老大與朱老師》和《大官》、白尼的《太子德》、鄭家鎮的《新西遊記》、李克瑩的《吉叔外傳》、秋風的《好弟弟》。除了漫畫之外，還有「兩期完小説」，第一篇小説由當時得令的孟君執筆。

《香港漫畫》舉辦了第一屆港澳區學生漫畫比賽，選出十位獎項得主，另外入選獎五十名。得獎名單中第七名得主胡樹儒特別引起筆者注意，因為他與多年後香港廣告片大師、電影導演胡樹儒應該是同一人。香港漫畫史專家楊維邦説胡樹儒創作的漫畫早已享譽漫畫界：「六十年代有張『隨地吐痰乞人憎』的海報，圖中有很多人圍住『高叔』鬧，這個高叔就係胡樹儒創作的漫畫人物。另外，兒童刊物《小良友》不少封面漫畫都係胡樹儒的作品。」楊維邦表示，早年投稿到《漫畫世界》的年輕人，後來相繼成為香港著名漫畫家，因此《漫畫世界》毫無疑問是香港一代漫畫人的搖籃。

李凡夫的「何老大」陪伴很多香港人成長

《漫畫世界》當年的漫畫人物，很多是家傳戶曉人物。

公仔書三寶——《財叔》、《神筆》、《神犬》

每個年代的兒童都有他們喜愛的漫畫書，香港六十年代的漫畫書很多，我一律叫它們做「公仔書」，男孩子尤其喜歡看《老夫子》、《財叔》、《神筆》、《神犬》等等。我手頭上有幾本《財叔》、《神筆》和《神犬》，有空便拿出來看看，勾起很多童年回憶。

《老夫子》長畫長有，老王澤過身後，小王澤繼承衣鉢繼續畫下去。《財叔》、《神筆》和《神犬》早絕跡江湖，已被列為古董書。《財叔》作者是許冠文（不是演戲那一位），《神筆》、《神犬》的作者是許冠文的弟弟許強。我把許氏兄弟這三本作品稱為我的「公仔書三寶」，當然，這是我個人喜好，有主觀成份。

我們童年睇公仔書，多是向同學仔借閱或者輪流購買、輪流睇，有時會到街邊租書檔用「斗零」（五仙）租書，幾個小朋友圍在一起閱讀；也有到飛髮舖（理髮店）一邊飛髮一邊

舊時香港街邊的租書檔

睇公仔書，這些公仔書是飛髮舖老闆買來吸引小顧客的。心水清的小朋友都知道租書檔或者飛髮舖甚麼時候有新的公仔書供應，會互相通知，先睹為快。童年的樂趣就是那麼簡簡單單。

說回我的公仔書三寶，根據香港資深漫畫研究者楊維邦介紹，許冠文五十年代中出道，是漫畫及連環圖兩棲畫家，他的《財叔》畫工較複雜，文字較多，較適合年長一些的朋友觀看。許強的《神筆》、《神犬》簡單輕鬆，較合年幼讀者閱讀，每期封面仍由許冠文執筆。當《財叔》畫到六十年代中，「007」（占士邦）特務片興起，日本特務翻版漫畫乘機引入，年輕人都被吸引過去。許冠文把《財叔》由原來抗日游擊隊改成戴毡帽穿乾濕褸的特務形象，使用機械臂、死光錶等新型武器，讀者不接受，只好草草收場。但財叔已算是很長壽的一本公仔書，流行了前後十年長。《財叔》一九九一年曾被改編為電影《財叔之橫掃千軍》，由石天飾演財叔，張學友、梁家輝為主要演員。

許強的《神筆》和《神犬》，顧名思義講有神力的筆和有神力的狗。神筆和神犬都是協助小孩打壞人，科幻加一些偵探故事，看得小孩子樂不可支。

許強的《神筆》、《神犬》

許冠文的《財叔》，是香港早年經典公仔書。

第二章

報壇佳話

報刊雜誌篇

香港報業一百八十年

香港報業已有一百八十年歷史。一八四二年三月十七日出版的 *Friend of China*（《中國之友》）是香港割讓給英國後第一份公開發行的英文報紙，後來與 *Hong Kong Gazette*（《香港公報》，一八四二年三月二十四日創刊）合併。一八五三年八月一日創刊的《遐邇貫珍》月刊是香港中文報紙的雛形。早期的報紙還有一八五七年十月一日創刊的英文報紙 *The Hong Kong Daily Press*（《香港孖刺沙西報》，又稱《孖刺西報》），而一八五八年創刊的《中外新報》是香港第一份中文報紙，它最初是《孖刺西報》的附刊，後來獨立銷售。香港最早的中文報紙第二份、第三份分別是《香港華字日報》和《循環日報》。

一八七四年，王韜和黃勝創辦《循環日報》，是中國人自資創辦的第一家日報。王韜親撰社論，力促滿清政府變法，開創報章社論之先河。一九零零年一月二十五日，陳少白受孫中山先生委託在香港創立《中國日報》，成為反清組織興中會的機關報。一九零三年十一月七日謝纘泰和克銀漢（Alfred Cunningham）創立 *South China Morning Post*（《南華早報》），

資深傳媒人在香港新聞博覽館作導賞員，向參觀者細說香港新聞歷史。

循環日報

行情新聞日派
星房虛昴停印

週年價銀五員
每月價銀半員

西曆一千八百七十八年八月二十六號　光緒四年歲次戊寅七月廿八日　禮拜壹　第壹千三百七十四號

香港目下棉花紗疋頭

一八七八年原版《循環日報》，乃香港現存公開展出的最古老報紙，是香港新聞博覽館的「鎮館之寶」。

最初叫《南清早報》），該報到今天仍然存在，是香港最長壽的報章。一九二五年六月五日岑維休創辦《華僑日報》，同年七月八日《工商日報》成立。一九三八年八月十三日《大公報》辦香港版，同年八月一日胡文虎創辦《星島日報》。《華僑》、《工商》、《星島》被譽為香港早年的三大報。一九三九年五月一日《成報》面世，副刊走大眾化路線，戰前銷量已不錯。

一九四一年十二月二十五日日軍佔領香港後，報紙幾乎全面停刊，僅《華僑日報》繼續出版。在日本軍政府威迫下，一九四二年六月全香港報紙合併為六份，例如《星島日報》與《香港華字日報》合併為《香島日報》。《華僑》、《香島》等報編輯、記者工作如履薄冰。要研究日佔時期香港報業情況可參考筆者所寫的《淪陷時期香港的報業與「漢奸」》。戰後，停刊的報紙陸續恢復營運。國共內戰後國民政府退守台灣，國共繼續在香港爭奪輿論陣地，香港報紙百花齊放，左、中、右報紙各有市場，香港亦成為華人社會言論最自由的地區。戰後香港報業繁花盛放，但由於報刊數量多不勝數，大小報紙雜誌數以千計，加上辦報集團政治背景複雜，要寫一部戰後香港報業通史，比較困難；然而，仍有不少學者對戰後香港報業狀況作個案研究，也有業內人士寫了幾本報壇掌故。

筆者友人陳創新君年前從廣州藏家手中一舉買下四十九份《香港華字日報》，是香港近年最大批珍稀報紙交易的一次。這批百年報紙一直收藏在內地，今次得以重歸香港，是香港

友人送給筆者的《香港華字日報》，出版日期為光緒二十二年（一八九六年）。

人之福，因為陳君準備把報紙用電腦掃描下來，讓學者專家研究。《香港華字日報》創刊於一八七二年（同治十一年）四月，新聞學者卓南山教授二零一四年宣佈發現四百餘份初期（一八七二—一八七四）《香港華字日報》的原件，藏於日本國立國會圖書館，這是到目前為止最大批和最早期的原件發現。香港大學圖書館和香港中央圖書館只能看到該報部份微縮影片。香港舊物拍賣場間中可發現一兩份較後期的《香港華字日報》原件。陳君今次一下子便取得四十九份原件，是千載難逢的機會。

曾幾何時，香港的「小報」數量多如繁星，它們之中有些閃爍生輝，有些稍縱即逝，沒有留下痕跡。其實，小報在香港報業史上佔很重要地位，可惜至今缺乏有關香港小報的學術研究，遑論要寫一部香港小報史。筆者認識一位新聞系資深學者，他多年前已立下宏願要寫《香港小報史》，奈何資料非常有限，到目前仍然未能動筆。報界前輩湯仲光（李家園）寫過幾篇小報的掌故，收進《香港報業雜談》一書裏。湯仲光是老報人，當年認識多位小報老總和老闆，惟當時沒有預見小報的歷史價值，很多故事聽過就算，他後來只能憑記憶加上早年搜集得的零星資料而寫下一鱗半爪，已屬難能可貴。

所謂小報，是相對「大報」而言。一段很長時間，香港中文報壇「三大報」鼎足而立，它們是《華僑日報》、《工商日報》和《星島日報》。三大報歷史悠久，頭版多刊登嚴肅的本地新聞和國際新聞，另外有文化版、教育版、工商業版、社團消息版等等，具大報格局。最重要的是早年只有這三大報獲政府認可，能刊登法律廣告；即使七十年代初之前最暢銷的《成報》也享受不到這地位，因此《成報》不被列入大報，只能稱為暢銷報紙。二次大戰前後，香港小報如雨後春筍，它們大多以副刊吸引讀者，三十年代的《骨子報》、《探海燈》是其中表表者。三、四十年代中國政黨派系林立，不同派系都有代理人在香港辦報，希望用輿論打擊政敵，有些以大報身份出現，例如《南華日報》就是打正旗號的汪精衛派系大報。不少是以小報形式出現，有些出版幾個月便無影無踪，現在要追踪這個時期在香港出現的政治派系大小報章，頗為困難。

寫小報史最困難之處莫過於實體報紙難尋，流傳下來的少之又少。近日一位收藏家向我

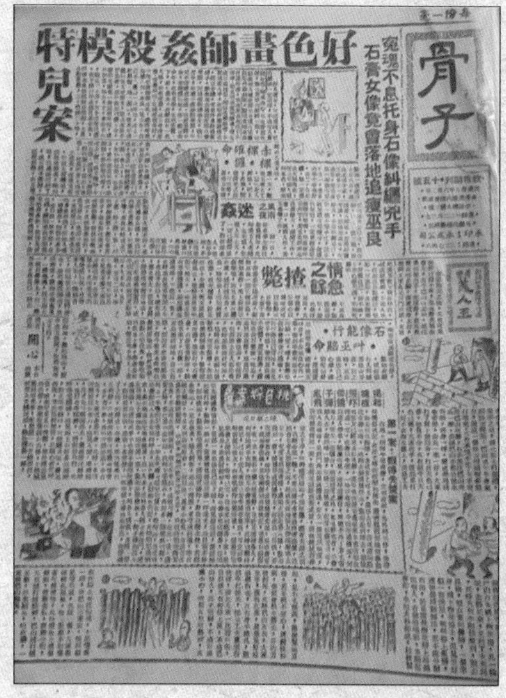
骨子

好色畫師姦殺模特兒案

冤魂不息托身石像糾纏兇手
石膏女像竟會落地追索巫良

探海燈特刊

必達治咳水

小兒快活汁

李惠堂介紹

旅行社增設星洲辦事

戰前香港兩份著名小報：
《骨子》和《探海燈》

出示一批五、六十年代的小報實體報紙，雖然只得十多份，已令人眼前一亮，幾份久仰大名的小報，終於可以一睹芳容。例如《響尾蛇》和《開心》這兩份小報聞名已久，今次還是第一次親手捧讀。《開心》一九四六年六月六日創刊，每份一毫，擺明車馬以「軟性副刊」招徠，頭版新聞嘩眾取寵。打開《開心》創刊號，意外發現有「小生姓高」的連載小說。原來四十年代開始，高雄已經用不同筆名在報紙寫文章。

六十年代至七十年代初香港小報百花齊放，副刊艷情小說大行其道，上了年紀的香港人應該記得《真欄日報》和《紅綠日報》，這兩份報紙是近代香港小報的經典。很多人都把《真欄》和《紅綠》當作「鹹報」；其實，初期的《真欄》非常正氣，以報道粵劇新聞享譽同行。《紅綠》雖然也有情色專欄，但它的影評和警惡懲奸小說更受讀者歡迎。任護花於一九四六年三月十八日創辦《紅綠報》，隔日出版，出紙一張共四版，收費一毫。戰前任護花已在《先導報》寫「中國殺人王」小說，擁有大批讀者，《紅綠報》出版後任護花以筆名「周白蘋」在《紅綠》繼續寫「牛精良」故事，同時以「金牙二」續寫其怪論，後來又續寫「中國殺人王」系列小說。

寫史難，寫掌故或許比較容易，期望各路英雄繼續發掘資料，集腋成裘，希望可以出版一部《香港小報掌故大全》，為香港報業歷史增磚添瓦。

一筆橫跨五十年——話羅斌

報壇前輩、《新報》老闆羅斌先生多年前送我一本他的自傳《一筆橫跨五十年》，此書二零零六年一月出版，轉眼已十六年。羅先生二零一二年病逝加拿大，留下很多傳奇故事，這本書是他唯一認可的官方自傳，而且只印五百本（非賣品）贈送親友，彌足珍貴。

羅斌口述、陳國燊執筆的《一筆橫跨五十年》，讀之可重溫這位香港傳媒大亨白手興家的傳奇故事。一九五零年年初，羅斌夫婦帶着一對年幼子女從上海經深圳

羅斌的自傳《一筆橫跨五十年》

來港，隨身挽着一個大藤篋，裏面全是上海作家的稿件。羅斌日後就是憑着這個大藤篋稿件搞了一份名叫《藍皮書》雜誌，在香港賺了第一桶金。羅斌在上海時已開辦環球出版社，出版過《藍皮書》，他找來一批著名作家為《藍皮書》寫小說，包括寫武俠小說的還珠樓主、寫「女飛賊黃鶯」的鄭小平，大受歡迎，替羅斌賺到上海時期的第一桶金。羅斌到了香港之後照辦煮碗，一九五零年五月在香港成立環球出版社，七月復刊《藍皮書》。羅斌當時租住板間房，房間只能放一張大床，日間這張大床便成為羅斌出版社的辦公枱。由於《藍皮書》銷量穩定上升，羅斌翌年便在港島西環新街七號地下開設環球印刷所，為其「新系」傳媒王國奠定基礎。

有了自己的印刷廠，羅斌陸續創辦《武俠世界》、《西點》、《迷你》、《環球小說叢》、《環球文庫》、《環球電影》、《新電視》、《新知》、《黑白》及《文藝新潮》等定期雜誌，他還把雜誌上刊登過的小說編印成書。最高峰時期環球出版社每月出版定期雜誌十七本，單行本小說二十二本。一九五九年十月五日，羅斌創辦的《新報》正式面世，主打馬經和小說，很快便從眾多小報之中突圍而出。旗下刊物需要大量寫小說的人，羅斌便組集寫作班子推出《環球小說叢》，每星期刊登一位作家的小說，每本五至六萬字，八開本，零售三毫子。後來名重一時的作家例如鄭慧、倪匡、依達、岑凱倫、龍驤、杜寧、周恒、馮嘉、楊天成等等都是羅斌三毫子小說的主要作者。《環球小說叢》第一本三毫子小說是鄭慧的《歷劫奇花》，一九五六年十月出版；第二本是史得（即高雄、三蘇）的《偷情》，第三本是上官牧的《失婚記》。香港的三毫子小說在羅斌銳意經營下迅速發展，名家輩出，三毫子小說得以在香港文學史上佔一席位，羅斌功不可沒。

另外，羅斌以「一雞三味」享譽報壇多年。所謂一雞三味是指一稿三用：暢銷作家的作品先在《新報》刊登，之後在旗下雜誌轉載，最後輯成書發售，羅斌從中賺了三次錢，而作家只能領取一次稿費，真正是本小利大。有時一雞三味更會變成「一雞四吃」，原因是羅斌開設了仙鶴港聯影業公司之後，新系的暢銷小說會被拿來改編成電影劇本，羅斌連原著劇本費也省回。

羅斌創辦的報刊、雜誌

《環球小說叢》第一本三毫子小說

羅斌預知香港回歸之後報業經營環境會大變，因此早已部署把生意撤走，一九九二年他成功將新系機構的全部股權出售給英皇集團的楊受成，九三年移民加拿大。羅斌在加拿大並不寂寞，他還創造了一項「壯舉」：九四年加拿大國慶，他印製了十萬枝加國國旗分發到學校、機構和商場，九五年又捐了二十萬枝，九六年三十萬枝，九七年四十萬枝，前後內四年共捐贈了一百萬枝加拿大國旗，經過英文傳媒的宣揚，羅斌的名字在加拿大主流社會不脛而走。

羅斌先後共捐贈一百萬枝加拿大國旗，慶祝加國國慶。

李我、鄧寄塵登報道歉

李我和鄧寄塵是香港第一代響噹噹的名嘴，他們在廣播節目中可以一個人聲演多個角色，甚受歡迎。惟言多必失，這兩位名嘴都先後因為在節目得罪人而要登報紙道歉。

事發於上世紀五十年代，李我和鄧寄塵先後在麗的呼聲電台講「天空小説」，講到街知巷聞。李我成名早過鄧寄塵，未入麗的呼聲之前，在廣州主持的天空小説已紅遍省港澳。可能太早成名加上自信心爆棚，李我在

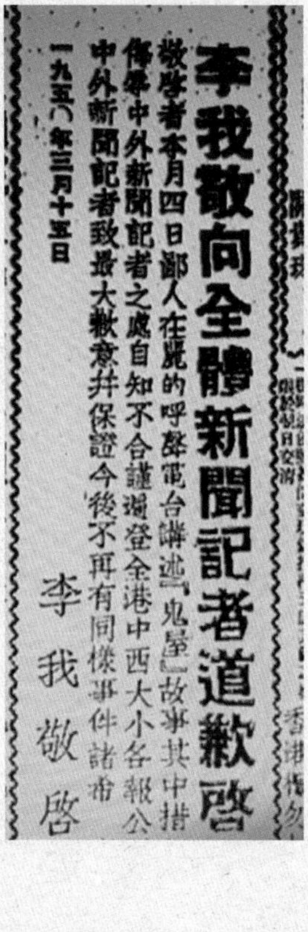

李我敬向全體新聞記者道歉啓

敬啓者本月四日鄙人在麗的呼聲電台講述「鬼屋」故事其中措辭辱中外新聞記者之處自知不合謹[illegible]登全港中西大小各報公開向中外新聞記者致最大歉意并保證今後不再有同樣事件諸希

一九五〇年三月十五日

李我敬啓

一九五零年李我的道歉啟事

節目講古仔時也就少顧禁忌，有時得罪人也不知。一九五零年三月四日，李我如常在麗的呼聲電台講「鬼屋」故事，話題忽然一轉說了一段被視為侮辱香港新聞界的說話。由於李我影響力很大，此段播音立即激起新聞界公憤，多份報紙的老總和採訪主任包括《華僑日報》何建章、《成報》黎之明、《工商日報》莫輝宗、《星島日報》吳占美等人成立小組跟進如何對付李我。李我見新聞界同仇敵愾、來勢洶洶，馬上找中間人斡旋，新聞界經研商後開出條件，要李我在全港中西報紙刊登道歉啟事三天，及連續三天在麗的呼聲宣讀道歉啟事，並要李我以自己名義捐款三千元給東華三院、保護兒童會、防癆協會這三間慈善機構。新聞界開出的和解條件頗辣，然李我能屈能伸，照單全收，一一照辦，並且於三月十五日親臨中國酒家向各報記者鞠躬道歉，一場名嘴與傳媒的「口舌之爭」就此落幕。

究竟李我說了甚麼東西令到新聞界那麼不滿，筆者翻看當年報紙，只能看到李我的道歉啟事和新聞界發表的聲明，新聞界可能不想在報紙上重複李我侮辱記者的言論，這方面的報道就付之闕如。遍尋不獲之下，筆者偶然讀到廣播界前輩李平富寫的《我的身歷聲——香港廣播軼事》，終於找到答案。根據李平富的憶述，原來李我某天在講其天空小說時，講到一位小家碧玉和一個新聞從業員談戀愛，女方母親出面阻止，要女兒嫁給有錢佬，反對女兒跟記者佬來往，母親說：「那個姓衛的，只不過是一個東奔西跑，寫些文章找飯吃，雖然有人叫他們是甚麼冠皇帝，其實有些還是無賴，抓人痛腳，專揭人瘡疤。……」李平富曾在麗的呼聲與李我共事，他的憶述應該跟事實相差不遠。

另一位名嘴鄧寄塵同樣因為「口舌招尤」而要登報道歉。事件發生於一九五五年十一月底，鄧寄塵在麗的呼聲電台講諧趣劇《剃死人頭》時，某些對白得罪了「飛髮佬」，理髮工會揚言倘若鄧寄塵不道歉，將發動全港理髮店罷工！鄧寄塵見理髮工會態度強硬，只好就範，十二月十三日在報章刊登道歉啟事，事件才沒有鬧大。根據李平富憶述，鄧寄塵因為「剃死人頭」風波足足兩個月不敢光顧理髮店，怕招至不必要麻煩。

在電台主持節目，如履薄冰、如臨深淵，稍一不慎便會惹官非。香港商業電台創辦人何佐芝深明此理，二零零三年夏天

鄧寄塵敬向
港九美髮業總工會暨
港九美髮業全體同人
道歉

鄧寄塵道歉啟事

鄧寄塵

他特別叫人寫了一副對聯掛在電台電梯口當眼處：「話到口中留幾句，理從是處讓三分」，與商台同寅共勉。寫這副對聯並非別人，正是一九五零年口舌招尤的李我。何佐芝並非針對李我，他叫李我寫對聯是因為李在廣播界的江湖地位無人能及，而且李寫得一手好書法，寫此對聯者非李莫屬。商台中人傳說：這副對聯特別是為當年商台名嘴鄭經翰而設，鄭大班當時正主持《風波裏的茶杯》，何佐芝要提醒大班：凡事留有餘地。大班離開商台後，對聯仍然懸掛在電梯口，成為商台每一位員工的座右銘。

李我手書、掛在商業電台的對聯

李我夫婦多年前和筆者（中）合照

靈簫生、筆聊生、怡紅生

早年香港報壇有「三生」：靈簫生、筆聊生和怡紅生，三位都是著名報人，又是名小說家，三人並稱「三生」。五十年代三生在多份報紙寫小說，收入可觀，故有「三生分銀」之說。

昔日香港報紙副刊多以小說吸客，全盛時期幾乎每家報紙都有小說版，作家陣容鼎盛。不少作家為了生活，都用不同筆名在多份報紙寫稿，也有一兩個人合作用不同筆名包辦整個小說版來寫。現今在報紙寫專欄多以「實名制」，以示文責自負，

靈簫生暢銷小說《海角紅樓》

李宗仁（左二）一九六五年在北京接見陳霞子（筆聊生）

以前寫稿十之八九是「虛名制」，但虛名也得改個特別的筆名讓讀者留下印象。一段時期，不少作者喜歡用「XX生」做筆名，其中最有名的三生就是靈簫生、筆聊生和怡紅生。余生也晚，與三生無緣，七十年代入《成報》做記者時常常聽到老一輩同事講筆聊生和怡紅生的故事。筆聊、怡紅兩生先後在《成報》任職，是老闆何文法的愛將，兩人同時是《成報》主力寫手，文章很「擔紙」（增加報紙銷量）。筆聊生在《成報》任編輯多年，既編新聞，也寫時評，兼寫小說，他寫的《新濟公傳》很受讀者歡迎。

三生之中，各有千秋，靈簫生和怡紅生寫過多部小說；但以在報壇成就論，筆聊生最有成就。筆聊生乃大名鼎鼎的陳霞子，他出身寒微，在廣州時是補鞋學徒，艱苦奮鬥自學成功，後來加入廣州報紙工作。來港後服務過幾家報館，五十年代加入《成報》。他離開《成報》之後創辦《晶報》，照搬《成報》的成功路數，禮聘名家寫小說，他本人親自撰寫社論，沒多久《晶報》便一紙風行，是左派最暢銷的報紙，一度威脅當年全港銷量最高的《成報》。陳霞子的社論莊諧並重，對國共問題分析獨到，寓居美國的李宗仁（曾位居國民政府代理總統）經常收到秘書程思遠從香港寄去的《晶報》社論。一九六五年十月李宗仁返內地定居，事件很轟動，北京安排李宗仁見中外記者，李宗仁指明要見陳霞子，他見到陳霞子時說：「陳社長啊，你的社論我天天讀，我之回國，你的社論也起了影

怡紅生的新派武俠小說《八駿圖》

響。」

三生另一生靈簫生，原名衛春秋，一九三三年已為《天光報》寫鴛鴦蝴蝶派文言小說。一九四五年二次世界大戰結束，靈簫生創辦一份以刊登小說為主的小報《春秋》，一九五八年擔任小報《靈簫》主編。靈簫生著作甚豐，其中以「海角紅樓」系列最受歡迎，曾改編為電影。

怡紅生原名余寄萍，戰前已用此筆名寫愛情小說，二次大戰結束後任職報紙編輯，並長期為多份報紙寫連載小說，他的多部小說後來改編成電影。余寄萍五十年代入《成報》任港聞編輯，兼寫副刊小說，直至退休。

珍貴卻被遺忘的文學副刊

許定銘先生近日在面書（Facebook）上重提《文庫》的故事，我從書架上再拿出這本有九十年歷史的《文庫》翻閱，又一次勾起我跟這本文集結緣經過。

首先發現《文庫》的是著名書評家黃俊東先生，他上世紀五十年代在中環賣舊書的「康記」尋書，見到一本厚厚、封面寫着《文庫》的「書」，裝釘很奇異，最初以為是一部大書，打開一看又不像書，又不像雜誌的合訂本，他見價錢公道便買下來。回家挑燈夜讀，赫然發現這本《文庫》竟然是寶物，因為它的內容很前衛，足以媲美當年上海文壇的文學作品。難得的是，《文庫》是一九三零年香港《工商日報》一個文學副刊。早年香港報紙為了生存，多數選擇走通俗路線，多刊登言情小說，像《文庫》這樣的嚴肅文學副刊，以當時來說實屬少見。黃俊東形容《文庫》是一部特殊的印刷品，說它「特殊」因為他從來沒有見過類似的東西。

黃俊東視《文庫》為瑰寶，珍如拱璧六十載，他在移民澳洲之前於二零一二年把《文庫》

交給新亞圖書公司拍賣，希望落在有緣人手上。經過競投，黃先生這本至愛便歸我所有，事後他補送我一函，追記他對《文庫》的一些感受。他在函中這樣寫：

> 香港工商日報的副刊《文庫》合訂本是一個孤本，這是一部絕對罕見的合訂本。它並不是出版來賣的，而是編者編成巨冊，作為檢視和參考之用。任何藏書庫均無此冊的收藏，並且見過這個副刊的讀者亦未必多，畢竟是一九三一年出版在日報上的副刊，而這個副刊所刊登的文章，都是很現代的，它與當時的上海文壇所登的外國文學水準差不多，在當時十分前衛。我們常聽人評論

這部《文庫》孤本，是《工商日報》一九三一年至一九三二年的文學副刊匯集成冊。

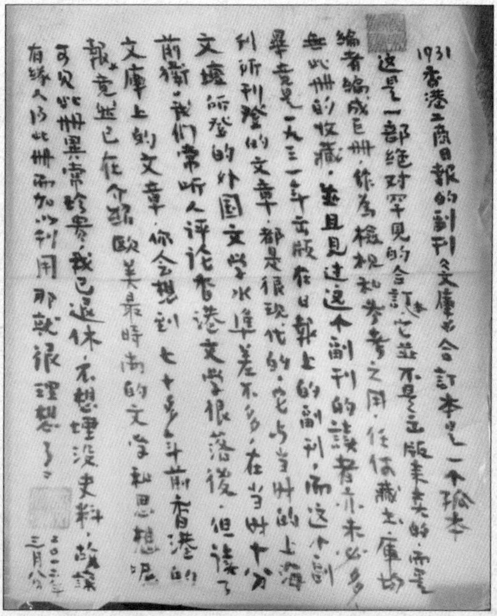

1931香港工商日報的副刊《文庫》合訂本是一个孤本
這是一部絕對罕見的合訂本，它並不是出版來賣的，而是
編者編成巨冊，作為檢視和參考之用，任何藏書庫均
無此冊的收藏，並且見過這个副刊的讀者亦未必多
畢竟是一九三一年出版在日報上的副刊，而這个副
刊所刊登的文章，都是很現代的，它與當時的上海
文壇所登的外國文學水準差不多，在當時十分
前衛，我們常聽人評論香港文學很落後，但讀了
文庫上的文章，你會想到七十多年前香港的
報竟然已在介紹歐美最時尚的文學和思想
可見此冊異常珍貴，我已退休，不想埋沒史料，故讓
有緣人得此冊而加以利用那就很理想了。
二〇一三年三月

黃俊東手書函件介紹《文庫》孤本的重要性

香港文學很落後，但讀了文庫上的文章，你會想到七十多年前香港的報紙竟然已在介紹歐美最時尚的文學和思想呢，可見此冊異常珍貴。我已退休，不想埋沒史料，故讓有緣人得此冊而加以利用，那就很理想了。

《文庫》第一期刊於一九三零年七月二十一日的《工商日報》，當天該報第二版有一段報社的聲明，題目是「今後之本報」，公告讀者稱由於報紙銷量與日俱增，「滇黔桂粵、南洋美歐」都有《工商》讀者，報社已購置新式印刷機及搬遷社址擴充營業。為配合報紙改版，一個高質素的副刊《文庫》就此出現。根據《文庫》的徵稿凡例，該版會選刊關於「社會問題、學術討論、文學批評、文藝創作（包括小說、戲劇、詩歌、散文）的著述及翻譯」。

黃俊東購得的這冊《文庫》是從六零五頁至一一八零頁為止，期數由三百零三期（一九三一年八月十一日）至五百九十期（一九三二年九月三十日），是合訂本的下冊。筆者到香港中央圖書館翻查《工商日報》舊報紙，確定了《文庫》第一期刊登於一九三零年七月二十一日，當天《文庫》頭條是袁振英介紹托爾斯泰的社會思想。《文庫》編排是大型雜誌形式的三欄，每期兩頁約刊登四篇文章，第一頁左下角有目錄，文章較長則分多天刊出。黃俊東相信這本合訂本很可能是該刊編輯袁振英把自己所編副刊彙集而裝訂成專集，全世界僅此一本。

作家兼書評家許定銘向我借閱《文庫》，他從作者群辨別出幾位作者身份，例如魯衡，他是活躍於二十至三十年代香港第一代新文學作家，年輕時曾在美國當苦工，因嚴重風濕病致癱瘓。和魯衡同期的《文庫》作家，有詩人黎學賢和文社「島上社」成員陳靈谷。《文庫》作者之中，有兩位較為香港人熟悉，他們是「望雲」和「羅西」。「望雲」是寫偵探小說《黑俠》而紅透半邊天的張吻冰。「羅西」則是四九年後寫《一代風流》五部曲而聲名大噪的歐陽山，《一代風流》第一卷《三家巷》更入選「新中國七十年七十部長篇小說典藏」叢書。民俗學家黃石也是《文庫》的作者。黃俊東發現著名翻譯者麗尼有譯文在《文庫》上發表，故相信部份稿件可能是從國內約稿，不少文章內容與當

文庫

LE CABINET DE LECTURE

第三〇三號

尼采哲學

獨遊雜記

《文庫》下冊第一期（總第三百零三期）介紹尼采哲學

時的上海文化界風氣頗相近。

二零一二年之前，黃俊東手上這本《文庫》從沒有公開展示過，唯一一次向外提及過的是七十年代他出席香港大學學生會和港大文社合辦的演講會，講題是：「三、四十年代香港文壇的回想」，他在會上介紹了《文庫》，盛讚《文庫》是香港劃時代的文學副刊。當日他還特別撕下幾頁《文庫》給港大文社作配圖印在講稿上。

黃俊東和許定銘都說，《文庫》是三十年代初期水平相當高的文學副刊之一；黃俊東更認為《文庫》是香港文壇真正有新文學的開端，它連續出版了近六百期，在推動新文學發展上應該發揮了不少影響力，但幾十年來很少人提及《文庫》這個文學副刊，確實可惜。

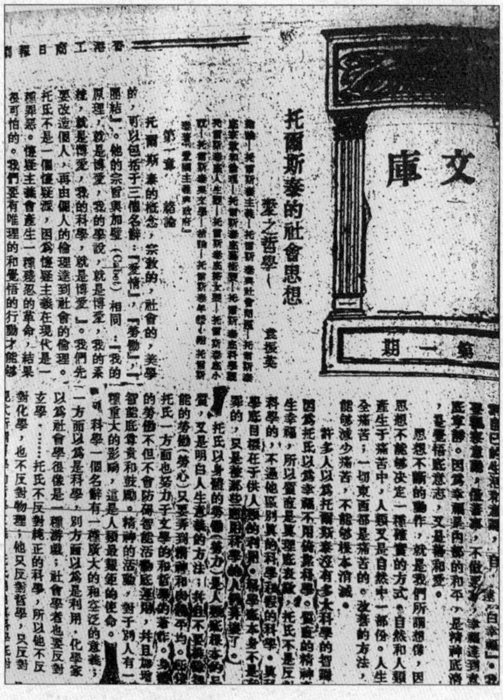
香港工商日報

文庫

第一期

托爾斯泰的社會思想
——愛之哲學——
袁振英

一九三零年《文庫》開始第一期，介紹托爾斯泰的社會思想。

吳灞陵珍藏——庸社文獻第一種

上世紀三十年代，在《華僑日報》任職的吳灞陵與一班旅行愛好者合組「庸社」，這是香港第一個最有組織的本地旅行團，也可說是香港行山隊的鼻祖。論持久性，則以陳溢晃任領隊的「正剛旅行隊」歷史最長，今年快將迎來五十週年。

吳灞陵乃香港名報人，研究香港報紙歷史的人，一定聽過吳先生的大名。他歷任《大光報》、《香港南中報》、《循環日報》、《華僑日報》和《香港年鑑》的編輯，吳喜歡收集香港掌故和各種報紙雜誌的創刊號，香港大學孔安道圖書館便有很多吳氏的珍藏。庸社前身是「香海秋季旅行團」，吳灞陵組織了「香海」的團友於一九三零年十月二十二日在《香港南中報》（《華僑日報》的姊妹報）開闢了香港第一個旅行專輯。吳後來把旅行專輯訂裝成合訂本，用雞皮紙做封面，在扉頁用毛筆字寫上「庸社文獻第一種　吳灞陵珍藏」的大字；小字寫上「庸社前身香海秋季旅行團主編　香港第一個旅行專輯」。筆者幾年前從一間買賣舊書的書店買入這份「文物」，它為何會流落二手書店？至今還是一個謎，書店老闆只說是「收買佬」拿來的。

現在讓我們看看這個香港第一個旅行專輯的內容。吳灞陵和《華僑日報》另外四位年輕記者：衛國綸、黃嗇名、陳亦泮、莫輝祺於一九三零年十月十九日組團到大埔旅行，然後於十月二十二日在《香港南中報》副刊「南國之風」開闢了香港報紙第一個旅行專輯，整個版都是記述五人同遊大埔的經過和趣事。五人此行主要是參觀訪問原國民黨第五軍軍長李福林（李登同）將軍的康樂園。李福林在軍政界享有盛名，下野後來到大埔開闢果園，取名「康

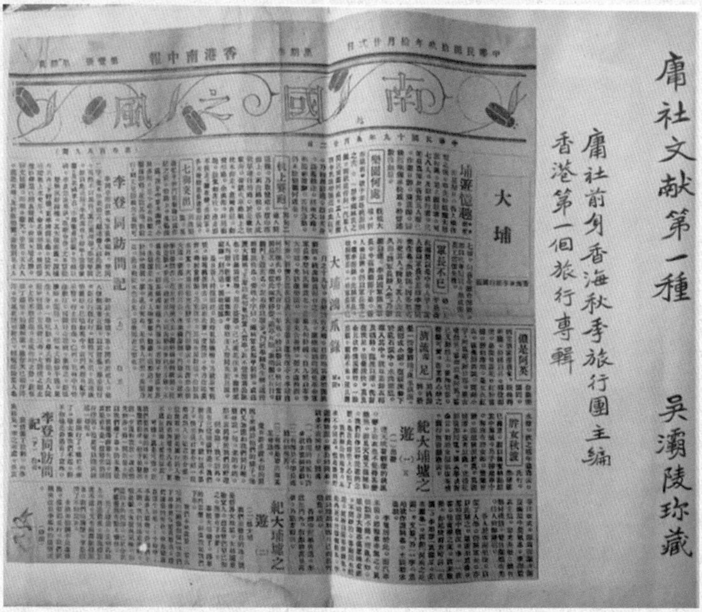

香港第一個旅行專輯

樂園」。昔日的康樂園就是後來成為豪宅群的康樂園。李福林後人和地產商合作，於一九八零至一九九三間在把果園地皮興建了一千多間獨立屋。

吳灞陵一行早上九時從九龍乘車出發，十時半抵達大埔墟，首先經過墟場，他們這樣記述墟場情形：「鹹水魚腥臭氣味和道路上的泥濘，已足令我們感覺到有點不愉快。」於是便匆匆離開往康樂園拜訪李福林，一入果園範圍便是一陣陣牛屎味，幸李福林大宅「折衷華洋款式，頗為雅潔，無復園間牛糞氣息」。各人稍坐片刻便離去往酒家覓食，遊記記到這裏有不少戲謔之言，作者用「驚鴻倩影，臀隆可愛」形容酒樓女侍阿英，且嘲笑同行者衛國綸對阿英「殊心醉之」。我在這裏要為衛先生

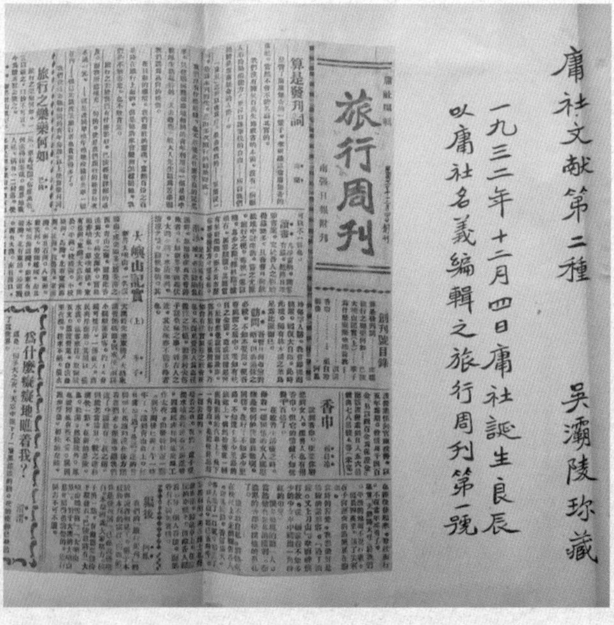

以庸社名義編輯的《旅行周刊》第一號

補上一筆，七十年代末我入行任職記者時，曾與衛國綸前輩定期茶敍，當時衛先生已是著名報人，貴為新亞通訊社社長，該社替多家報館供應法庭新聞稿件，且一度獨家為中文報紙提供馬會的「賽後報告」。

一九三二年十二月四日，吳在《華僑日報》的另一聯營報紙《南強日報》用「庸社」名義創刊了《旅行周刊》，這一天遂定為庸社正式成立吉日；不久，另一位旅行家兼著名作者黃佩佳加入庸社，成為《旅行周刊》另一枝健筆。《旅行周刊》出版了五十期便停刊，筆者有幸收集了一整套，它是附於吳灞陵珍藏旅行專輯的合訂本內，完整無缺。《周刊》內容比旅行專輯豐富，除了介紹香港的遠足風景所見所聞外，間中也會對時事發表意見，例如在一九三三年九月十八日那一天的週刊（第四十三期）發表類似悼念九一八的社論。文章題為〈今天的警告〉：「大家休以為無論國難嚴重到何等田地，都可以貓貓虎虎的渡過去，須知得過且過的態度，是會使國家亡滅，自己亡滅，一切亡滅的呀！」「我們如果還有一個軀體，應該有一個清晰的頭腦，認清楚上面那個警告，做一點切實的的工作。當然，切實工作的原則，是有錢者出錢，有力者出力。不必好高，不必騖遠！」撰稿人提倡「旅行救國」，他說旅行可以鍛練身體、堅強意志、增長見識、團結感情。團結就不會是一盤散沙。

著名作家黃佩佳以「江山故人」筆名經常在《旅行周刊》撰文，題材多樣性，文言、白話俱佳，筆者摘錄他於一九三三年四月三十日在《旅行周刊》（第二十三期）的文章，他用

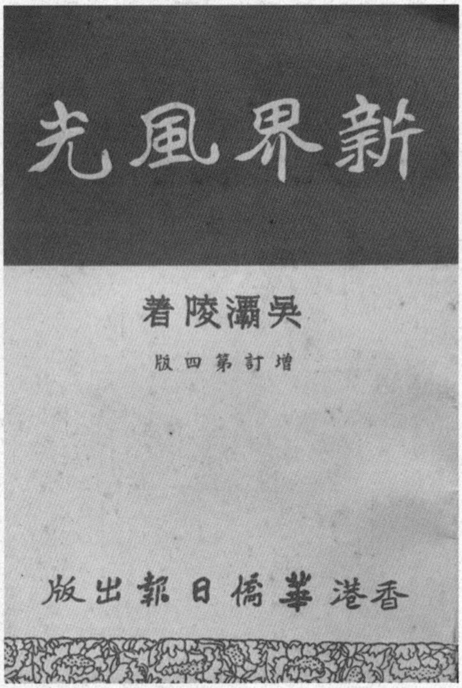

吳灞陵主編的本地旅行書

粵謳寫〈旅行真係好〉，香港人讀來零舍傳神：

旅行真係好！乜嘢好得過行山？林泉風味，幾咁好頑。樂水樂山，都話好盞。想起翻嚟，重好過吃大餐。哥呀你，登山涉水，總要時常慣。呢陣中原多難，要抵抗橫蠻。你亦一個國民，點好話唔赴國難？鍛鍊吓精神體魄，好去保護鄉關。故此一話旅行，六點起身都話晏，行，就要行得燦爛。最低限度呢，都要歸趁夕陽殘。

黃佩佳真的做到身體力行，一九四五年六月，他返回廣州，兩個月後日本投降，吳灞陵等人多方打探也沒有黃佩佳消息，相信黃已殉國難。

戰後，吳灞陵繼續在報刊上不遺餘力推廣本地行山活動，並先後出版了《香港、九龍、新界旅行手冊》、《新界風光》、《九龍風光》、《離島風光》、《今日新界》、《今日大嶼山》、《今日南丫》等。香港資深行山領隊陳溢晃對筆者言，吳灞陵、黃佩佳的庸社可說是香港本地遊的鼻祖，後來者只是發揚光大而已。香港行山隊全盛於七、八十年代，估計有四十隊行山隊，多份報章都有行山消息，有些更整個版刊登各行山隊的資訊。陳溢晃說八十年代由於本地遠足成為潮流，有銀行贊助邀請幾位資深旅行家設計了三十六條旅遊路線，同時又要訓練臨時領隊以應需求。風光過後，行山組織轉趨低調；近幾年，行山隊又有復興趨勢，這與大眾日益重視戶外活動有關，加上交通方便（長者更有乘車優惠），可以即日來回，以前不喜歡行山的也趨之若鶩。

陳溢晃於一九七二年成立正剛旅行隊，每星期帶隊作本地遊，到今年已四十九年。陳溢晃一九八二年一月創辦了《旅行家》期刊，每年一期，今年踏入第四十年。《旅行家》內容不單與遠足旅遊有關，還有思想、歷史、掌故、攝影等文章，創刊號就轉載了著名歷史學家簡伯贊的〈舶寮島史前遺跡訪問記〉。翦伯贊一九四七至四八年間短暫停留香港，他曾到南丫島的大灣和洪聖爺灣作考古旅行，之後在香港報紙發表這次考古收穫；《旅行家》轉載這篇文章令這份旅行刊物更具欣賞價值。

陳溢晃主編的《旅行家》創刊號

陳溢晃每週帶領「正剛旅行隊」行山，十年如一日。

紫微楊、王亭之世紀筆戰

文無第一，武無第二，風水術數亦然。文壇常有筆戰，風水界也不時有口水戰，大眾見慣不怪，惟城中兩位術數大師紫微楊和王亭之上世紀八十年代在《明報》一場持續數月的筆戰，堪稱報壇經典。

紫微楊原名楊君澤，乃香港中文大學由三間書院合併前的崇基經濟系第一屆畢業生。他和王亭之筆戰時已貴為《明報》編輯主任。楊君澤以紫微斗數聞名術數界，「紫微楊」之名八十年代已不脛而走。他以玄空九宮飛星法睇風水，亦是一絕。王亭之原名談錫永，是紫微斗數（中州派）、玄空風水專家，乃漢八旗鑲白旗世家子弟，又成立了密乘佛學會。近年香港、加拿大兩邊走，優哉悠哉。

王亭之、紫微楊風水術數學歷旗鼓相當，其友人稱，兩人相識之初惺惺相惜，稱兄道弟，且聯袂往台灣尋找術數秘本。兩人同時在《明報》副刊寫專欄，王亭之的「因話提話」比紫微楊的「紫微閒話」早見於《明報》，王的話題天南地北不限於風水術數。一九八五年六月七日紫微楊開始寫其「紫微閒話」專欄，與王亭之的文章同一天見報，紫微楊在第十四版，王亭之在隔籬第十五版，一山二虎相安無事。

一九八五年八月二日，紫微楊忽然在專欄發難，透露被王亭之踩台。他說他在寫到四十

業務多元化 •尊子•

紫微閒話 紫微楊

哲理之疑

有「權威人物」在報端抨擊「紫微閒話」說，「紫微斗數」僅屬術數，不若「子平」之有生尅制化，所以不能用來談哲理。

原來談哲理必須有生尅制化，頓使人「茅塞頓開」。看來古今中外的哲學家，都是生尅制化的專家了。

不過，紫微斗數其實也有生尅制化的，只是自以為是「一代宗師」的人未偷到師而已。現在試舉兩個例子說明一下：

□貪狼星在申宮，是為木逢金制，既可流芳百世，亦可遺臭萬年，端視三方四正的星曜如何而已……。

□紫微星可化七殺之氣而成權，化火星及鈴星不祥之氣而成中和。

例子不勝枚舉，只是不想再寫下去了，以免給人攞成講義，加頭加尾再剽粗龍。個人性格，野鶴閒雲，淡泊名利，寄情於術數，不知道「哲理」有此規矩。「文壇權威」原諒則個，萬勿再派帽子把紫微楊劃為「新文化人」為盼。

只愛開快車

Idiom-Magic® 西洋妙語 ©by John & Ching Yee Smithback

紫微楊「紫微閒話」專欄

第15版

紫微斗數有無哲學系統？

因話提話 王亭之

凡對一個問題有所辯難，最宜心平氣和，不可對「敵人」的說話斷章取義，尤不可自行編造故事影射，否則問題既無法辯明，自己亦徒損人格。

王亭之談到清代陳素庵將「子平」提高到學術的地位，是就整段歷史來立論，但論者卻將問題轉移為是否只有「生尅制化」才可以談哲理，則屬斷章取義矣。

任何人將「紫微斗數全書」、「紫微闡微錄」二古本，與近人陸斌兆先生所著「紫微斗數講義」，跟「子平家」的一些著作比較，如「滴天髓」、「子平約言」等比較，王亭之相信，任何人都會得到一個印象，即斗數偏重於徵驗，「子平」則已有學術的系統建立，至少亦不得不承認它的學術已粗具規模，因此，不宜抄兩段陸先生的「講義」來證明斗數已入哲理之類，至於影……

王亭之「因話提話」專欄

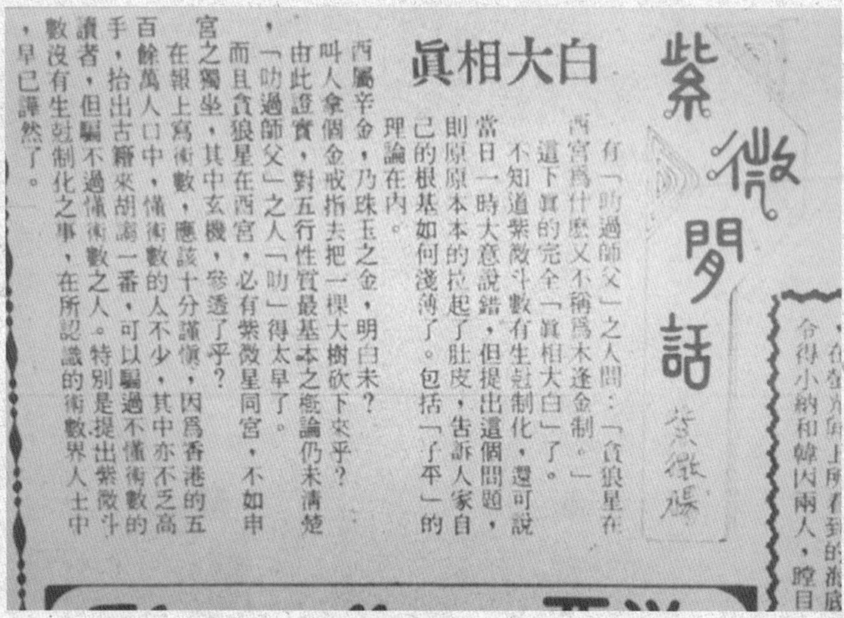

紫微閒話　紫微楊

眞相大白

有「叻過師父」之人問：「貪狼星在西宮爲什麽又不稱爲木逢金制。」這下眞的完全「眞相大白」了。

不知道紫微斗數有生尅制化，還可說當日一時大意說錯，但提出這個問題，則原原本本的拉起了肚皮，告訴人家自己的根基如何淺薄了。包括「子平」的理論在內。

西屬辛金，乃珠玉之金，明白未？叫人拿個金戒指去把一棵大樹砍下來乎？由此證實，對五行性質最基本之概論仍未清楚，「叻過師父」之人「叻」得太早了。

而且貪狼星在西宮，必有紫微星同宮，不如申宮之獨坐，其中玄機，參透了乎？

在報上寫術數，應該十分謹慎，因爲香港的五百餘萬人口中，懂術數的人不少，其中亦不乏高手，抬出古籍來胡謅一番，可以騙過不懂術數的讀者，但騙不過懂術數之人。特別是提出紫微斗數沒有生尅制化之事，在所認識的術數界人士中，早已譁然了。

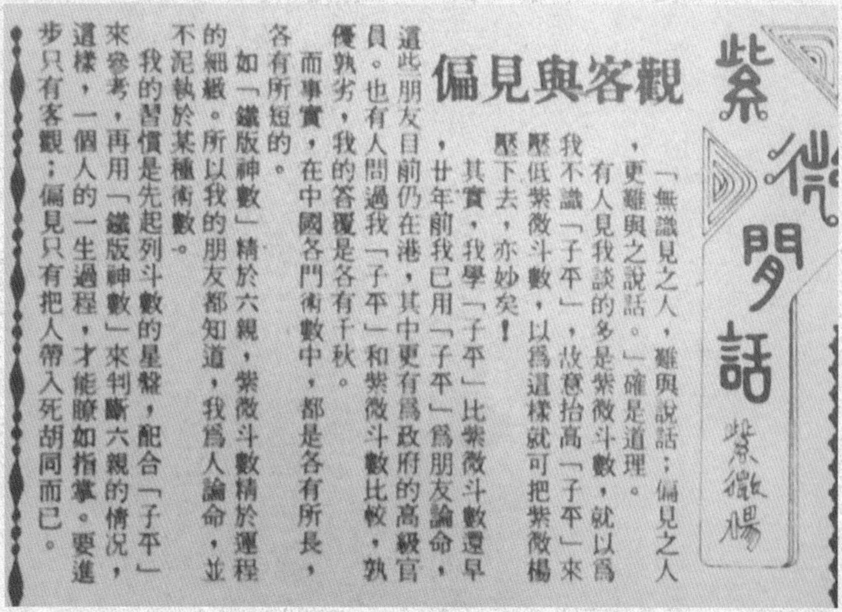

紫微閒話　紫微楊

偏見與客觀

「無識見之人，難與說話；偏見之人，更難與之說話。」確是道理。

有人見我談的多是紫微斗數，就以爲我不識「子平」，故意抬高「子平」來壓低紫微斗數，以爲這樣就可把紫微楊壓下去，亦妙矣！

其實，我學「子平」比紫微斗數還早，廿年前我已用「子平」爲朋友論命，這些朋友目前仍在港，其中更有爲政府的高級官員。也有人問過我「子平」和紫微斗數比較，孰優孰劣，我的答覆是各有千秋。

而事實，在中國各門術數中，都是各有所長，各有所短的。

如「鐵版神數」精於六親，紫微斗數精於運程的細緻。所以我的朋友都知道，我爲人論命，並不泥執於某種術數。

我的習慣是先起列斗數的星盤，配合「子平」來參考，再用「鐵版神數」來判斷六親的情況，這樣，一個人的一生過程，才能瞭如指掌。要進步只有客觀；偏見只有把人帶入死胡同而已。

紫微楊與王亭之八十年代在《明報》筆戰

餘篇時突然有「街坊組長」式的人物（指王亭之）出現「踢盤」，他一定會據理力爭，「並非戀棧這個地盤，只是覺得就此擱筆，會使惡人更洋洋得意。」

王亭之「辣㷫」紫微楊，源於同年七月二十日王亭之在其專欄一段文字：「紫微斗數之與子平，彼此均為推斷祿命之道，但子平卻勝在有五行生尅制化為理論基礎，可以用儒家哲學來解釋八字配合中和之理，紫微斗數則僅屬術數，知其然而不知其所以然，若勉強附會哲理，則反失其樸素的真貌矣。」紫微楊很不滿王亭之指紫微斗數僅屬術數，不能用來談哲理，他在專欄駁斥王亭之：「其實紫微斗數也有生尅制化，只是自以為是的『一代宗師』的人未偷到師而已。」

王亭之指紫微楊的駁斥是斷章取義，後來兩人又為「貪狼星羊陀同宮」問題開戰。一九八五年八月二日起至九月底為止，紫微楊、王亭之刀來劍往，互扣帽子，說甚麼「偽纂穿鑿」、「異端邪說」、「含血噴人」等等，又說誰偷了誰的「秘本」。

紫微楊說過：「在明報寫稿，不怕查大俠，只怕街坊組長（指王亭之）。」然而，這場筆戰最後還是要由老闆兼社長查良鏞叫停。《明報》舊人憶述查先生下旨：「副刊是寫給讀者看的，不是給你們吵架，如果不停止，你們都不要寫！」兩位大師鳴金收兵。

當年《明報》副刊的質素，查先生守得很緊，誰可以在副刊寫文章，查先生說的才算數。

一九六七年創刊的《香港電視》週刊

「眼看他起朱樓，眼看他宴賓客，眼看他樓塌了。這青苔碧瓦堆，俺曾睡風流覺，將五十年興亡看飽。……」孔尚任《桃花扇》一段唱詞道盡南明王朝興亡起伏。我把曲詞借來形容無綫電視（Television Broadcasts Limited，簡稱 TVB）逾半個世紀歷史官方刊物的興衰滅亡，雖稍嫌誇張，但也不太離譜，我們這一輩確實把大台官方刊物的五十一年興亡看飽。

二零一八年十月一日是《TVB 周刊》的告別號，亦即是雜誌實體版最後一期，之後只能看到網上版。《TVB 周刊》的前身《香港電視》陪伴着香港幾代人成長，它的歷史令人懷念。TVB 於一九六七年十一月十九日啟播，電視台的官方刊物《香港電視》於四天前的十五日出版，為開台做宣傳攻勢。港督戴麟趾於十九日當天下午乘坐直升機飛抵九龍塘的無綫電視廣播大廈主持開播儀式。戴麟趾致詞時讚揚電視台全體人員「以最勇敢的姿態，克服了最嚴重的實際困難，能夠提前播映。」當時，香港仍處於六七暴動中期。TVB開台前一天，市面仍有土製菠蘿爆炸傷人事件。戴麟趾對TVB寄望甚殷，他說：「本港居民在這動亂時期需要詳細和正確的報道。」他相信TVB在這方面能擔當重要角色。TVB生逢亂世，除了左派暴動外，開台當天剛巧碰上英國宣佈英鎊貶值，港幣跟隨貶值百分之十四點三，香港人荷包無端端縮水七份之一，內外交困，人心惶惶。然而，有危便有機，「立立亂」，市民減少外出消費，寧願安坐家中欣賞TVB免費電視節目，電視觀眾人數因而節節上升。

交代了TVB開台前後的社會背景後，讓我們回顧TVB官方刊物《香港電視》的誕生、興旺與死亡。上文提到《香港電視》誕生於一九六七年十一月十五日，比電視台啟播早四天。週刊逢週三出版，零售價兩毫，創刊號封面人物是梁醒波。全書五十六頁，電視節目表佔去其中十五頁。TVB很慷慨，連對家麗的電視（RTV）的節目表也一併刊登，可見市民對節目表的重視。開台第一天翡翠台的節目播出時間由上午九時至午夜十二時，由於這是首播日有特備節目，往後一段日子只在下午二時後開台。首天節目是上午九時至下午四時直播澳門大賽車，之後直播港督主持開播典禮。下午六時實地播映趙綺霞為開台特別表演鋼琴演奏，六時三十分是英國甲組職業足球賽，到晚上七時三十分是新聞及天氣報道，八時正播放彩色片集《鼠縱隊》，八時三十分播放邵氏彩色電影《楊貴妃》，十時正則有鍾景輝編導的太平山下趣劇《大房東之煩惱》，十一時重播澳門大賽車，到午夜十二時收台。首播日明珠台另有和路迪士尼片集《彩色世界》、長片《風塵三俠》、本港新聞界參與討論的《時事分析》座談會。十一月二十日啟播翌日，翡翠台下午三時三十分開台，晚上九時三十分是《歡樂今宵》首播，然後十一時播映《愛登上家庭》片集。

《香港電視》創刊號報道了第一批主要藝員名單，包括梁醒波、鄭君綿、陳齊頌、森森、奚秀蘭、沈殿霞、杜平、上官筠慧、司馬華龍、梅欣、容玉意等等。創刊號除了介紹節目內容和片集劇情外，還有專題教你如何使用電視機，包括如何調校魚骨天線。另外有朱維德撰稿介紹香港風光。比較意想不到的是，這本電視台的娛樂週刊竟有著名作家的連載小說，第一期就有傑克的《明日的少女》，頗有文藝

TVB 官方刊物《香港電視》一九六七年十一月十五日創刊

氣息，這可能與週刊的執行編輯何源清是文藝青年出身有關。

《歡樂今宵》（Enjoy Yourself Tonight，簡稱 EYT）是 TVB 最長壽的節目，從一九六七年十一月二十日到一九九四年十月七日，一直播了二十七年，共六千六百一十三集。《歡樂今宵》是香港製作的第一個彩色電視節目，EYT 主題音樂配以「日頭猛做，到而家輕鬆下」的歌詞，深入民心，原來開始時是沒有歌詞的，要到一九七零年林燕妮、盧國沾主管宣傳時才配上。在沒有甚麼娛樂的年代，收看 EYT 就成為香港人晚上最好的節目。早年的歌星藝人，不論是本地或過境的，總要上 EYT 亮一亮相，才見得有地位。李小龍第一次上 TVB，就是一九七零年四月在 EYT 接受訪問和露兩手，他表演了寸勁破板、側踢破板和二指指上壓，已令香港人瞠目結舌。一九七零年四月二十一日那一期（第一二八期）的《香港電視》有詳細報道。

《香港電視》出版到第六十六期（一九六九年二月），售價便由兩毫加到三毫。藝員森森其後經常在 EYT 豎起三隻手指說：「最新一期《香港電視》出版咗啦，每本只賣三毫子啫。」贏得「三毫子小姐」稱號。電視台是讓藝人快速上位的夢工場，何守信是最好例子。一九六九年年底 TVB 播映世界摔角比賽，《香港電視》第一零五期作了封面宣傳，「君子馬蘭奴」、「迷魂鎖李雲」等摔角高手迷倒很多青少年觀眾，賽事最初由陳富成旁述，陳後來病逝，TVB 臨時找來在浸會學院教體育的何守信頂上，結果「何 B」（何之綽號）一鳴

李小龍名不虛傳

李小龍雖以武功揚威美國，但本港影迷及電視觀眾對他大都不會陌生。因他是已故粵劇名丑生李海泉之子，早年曾以童星身份在粵語片出現，如今已是荷里活電視片的武俠明星，目前在無綫電視播映中的「青蜂俠」片集（Green Hornet），李小龍即為其中之一主角，他的英文叫做「Bruce Lee」，在「青」片中他飾演主角「青蜂俠」助手嘉杜，鋤強扶弱，武藝不凡。

這位出生於美國三藩市，但在本港長大及受教育的青年，現在美國不單是著名的武俠明星，而且是知名的武術教頭。荷里活的一流性格演員如占士高賓及史提夫麥昆等，都是他的門生。

其父是粵劇名丑

年青時的李小龍，是本港粵語影壇的出色演員，六歲時，常跟其父出入片場，圈內人士認為他具有演戲天才，情商其父李海泉同意後，給他安排試鏡，小龍聰明伶俐，「富貴浮雲」一片，在銀幕上首次露面，成績斐然，其後他以童角姿態，拍過「細路祥」、「人之初」、「雷雨」等影片，演技日進。十七歲時拍「人海孤鴻」，才華畢露，他的演技及名字，更深印入影迷的腦海。其後小龍赴美留學，原想在美國進修哲學，其後半途而廢，躋身武林，轉行開設武館。

原來李小龍在未赴美前，因對拳擊武術甚感興趣，曾拜本港詠春派名師習藝，小龍領悟力強，融匯詠春拳術後，另創新招，提倡以快打慢，以實用防身自衛為主。李小龍在美國設武館授徒，並經常應邀到各地表演。

設武館意義深長

這位青年拳師訪港時向本刊記者透露：「我在美國求學時曾參加過當地的拳擊比賽，多次僥倖獲勝，因而有不少慕名者表示願意跟我學『功夫』，於是我決定乘……

……露一手，說來似乎令人好笑。其實我的……只是以中國武藝教授外國人，好等他們……中國武功的厲害，不敢欺負華人。其……經過我的看法不錯，也改變了當……的觀念。初時到我處習武健身者……二十美元學費，其後改收每小時廿五美元，後來索性改為每月（大概授課十小時左右）收一百五十美元（約合港幣九百元），來學者倒也頗眾！」

不主張門派偏見

……及個人對各派拳術的觀感時，李小龍……指出：「我個人不主張存有門系偏見，……你能擇善此中門路，總是不離別……一條，我贊成利用自由搏擊方法，……你的所長。我個人慣用前手開拳，絕……以快取勝，但實際……選手個人所下的苦功及功力程度而定，如果鍛鍊不足，自然無法得心應手。」

李小龍何以會成為荷里活的電視武俠……？相信不少看過「青蜂俠」的觀眾對……都會感覺興趣的。李小龍說：「……一次我到美國長堤參加一項拳擊賽，荷里活一間影片公司的首腦看過我的演出後，找我談談拍片，我對拍片工作頗感興趣，他們初時想我拍一套叫做『陳查禮之子』（Number One Son）的電視片，後來因『蝙蝠俠』之類的電視武俠片開始盛行，影片公司為了迎合潮流，於是推出一套以打鬥為主的『青蜂俠』片集，我在片中飾演『青蜂俠』的助手角式，戲量頗重。」

教森森基本招式

李小龍留港期間，無綫電視藝員森森對他的武藝十分佩服，要求他教授武功。由於森森態度誠懇，結果獲得李小龍答應，可惜他不能在港久留，祇教了她一些基本招式。森森亦肯苦學，頗有成績。

李小龍的言談、舉動及作風，跟多年前他拍「人海孤鴻」時沒有多大差別。李小龍在港時透露，他返美後準備籌拍一套武俠片「無聲簫」，以宣揚我國俠義精神為主。該片乃李小龍與占士高賓、史提夫麥昆三人合組之積哥立保德遜公司出品，主角也由他們三人担任。導演可能是日本的黑澤明或「魔鬼怪嬰」的導演波蘭斯基，編劇者是「月黑風高殺人夜」的施靄芬。該片成本預算是二百萬美元，可能赴印度取景。

在「青蜂侠」片集演嘉杜的李小龍，……藝超凡，在美國設館授徒，很多一流演……如占士高賓、史提夫麥昆等都是他的門……。他以中國武術揚威異域，為國人爭光……少。最近返港省親，曾在無綫電視表演……的確名不虛傳。

在美國設館授徒，以拳技揚威外域的……小龍，最近返港省親。留港期間，曾應……上無綫電視，在「歡樂今宵」節目中接……訪問及作武技示範表演。李小龍親自在……幕上展現兩度「散手」，果然功力不凡……是聞名不如見面，不少武林界朋友在……幕上欣賞過李小龍的示範，均盛讚他的……了得。

李小龍一九七零年四月上《歡樂今宵》節目接受訪問，《香港電視》第一百二十八期有詳細報道。

一九六九年摔角節目大受歡迎，《香港電視》多次用摔角人物做封面。

驚人，很快便成為TVB的金牌司儀，多屆的香港小姐選美，都是由他和劉家傑擔大旗。

《香港電視》第一六一期以日本電視劇《青春火花》的排球美少女做封面，打開香港引入日劇的序幕，以後的《柔道龍虎榜》、《綠水英雌》等等日劇相繼湧至，一度成為TVB主打節目。一九七六年TVB製作第一套長篇連續劇《狂潮》，收視率爆升，開始了本地連續劇的黃金年代。

TVB同時開創了電視台大型籌款的先河。一九七二年六月十八日雨災，觀塘雞寮安置區、半山旭龢道塌山泥，死傷枕藉。TVB總動員發起賑災捐款，廣邀名伶藝人通宵演出，新馬仔（新馬師曾）、任姐（任劍輝）、仙姐（白雪仙）施展渾身解數，

「無線」義演大會得款七百多萬
伶星藝員賑災
哄動全港
人類互愛偉大精神發揮至最

一九七二年六月十八日雨災塌山泥導致死傷多人，新馬師曾、任劍輝和白雪仙等名伶到TVB義唱籌款。

演唱粵劇名曲呼籲市民捐款。觀眾透過直播心連心踴躍捐錢，約十二小時已籌得七百多萬元，創下香港有史以來的賑災籌款紀錄。《香港電視》第二四三期作了大篇幅報道，TVB也因為這次慈善活動大大得分。

《香港電視》全盛時期的每期銷量超過二十五萬冊，它有一個殺着，就是每期均刊登形形色色的表格，不是抽獎就是索取入場券，被選中者可到電視台作現場觀眾「觀星」，近距離一睹偶像風采，也可參加《花王俱樂部》問答遊戲節目，從節目主持人胡章釗手中接過獎金或獎品。早年電視藝員很受歡迎，追星族不惜二十四小時在電視台外守候，有時為了爭取入台機會，更會買多幾本《香港電視》剪表格寄到電視台。

《香港電視》是電視台的官方刊物，也就是代表TVB的官方立場，因此內容盡量不涉政治。一九八九年六四事件之後，《香港電視》第一一二七期卻罕見地以黑色封面出版。

一九九一年政府禁止電台和電視台賣香煙廣告，加上其他媒體的競爭，《香港電視》收入走下坡。《壹週刊》和《蘋果日報》先後殺入戰場，報紙每天的娛樂新聞份量，已多過《香港電視》一星期的訊息，加上讀者早已不滿足TVB只提供其官方消息。當社區媒體燦爛開花時候，老態畢現的傳統媒體只能走向末路，《香港電視》又豈能獨善其身？一九九七年五月《香港電視》易手予南華早報集團（由南早經營至同年八月二十七日的第一五五六期正式停刊）。TVB另一方面於五月二十號推出《TVB周刊》，企圖延續官方刊物的壽命，惟網上世界的資訊威力，浩浩蕩蕩勢不可擋，連《壹週刊》這個巨無霸的印刷版最後也不敵網絡資訊，加速了《TVB周刊》的死亡，二零一八年十月一日出版最後一期後，壽終正寢。

TVB官方刊物的歷史，我把重點放在它的前半生，因為這是香港電視的黃金年代，也是我輩親身經歷過的喜怒哀樂日子。揭開家藏一頁頁發黃的《香港電視》老舊版面，一張張熟悉的面孔從我面前走過，有些已香銷玉殞，天上人間。正是：長河漸落曉星沉，剎那光輝成永恆。願以薰妮的《每當變幻時》作結：「懷緬過去常陶醉，一半樂事，一半令人流淚。夢如人生快樂永記取，悲苦深刻藏骨髓。……」

娛樂週刊的黃金年代

八十年代，香港出版業繁花盛放，每天出版的大小報紙超過五十份，各類型雜誌多到眼花撩亂，單是電視週刊、娛樂週刊已目不暇給。當時香港兩份最暢銷娛樂週刊的靈魂人物，一位是雷波，另一位是李文庸（慕蓉公子）。

八十年代的娛樂週刊都是同一 size，尺寸比現在的免費報紙略大，比同期的電視週刊（例如 TVB 的《香港電視》）大幾倍。當時比較著名的娛樂週刊包括：《明報周刊》、《城市周刊》、《香港周刊》、《清新周刊》、《頭條周刊》、《翡翠周刊》等等。其中鼎足而三的是《明周》、《城周》和《香周》。論歷史、銷量、盈利，《明周》穩佔首位，《香周》早過《城周》創刊，但受讀者歡迎程度很快便被老三趕過。《明周》和《城周》各有一枝生花妙筆，這兩枝妙筆分別是《明周》的雷坡及《城周》的李文庸，兩本週刊名利雙收，兩人功不可沒。

雷坡原名雷煒坡，是查良鏞一九五九年創辦《明報》時從左派報章《晶報》「借」來的

八十年代，鼎足而三的香港娛樂週刊：《明報周刊》、《香港周刊》、《城市周刊》。

高手，但一借無回頭。他在《明報》和《明周》工作至一九九三年退休。坡叔是香港報界採寫娛樂新聞的頂尖高手，他以筆名「柳聞鶯」寫「伶星專欄」，寫盡娛樂圈眾生相。坡叔一九六九年起任《明周》老總，娛圈大哥大姐爭相巴結他，因此《明周》獨家新聞源源不絕。坡叔除了寫得編得之外，他起標題和寫圖片說明，更是妙到毫巔。

李文庸是《城周》創辦人，也就是娛樂圈鼎鼎大名的「慕容公子」和「董夢妮」。他用筆名「慕容公子」在《城周》寫的專欄，以倒敍式手法寫他過去一週見過甚麼大明星紅藝人，同那些城中名人吃飯等等，中間插入一些八卦秘聞。有人說慕容公子創造了香港 gossip（八卦）專欄先河，這可

「董夢妮」在《城市周刊》的專欄輯錄成書

能有點誇大，但慕容公子專欄無可置疑是《城周》最殺食的專欄。李文庸另一個筆名「董夢妮」，主要是寫娛樂圈名人鮮為人知的故事，他說要寫「內幕中的內幕」，很多當紅藝人對他又愛又恨。

李文庸中學畢業時已在《少女樂園》半月刊寫〈書院女手記〉連載小說，小說主人翁叫「夢妮」，日後「董夢妮」筆名由此而來。他先後在多份刊物寫稿，也曾替一些作家「代筆」。雷坡接手主管《明周》後，李文庸便成為坡叔旗下猛將，他主力訪問明星和電視藝員，久而久之掌握了很多娛樂圈內幕。李文庸後來被黃玉郎挖走出任《玉郎電視》主編，但很快便與黃玉郎不咬弦而離開。一九七九年十二月與柯長源合作創辦《香港周刊》，《香周》有一段時期辦得有聲有色，惟李文庸後來與柯長源對業務發展有歧見，柯買下李的股份，李以原有班底於一九八三年八月創辦《城市周刊》。《城周》異軍突起，經常有獨家新聞，銷量很快便趕過《香周》、直逼《明周》。曾經出任《城周》總編輯的李純恩向筆者回憶《城周》威水史時，歷歷在目。他舉了其中一例：甄妮懷胎的新聞是他獨家得到的，他親自飛往泰國訪問正在安胎的甄妮，之後圖文並茂在《城周》刊出，轟動全城。後來甄妮去了美國產女，除了李純恩之外，新聞界沒有人可以聯絡上甄妮。

八十年代三份鼎足而立的週刊，《香周》最早退出市場，《城周》一九九七年停刊，只有《明周》持續至今天。九十年代，《東周刊》、《壹週刊》的出現，創造了八卦週刊新天地。

「嚤囉街」撿到《中國學生周報》創刊號

二零一八年我有幸接收了《中國學生周報》幾本合訂本，期數由第一期至第一三零期，中間並無脱期。這次收穫可說是天官賜福，但如果沒有香港收藏家協會朋友張順光的撮合，這個機會也會白白流走。

某天，張順光來電：「有一批舊雜誌益你，你先來嚤囉街（摩羅街）茶檔飲杯咖啡，再一齊去睇下。」張順光知道我的喜好，他介紹的東西一般都不會錯。我們飲過咖啡後便走到一間賣舊物的店舖，店主原來是我認識的佳哥，大家熟不拘禮，他拿出一個紙箱，打開一看，我整個人愣住，但提醒自己要保持鎮定，不能露出饞相。佳哥説這批東西是一個文化人兼旅行家走了，他的後人拿來的，你開個價吧。這是幾本《中國學生周報》的合訂本，由創刊號至第一三零期。現在要找一份普通期數的《中國學生周報》已不易，早期的更不易找，何況

中華民國四十一年七月二十五日　中國學生周報　第一版

本期要目

中國學生周報

The Chinese Student Weekly

每逢星期五出版　創刊號　每份售港幣壹毫

本報已經香港政府登記

督印人 余德寬

創刊詞

負起時代責任！

平津各大學院系再調整

美國哈特維克大學增設中國文化學系

「把中國文化介紹給現代美國人民，目前沒有比這件事更重要的了」——哈大校長 H. J. Arnold

華學生消除文盲

中國學生成績特優　打破美國種族偏見

美國紐伯理學院歡迎中國學生前往讀書

馬來亞師資缺乏　英國正在大批訓練

大陸文教拾零

第一次美洲學生會議　十七國代表出席並成立通訊局

德國重建聲中　德國學生近況

《中國學生周報》創刊號

《中國學生周報》五本合訂本，由第一期至第一三零期。

是我面前這批包含創刊號的合訂本，簡直是無價寶！現在只有香港中文大學圖書館保存了十分齊全的《中國學生周報》，除此之外，藏有創刊號的人應該不會很多，至少我還未見過。怎樣開價好呢？張順光早前已告知我佳哥心中有個價，我便建議佳哥先開價，佳哥開出的價錢，實在太便宜了。老實說，佳哥年紀尚輕，可能不知道《中國學生周報》的重要性，或者他收回來的時候也不貴，他才開出這個我認為很便宜的價錢。經驗告訴我：見到好東西不能喜形於色，還要扮作若無其事，反則賣家會隨時反口。我當時不積極還價（當然也不好意思壓價），佳哥希望做成這宗生意，主動打了一個折扣。「成交！」我一聲多謝付了款便捧着寶貝離開。

「仁哥在嚤囉街執到寶」的消息很快便在小圈子傳開，不知是哪些損友在佳哥面前落藥說：「佳哥，你走寶啦，如果你賣畀我，我肯定畀高幾倍價錢。」害得佳哥之後每次見到我總是說着同一句話：「賣平咗，賣平咗。」緣份就是這樣奇妙，哪會想到在賣古玩（真假混雜）的嚤囉街竟可重遇一九五二年出版的《中國學生周報》。

根據介紹，《中國學生周報》創刊於一九五二年七月二十五日，停刊於一九七四年七月二十日，發行長達二十二年，總共一千一百二十八期。《周報》由友聯出版社編印，也是該社發行的首份刊物，以中學生、大專生及青少年為對象讀者，每週銷量高峰期達三萬多份。開創時期的《周報》帶有右派政治色彩，試圖為青年指出「正確」的方向，但隨着時代的變遷、經歷編輯方針的改革，開始注入世界文藝的思潮，政治色彩日趨淡化。《周報》開放所有版面供讀者投稿，不少文青都在《周報》寫過稿，這些作者很多成為香港文壇中流砥柱人物。

負起時代責任！

創刊詞

人類文明正面臨着空前的危機，中國文化已遭受到澈底的破壞；我們這一代的青年學生面對着這股歷史的逆流，實在無法再緘默了。

「五四」以來，中國學生對於國家確已貢獻了不少的力量；曾以高度的熱情，天眞的响往，純潔的動機，力求國家的復興。但是，這些都失敗了，這些不僅未能主動地解決了中國的問題，反而被野心政客利用作政治工具，間接地助長了中國的苦難。

我們今日痛定思痛，追根究源，不能不承認是因爲我們的熱情過份衝動，沒有經過理智的疏導；我們的响往過份天眞，不能明辨善惡眞僞；我們的動機雖然純潔，未能掌握原則，堅持到底；以致目前的現實與理想脫節，甚至背道而馳。

經過最近的這次巨創以後，有的同學消沉了，退縮到個人的小天地裡，悲觀、苦悶、頽喪；顯然，這都不是聰明的辦法，只有毀滅了自己，斲喪了國家的生命活力。我們必須再接再勵，對時代負起責任。

我們能眼看着自己的國家這樣沉淪下去嗎？

我們能讓中國的歷史悲劇這樣延續下去嗎？

基於這些想法，我們才鼓起勇氣，在極艱苦的條件下，出版了這份刊物——中國學生周報。

中國學生周報是屬於我們學生自己所有，是由我們學生自己主辦，是爲海內外全體中國學生而服務的。因此我們可以不受任何黨派的干擾，不爲任何政客所利用。在這裡，我們可以暢所欲言，以獨立自主的姿態，討論我們的一切問題；從娛樂到藝術，從學識到文化，從思想到生活，都是我們研究和寫作的對象。只有在這種自由的園地裏，才可以充份表現我們的意志，才可以充份闡揚我們的理想，才可以充分發揮我們的智慧，並且使我們與各國學生之間得到充分的瞭解與淸誼，進而溝通中西文化，替未來的中國摸索出一條正確的出路來！

《中國學生周報》的創刊詞

《兒童樂園》創刊號天價易手

六十九年前的一月份，一本色彩繽紛的兒童刊物——《兒童樂園》橫空出世，甫出報攤便受到小朋友歡迎。《兒童樂園》一直出版了一千零六期才結束，它陪伴了香港幾代人成長，很多上年紀的人都在尋覓它的早年版本，希望找回童年回憶。

一九五三年一月十五日創刊的《兒童樂園》，是香港首份全彩色印刷的兒童刊物，早年每期銷量約六千至八千本，一九六零年代中期，銷量升至三萬本。年代久遠，早期版本罕見，頭一百期已成珍品，創刊號更稀罕。香港收藏家吳貴龍六年前以五萬元的天價把手上的《兒童樂園》創刊號轉讓給朋友，當然這個天價只是特殊例子，但已足以說明早期《兒童樂園》的罕貴程度。在一千零六期之中，只有第一至第四期封面封底圖畫連成一氣，即是一幅繪圖橫跨封面和封底，因此如果能夠集齊這四期就更罕貴了。

《兒童樂園》一九五三年一月創刊，創刊號非常罕有。

吳貴龍手持的《兒童樂園》創刊號，數年前以港幣五萬元易手。

《兒童樂園》創刊時每本零售價六角，以一九五三年物價而言，不可謂不昂貴；白粥油炸鬼早餐只花費斗零（五仙），六角即是六十仙，可以吃十二天的白粥油炸鬼早餐了。然而，部份家長仍然不惜大破慳囊，原因是《兒童樂園》很合適小朋友閱讀，它給人的印象是「正派、多嘢睇、有嘢學」。事實上，出版了一千零六期的《兒童樂園》由始至終都是兒童恩物。五、六十年代的香港社會普遍貧窮，對大多數基層家庭來說，實在拿不出閒錢買「公仔書」給子女看，要看的只能到小童群益會和圖書館借閱。以前有流動圖書館下鄉，小朋友定時定候便在圖書車停泊處等候，他們第一時間要搶看的圖書就是《兒童樂園》。

比《兒童樂園》更早面世的著名兒童刊物是《新兒童》，它創刊於一九四一年六月，當時香港尚未淪陷，但中華大地已飽受日軍蹂躪。此時，胡適在哥倫比亞大學的先後期同學曾昭森在香港，他很關心兒童教育，決定在香港出版一份兒童雜誌，向戰亂的兒童提供課外讀物。他請來很多名作家寫文章，向中華兒女灌輸愛國意識。《新兒童》主編是黃慶雲，她的「雲姊姊的信箱」影響了成千上萬的兒童。香港淪陷後，《新兒童》遷到桂林續辦，一九四六年在香港復刊，但出版不久便宣告停刊。內地版的《新兒童》則繼續出版。

一度有能力與《兒童樂園》抗衡的同類型刊物有《小朋友》，這是左派機構出版的兒童刊物，目的在挑戰有美元援助背景的《兒童樂園》，但論銷量、影響力，《兒童樂園》始終是王者，說它是香港出版史上最經典的兒童刊物，一點也不誇張。然而，最輝煌耀眼的星星，也會月落星沉。一九九四年十二月十六日，《兒童樂園》出版最後一期便因經濟問題而停刊，完成歷史任務。二零一三年十一月八日，《兒童樂園》前社長張浚華與一位不具名的讀者，將全部共一千零六期的《兒童樂園》電子化，並設立網站免費供下載。

《兒童樂園》第三期以慶祝農曆新年做封面

收藏家追求《良友畫報》合訂本

上世紀二十年代，被譽為「中國第一份彩色大型綜合畫報」的《良友畫報》在上海面世，很快便暢銷海內外。上海《良友》（一九二六年—一九四五年）早已成為古董，收藏家要收集得完整一套，幾乎不可能，倘若有緣得到藏家轉售，也非付出天價不可。

十多年前香港《良友》畫報公司斥資將整套上海《良友》復刻重印出版了合訂本，本來這是收藏界好消息，不知何故香港良友畫報公司卻異常低調沒作甚麼宣傳，令香港藏家失諸交臂。瀏覽網上資料，有大量關於《良友》的信息，惟未發現香港良友宣傳復刻版的資料，因此無法知道到底印了多少套。近日，筆者有緣獲得一整套全新復刻版，全書二十一大冊，其中第二十一冊可歸列為「別冊」，別冊裏面載有編者介紹復刻《良友》的前因後果，並附有檢索光碟。復刻版是於二零零七年出版，用以紀念《良友》創刊八十週年，復刻版面世時

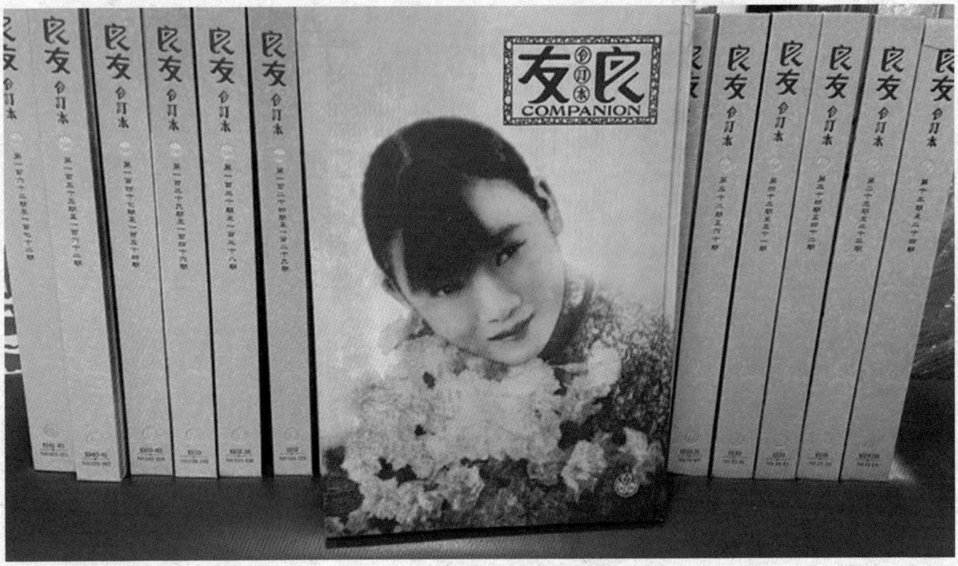

上海《良友》畫報復刻重印本，共二十一冊，製作精美。

《良友》第二代傳人伍福強（伍聯德之子）已去世。「良友合訂本編輯委員會」在編輯前言中說：「《良友》之所以依然譽為歷史標識，正因為它擁有無價之寶——歷史人物和事件的最真實的圖文實錄。它見證了中華歷史的嬗變，社會的沿革和文化的流變。」

一九二六年二月創刊於上海的《良友》畫報，是中國第一份大型綜合畫報，比美國的《生活》雜誌（*Life*）足足早了十年。上海《良友》稱得上是民國社會、文化、歷史的小百科全書，從中可以重溫上海當年的時尚風情、名人生活、文化氛圍。多位著名作家先後在《良友》發表文章，首先出現的是鴛鴦蝴蝶派作家，然後是海派作家和新文學作家。

一九四五年日本投降，上海《良友》畫報用蔣介石做封面，慶祝抗戰勝利。

上海《良友》創刊號封面人物是影星胡蝶

「美人魚」楊秀瓊成為上海《良友》第七十七期封面人物

香港良友畫報公司出版復刻上海《良友》之前，台灣商務印書館一九九零年已出版上海《良友》影印本，惟質量遜於二零零七年香港的復刻版。復刻版用數碼拍攝，數碼修圖，影像非常清晰，紙張本身泛黃有懷舊感覺，所有頁面均以原尺寸還原，忠實再現當年老畫報原貌。上海《良友》從內容取材、編排設計，以至印刷發行都突破過去畫報的局限，它採取照相製版術印刷，可以大量使用新聞攝影照片，因此《良友》經常刊登新聞人物和事件的照片，成功吸納了大批報紙讀者。在抗戰之前，《良友》的封面主要是以電影女明星、女學生、年輕閨秀、體育女健將的肖像作招徠，包括胡蝶、紫羅蘭、黃柳霜、阮玲玉、陳雲裳、嚴月嫻、黎明暉、白楊、陸小曼、楊秀瓊等等。《良友》創刊號的封面是影星胡蝶，第七十七期是有「美人魚」之稱的楊秀瓊。上海《良友》出版了一百七十二期，在一百七十二張封面圖片中，有一百六十一張女性圖像，十一張男性圖像，女性所佔比例達百分之九十四點三。及至抗戰軍興，封面主角才多了抗戰將士。

一九三八年抗戰爆發，《良友》遷往香港；一九三九年二月在上海復刊，一九四一年九月被日軍查封，一九四五年一度復刊，不久又停刊。上海《良友》由一九二六年創刊至一九四五年停刊，共出版了一百七十四期（包括兩期特刊：「孫中山先生紀念特刊」及「良友八周年紀念特刊」）。一九五四年《良友》畫報創辦人伍聯德在香港復刊《良友》，開始了香港《良友》時期，一九六八年《良友》停刊，一九八四年再次復刊，但已失去昔日的光輝。

《素葉文學》四十年

四十年前，一本沒有封面、啡色牛皮紙印刷的雜誌在書店出現，薄薄一本毫不起眼，見到也不想買，現在回想起來有點後悔，只能抱怨走寶了！因為這本《素葉文學》創刊號已成稀有珍品。《素葉》在香港文學史佔有重要地位，當年好幾位作者已成為詩界和散文界代表人物。

《素葉文學》一九八零年六月創刊，一九八四年八月出版第二十四、二十五期合刊後休刊。一九九一年七月復刊出版第二十六期，至二零零零年十二月停刊，前後共出版六十八期，終刊號是紀念去世的蔡浩泉。《素葉文學》雜誌出現之前，先有素葉出版社。出版社一九七九年四月出版第一輯「素葉文學叢書」共四本，包括西西的《我城》、鍾玲玲的《我的燦爛》、何福仁的《龍的訪問》和淮遠的《鸚鵡韆鞦》；到二零一四年結束為止，「素葉文學叢書」共出版了七十五種。叢書之中，有幾本已成為舊書拍賣的珍品，例如素葉一九八二年出版的第十四本叢書——董橋的《在馬克思的鬍鬚叢中和鬍鬚叢外》，在二零一八年新亞書店第二十四屆舊書拍賣以五萬五千二百元（連佣金）成交。我收集《素葉文學》

也是從「馬克思的鬍鬚」開始，詳見〈藏書界的「董橋三寶」〉一文。

「素葉文學叢書」之中，詩人淮遠佔了五本，分別是《鸚鵡韆鞦》、《懶鬼出門》、《賭城買糖》、《水鎗扒手》、《蝠女闖關》。我認識淮遠超過五十年，一九七七年在商業電台新聞部共事，那時已覺得淮遠文字功力不簡單；他寫的新聞稿簡潔，沒有多餘的字，但同事們都不知道他寫詩多年。後來大家離開商台，但仍有聯絡，他出版《鸚鵡韆鞦》送了我一本，看了一遍便放進書堆裏。這幾年，淮遠的年輕粉絲愈來愈多，人人都在追尋《鸚鵡韆鞦》和《懶鬼出門》，近期最熱議是他新出版的《黑太陽你別高興》，限量只得二百本，網上開始預訂不足一個小時已給搶訂一空。淮遠這兩年詩興勃發，彷彿進入第二春。他笑說這可能與兩年前一次意外有關，那天他突然整個人向後翻，頭顱蹠着硬地，幸無大礙，而且好像有後福，從那時開始寫作靈感洶湧澎湃，寫了不少詩，他問我：「會不會是當年一跌，打通了我的任督二脈呢？」素葉中人幾乎全都年逾花甲，七、八十歲有好幾位，淮遠也六十八歲了，他是創作力最旺盛一位，這兩年結集出了幾本書。

素葉出版的雜誌和叢書近年很受年輕人歡迎，淮遠之外，西西、鍾玲玲、也斯、吳煦斌等人的舊作也被書迷搶過不亦樂乎，價錢愈來愈貴，而且有錢也未必買得到。對素葉歷史有興趣的朋友，可參考王家琪博士的《素葉四十年：回顧與研究》。買不到董橋、西西、淮遠的舊書，也可以看看王家琪這本書望梅止渴。

「素葉文學叢書」近年很受歡迎

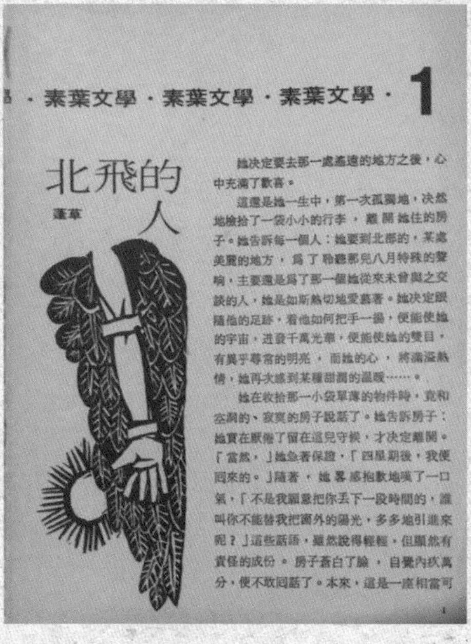

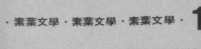

‧素葉文學‧素葉文學‧素葉文學‧ 1

北飛的人

蓬草

她決定要去那一處遙遠的地方之後，心中充滿了歡喜。

這還是她一生中，第一次孤獨地，決然地檢拾了一袋小小的行李，離開她住的房子。她告訴每一個人：她要到北部的，某處美麗的地方，爲了聆聽那兒八月特殊的聲响，主要還是爲了那一個她從來未曾與之交談的人，她是如斯熱切地愛慕着。她決定跟隨他的足跡，看他如何把手一揚，便能使她的宇宙，迸發千萬光華，便能使她的雙目，有異乎尋常的明亮，而她的心，將滿溢熱情，她再次感到某種甜潤的溫暖……。

她在收拾那一小袋單薄的物件時，寬和空洞的、寂寞的房子說話了。她告訴房子：她實在厭倦了留在這兒守候，才決定離開。「當然，」她急着保證，「四星期後，我便回來的。」隨着，她翼感抱歉地嘆了一口氣，「不是我願意把你丟下一段時間的，誰叫你不能替我把窗外的陽光，多多地引進來呢？」這些話語，雖然說得輕輕，但顯然有責怪的成份。房子蒼白了臉，自覺內疚萬分，便不敢回話了。本來，這是一座相當可

《素葉文學》雜誌創刊號

櫻桃樹和階級

《在馬克思的鬍鬚叢中》之一 董橋

董橋《在馬克思的鬍鬚叢中和鬍鬚叢外》的文章，首先在《素葉文學》雜誌連載。

香港最長壽雜誌《春秋》壽終

一九五七年七月十六日在香港創刊的文史雜誌《春秋》，度過六十四個春秋之後，二零二一年七月宣佈停刊。這本香港最長壽的雜誌，曾經是中外學者研究中國近代史的重要參考刊物，全盛時期的五十年代至七十年代，《春秋》每期銷量高達十萬份。雜誌社早年有一句令人欽羨的宣傳口號：「有華人的地方，就有《春秋》。」

《春秋》由姚立夫先生創辦，姚立夫二零零六年六月離世後，姚太伍淑媛接手營辦，孤身走了十五年，因為年老多病決定停刊。伍淑媛在終刊號撰文指出，六十四年只是人類歷史長河中短暫的一瞬間，但對於《春秋》來說，卻是梯山航海、風雨消磨的難辛歷程，它耗盡了姚立夫一生的積蓄，也消磨了他們夫婦倆一生中最美好的時光。然而，伍淑媛很自豪的說：「先夫姚立夫與我都做到了『書生報國』的責任，無愧於這個波瀾壯闊的大時代。」

姚立夫早年在內地投筆從戎，一九四九年八月初隨西北軍政長官馬步芳到廣州出席最高軍事會議，內地易幟後姚携妻來港。起初他以三十二年軍旅生涯的積蓄開辦了一家毛織廠，一九五七年七月用餘資創辦文史刊物《春秋》雜誌，創刊不久便一紙風行，行銷海內外。《春秋》的暢銷與當時的政治氣候很有關係，一九四九年國共內戰進入尾聲，國民黨軍隊節節敗退，大批軍、政人員和老百姓逃到香港。部份轉往台灣，大部份最後留在香港。這些國民黨「孤臣孽子」在香港以不同形式過活，部份知識分子和政客得到美元援助辦了多份雜誌，協助大批南來文人紓解吃飯問題；另一方面，數以萬計孤臣孽子前路茫茫，他們更需要的是精神上慰藉，他們要緬懷

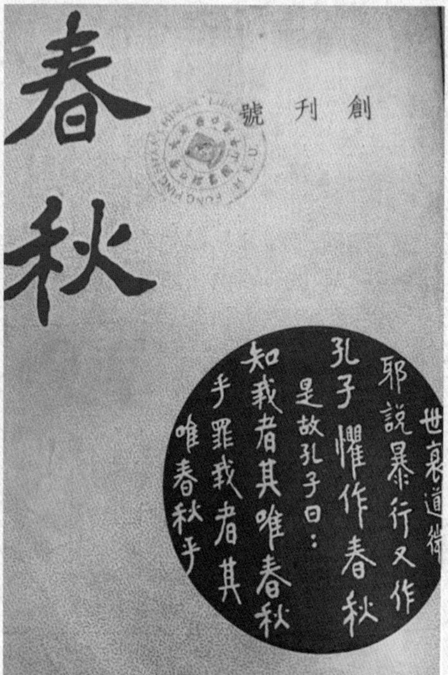

一九五七年七月十六日創刊的《春秋》雜誌

昔日在大陸的美好日子，姚立夫有見及此，用餘資創辦《春秋》雜誌。

姚運用人脈關係很快便招攬了大批作家，組成強大的筆陣。《春秋》最初三十年的作者很多是前北洋政府和國民黨的黨政軍要員及心腹，包括張發奎、陳克文、黃旭初、李漢魂、曹汝霖、陳孝威、李璜、汪希文、金雄白等等。作家陣容亦包括大批著名文化人如易君左、任畢明、南宮博、曹聚仁、高伯雨、簡又文等。汪精衛心腹周佛海的知心人金雄白，用筆名「朱子家」在《春秋》寫〈汪政權的開場與收場〉，從一九五七年八月一直寫到一九六一年五月，讀者每期追讀，之後文章再結集成書，後來換了不同出版社，到今天仍然是研究汪政權必讀的參考書。《春秋》另一本「政海秘辛」重量級書籍是《陳公博、周佛海回憶錄合編》；還有《曹汝霖：一生的回憶》、《紫禁城的黃昏》等等。姚立夫主持下的《春秋》，曾是香港文史刊物的祭酒。

姚太伍淑媛說《春秋》能堅持六十四年，成為中國雜

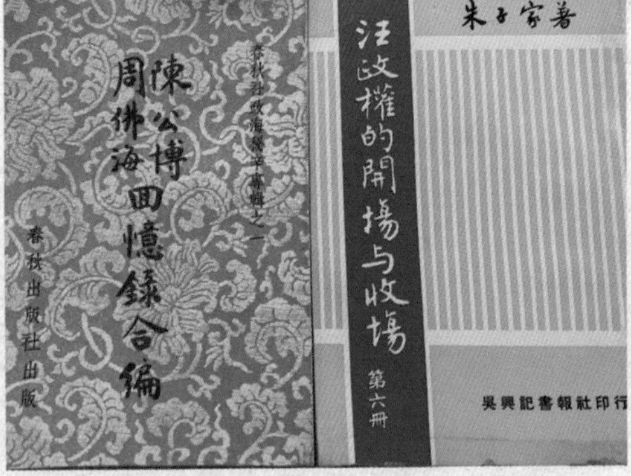

春秋雜誌社出版的刊物

《春秋》創辦人姚立夫

誌史上的長壽刊物，主要原因是《春秋》奉行了一百年前《大公報》張季鸞主張的辦報「四不」主義：不黨（對各黨派政團一視同仁）、不賣（言論自主，經濟獨立，不以言論作交易）、不私（不公器私用）、不盲（不盲從附和）。另外，《春秋》所寫的近代史人物，多是第一手資料，比起官修的人物傳記有血有肉得多。由於《春秋》的口碑不錯，特區政府康文署轄下的中央圖書館於二零零四年斥資補購四十七年的《春秋》合訂本，供讀者查閱。世界上著名圖書館和學術研究機構都長期訂閱《春秋》，把它視為研究中國近代史不可或缺的參考資料。

到了九十年代，《春秋》原有的忠心擁躉相繼老去，香港讀者閱讀興趣多變，《春秋》未能與時並進，其他刊物又如雨後春筍，《春秋》只能見步行步。二零零六姚立夫病逝，伍淑媛獨挑雜誌社重擔，此時《春秋》銷數跌至只有數千份，而且沒有廣告，隨時停刊。為了節省雜誌社開支，姚太「一腳踢」包辦所有工作，包括編輯、校對到發行寄書，對這位耄耋之年的老太婆來說，何止是千斤重擔壓在肩。然而，姚太遲遲不忍心替《春秋》來個了斷，加上一批老作者鼓勵姚太撐下去，除了不支取稿費外，還酌量作金錢上支持。其中，李龍鑣的支持最大，這些年來他和姚太合力頂住《春秋》不倒。隨着《春秋》的作者群垂垂老矣，李龍鑣八十八歲，姚太九十五歲，大家都頂不下去。姚太說捱到今天實在心力交瘁，是時候告別讀者了！

香港中文大學前校長金耀基教授特別在《春秋》終刊號撰文惜別，他寫道：「春秋筆論不黨不賣不私不盲，一份雜誌苦撐六十四年而休刊，誠可惋惜，但刊行一千一百四十期的春秋，畢竟已為人間留下幾代書生的真實心聲，彌足珍貴，念及創刊人姚立夫先生零六年離世，其夫人伍淑媛女史獨立經營至今而年已九十有五，真巾幗之英傑，不勝敬佩之至。」

THE OBSERVATION POST
春秋
本刊創刊於1957年，迄今已整64年。
二〇二一年　四\六月（第二季）第一一四三至一一四五期
春秋社長姚伍淑媛與李龍鑣先生在酒會中合照。
港幣二十元

《春秋》終刊號

第三章

掌故回味

生活篇

環球文藝叢書
蒙妮坦日記
蒙妮坦很年青，很有錢，有很多的情人，她不想念書，祇想戀愛。
她遭遇了些什麼？……
依達著
The Guardians of The People
是誰的暴行
Who is Guilty of these Atrocities?
當代文藝
CURRENT LITERATURE

一百年前的香港相簿

二零二二年年底，筆者從香港拍賣行 Spink China（斯賓克中國）拍得一本《香港舊相簿》（*Views of Hong Kong*），內有一百零三張舊照片，主要是二十世紀初期中區的建築，包括皇后像廣場、大會堂、滙豐銀行、各大洋行、第一代纜車站等等，拍攝年份大約由一九一零年至一九二零年。

資深收藏家、香港大學美術博物館榮譽顧問鄭寶鴻看過這相簿之後，說照片很珍貴。他說當中一些照片曾多次被複製成明信片公開發售，因此感覺「熟口熟面」，然而，相簿珍貴之處在於裏面的照片很接近原來的母片，已有逾一百年歷史。另一位資深收藏家巫羽楷，精於收藏香港各類公共交通的紙本文物，包括最早的車票、照片、明信片等等；他看見這舊相簿內一張纜車站照片，不禁「嘩」一聲，他說這是最早的花園道纜車總站，照片可見總站建於雅賓利水澗之上。另外，相簿裏的尖沙咀鐘樓照片，巫羽楷形容那是最早的鐘樓照片，因為照片中的鐘樓還未安裝大鐘。

香港政府檔案處最近發放了一組經數碼化的香港舊照片，照片出自一九二五年出版的攝影集《香港風光》（*Picturesque Hongkong*）。攝影師丹尼斯·克茲爾（Denis H. Hazell）透過鏡頭記錄當時香港的山頂、中區、跑馬地、淺水灣等不同地區的景貌。比這更早的 *Views of Hong Kong*，取鏡的題材大同小異，但攝影師姓名欠奉，唯一可以肯定的是原物主多年前把相簿帶回英國，相簿再輾轉回流香港。

香港資深收藏家多年來一直在收集香港舊照片，部份藏家把藏品分門別類出版成書刊，公諸同好。舊照片的來源，早年多是洋人返回祖家之前賣給香港拍賣行或藏家，近年貨源多數來自大小拍賣網站，價錢愈來愈貴。

談舊照片，一定會想到影樓。老一輩香港人都有上影樓影靚相的經驗，這種盛載家庭美好記憶的行業，曾經盛極一時，影樓遍佈城市大街小巷，今天卻一間難尋。算起來，香港影樓已有一百六十七年歷史。香港最早的影樓在一八四五於中環開業，距英軍一八四一年登陸水坑口佔領香港僅四年左右。根據林準祥博士《香港情懷·光影百年》一書記載，美國攝影師喬治·韋斯特（George West）一八四五年已在維多利亞城區開設攝影樓，為居民拍攝個人和團體的影樓照片，收費按人頭計算。一八六零年以前，仍未有攝影師拍攝外景實物。之後，才有西方攝影師開始到戶外取景，主題多是香港的建設和建築物。一八七零年代後期，香港出現一批曾學習西方攝影技術的華人攝影師，他們部份除了經營影樓之外，還到處取景。根據記載，一八五零年代在今日皇后大道中至文咸街交界附近，已有華人開的影樓。

及至一八六零年代，攝影日漸流行，影樓應運而生，到影樓拍照留念蔚為風潮，當年不少攝影作品至今仍保存下來。稍後，隨着攝影技術的改良，攝影機不再是一件巨大而笨重的儀器，普通人也可以攜帶攝影機四出獵影。當時不少訪港的外國旅行家對香港的事物尤感興趣，他們拍下了不少社會風貌、民俗人情、名勝古蹟的照片。早年都是用玻璃而非膠片拍照的，攝影師需要在相機的玻璃底片上塗上感光藥水，而由於玻璃的感光速度較慢，所以拍照者往往要在相機前等上十數分鐘，方能完成一張照片。

根據鄭寶鴻先生搜集得的資料，一八六零至一八七零年代，影樓多設於皇后大道中，其中位於大道中六十至七十號一帶的影樓便有輝來、域多利、興昌、南楨及永祥。稍後則有位於八號A的其興、十七號的廣利祥、三十一號的華芳及阿圖勿、七十六號的繽綸、一百零四號的華真及一百二十號的容昌等。此外，還有位於嘉咸街四十二號的悅新、威靈頓街的泰來、雪廠街的美璋（分店位於滙豐銀行對面的拱北行）及灣仔皇后大道東的華興等等。根據一八八一年的統計，香港有「影相者」四十五名。鄭寶鴻先生指出，一九五零年代初，美璋、艷芳、和昌及光藝仍在經營。資深收藏家蕭險峯對香港影樓的沿革很有研究，正在努力把研究成果結集出書，公諸共好。

一九一零年代的卜公碼頭，左上角可見先施公司招牌。

尖沙咀鐘樓最早的照片，大鐘仍未掛上鐘樓。

花園道第一代纜車總站，建於雅賓利水澗上。

第三代中環街市

早年的皇后像廣場

香港第一份廣東話報紙

《唯一趣報有所謂》，報業行內俗稱《有所謂報》，筆者聞名已久，終於能一睹真身，機會難得，一定要和大家分享見聞。

《有所謂報》是清末支持革命派創辦的通俗小報，由鄭貫公一九零五年六月四日在香港創刊，但出版了一年便停刊。報紙版面分莊諧二部，莊部刊國內外、本省新聞和短評，諧部刊通俗小品文字、小説等。筆者手上的《有所謂報》出版日期是一九零五年八月二十日，零售價每份港幣二仙。

《有所謂報》，是一份很特別的報紙，單看報紙名稱，已覺奇怪，甚麼叫做「有所謂」？同廣東話的「冇所謂」有乜關係？樹仁大學教授黃仲鳴指出，在《有所謂報》之前，鄭貫公在《廣東日報》創設過一份叫做《無所謂》的附刊；由《無所謂》到《有所謂》，標誌了鄭貫公思想的轉變。以前，鄭對中國的內憂外患所採的態度是消極的，所謂「浮生夢夢，大局塵塵」，因此要來個「借酒澆杯，因詩遣興」（《無所謂》發刊詞）；其後眼見祖國「獅酣睡而未醒……白權高漲，故國瀕危」，於是創辦《有所謂報》，在發刊詞中要「抒救時之策，鳴警世之鐘」。黃仲鳴稱譽鄭貫公是報界鼓吹用「三及第」撰文的第一人。所謂三及第是指文言、語體及粵語夾雜一起，此種文體在《有所謂報》中隨處可見。

《有所謂報》最特別之處，是它每天有一篇用白話（廣東話）寫的小說，香港人讀起來特別過癮。筆者引一段江陰城軍民百姓共同殺賊的情節跟大家分享：「……城上民兵舉起刀亂咁劈，誰不知個的賊兵，戴晒鐵帽，着晒鐵甲，一刀劈過去，劈得鐺鐺，正所謂斬崩刀……城中人越死越多，死到冇地嚟葬，闔公睇見，心痛到極，個的眼水，真係可以裝埋嚟洗面……」李家園在《香港報業雜談》説：「以粵語入報刊文字者，均謂以鄭貫公為首。」《香港戰前報業》作者楊國雄亦稱，《有所謂報》是第一份粵語報紙。

一九零四年，美國重新訂立苛刻限制華工條例，中國朝野嘩然，要求美國廢除條約，但遭拒絕，翌年國內爆發抵制美貨運動；《有所謂報》在輿論上對美國佬冷嘲熱諷、窮追猛打，一九零五年八月二十日該報有一則省城新聞，可反映鄭貫公同仇敵愾的立場：「日昨港輪抵省，有客隨帶食物一籮，因為關吏截查，故將各物擲置碼頭，旋以無犯例貨物，逐件撿置回籮，旁有人指彼一罐頭食物，言於眾曰，此麥粉，來自美國，今日人人言抵制美約，不買美貨，彼尚購之，真無恥矣，客聞言，紅漲見於面，應曰，此物非余買，他人附我代帶耳，今若此，余當棄之，寧賠其值與友人，不甘自外，因將此麥粉付諸河濱，竟無人拾其遺，河邊蛋婦，且以打篙擊之，罵曰，衰貨，衰貨，衰貨，人心可見一斑。」

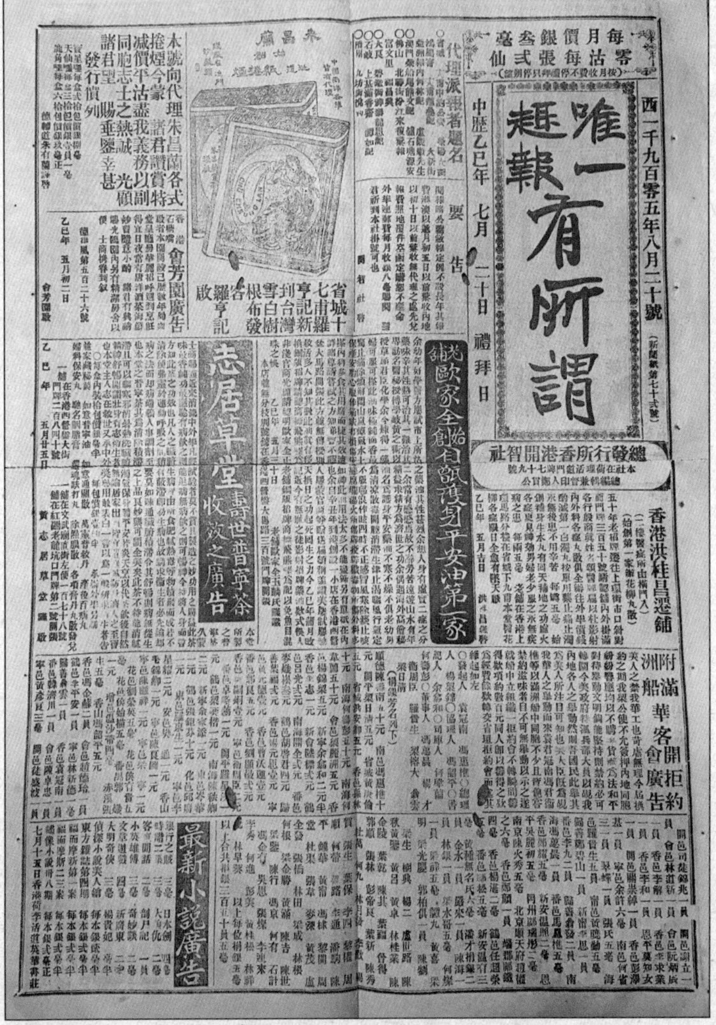
每月價銀叁毫
零沽每張式仙
西一千九百零五年八月二十號
唯一趣報有所謂
中曆乙巳年 七月 二十日 禮拜日
總發行所香港開智社
香港洪桂昌遷鋪
附滿洲華客會開拒約廣告
歐家全創始包
志居草堂壽世普濟茶收效之廣告
最新小說廣告

香港第一份廣東話報紙《唯一趣報有所謂》

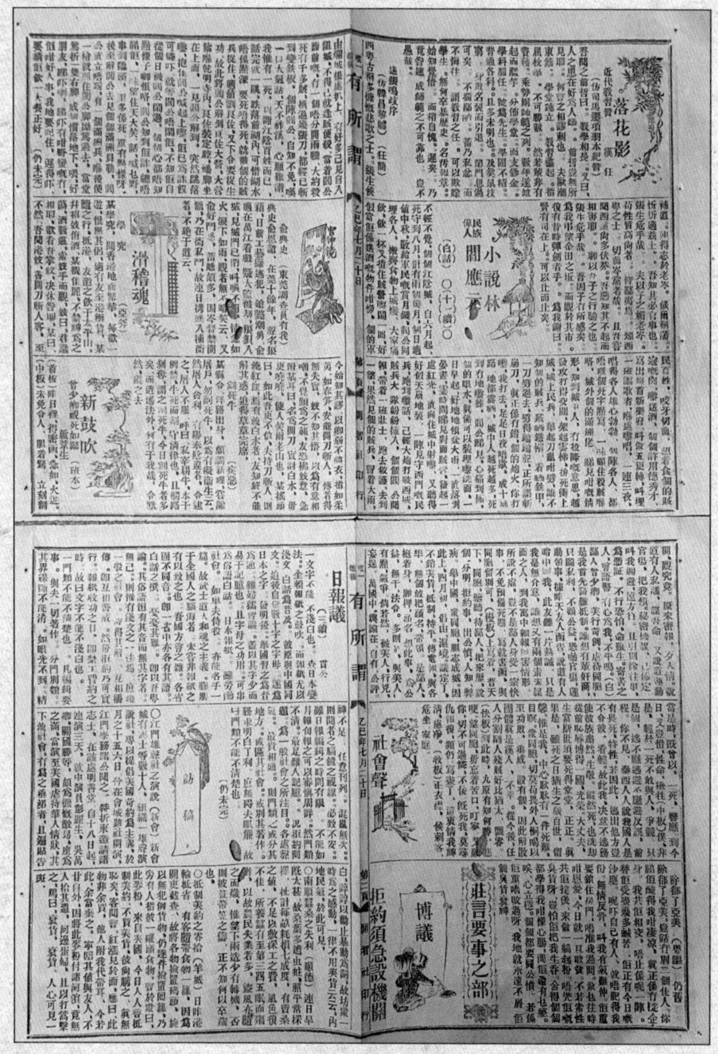
有所謂
乙巳年七月二十日
落花影
小說林
滑稽魂
新鼓吹
日報議
社會聲
莊言要事之部
博議
拒約須急設機關

《唯一趣報有所謂》副刊小說多用廣東話

戰後的購米證和經濟食堂

一九四五年八月十五日日本投降，香港重光，大批市民陸續從內地返回香港，因物資匱乏特別是大米供應不能滿足需求，政府要實施食米配給，市民要憑政府發出的購米證（購物證）到指定的米站買米。

戰後英軍接收香港後成立軍政府，便要面對食米和其他必需品短缺問題，政府首先用船從緬甸運來大米應急，並成立「政府穀米批發處」，憑「購米證」向市民配米，每人每五天配米五斤，每斤售價五角。政府穀米批發處一直存在至五十年代。筆者手頭上有一張一九五三年由穀米批發處簽發的「購物證」（ration card），持證人是住中環卑利街的歐陽氏，他一家三口姓名寫在證上，憑證可到指定的「公價物品營售商」（米舖）買米，歐陽家光顧的米舖就在住家附近的卑利街十二號的永生祥。當時人叫這些營售商做米站，市民憑證買米，米站職員會在證上蓋一個「配」字。除了食米外，麵粉、糖、油、柴都要憑證購買。政府實施配給米糧制度前後持續八年十個月，至一九五四年八月撤銷。

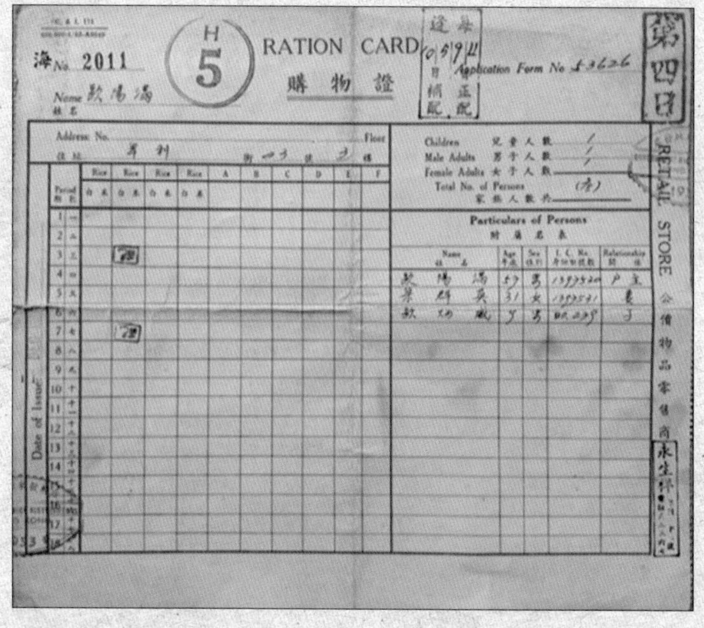

戰後香港政府發出的「購物證」，市民憑證到附近米站購米。

早年政府派發的食物券，券上印有所屬地區的施飯站。

其後香港糧油食米供應充足，取消配給制，市面湧現了各式各樣的食物檔，其中一種是在街邊賣「雜碎」的流動檔。經營者早一天到酒樓收集筵席食剩的餸尾，包括雞鴨鵝魚等，拿到小檔前撈亂翻煮，分成一砵砵賣給收入低微的打工仔，每份收一角至兩角。這些雜碎檔多設在上環、灣仔酒樓集中附近街邊，此乃近水樓台容易入貨也。

香港在那個窮困的年代，市面幾間「經濟食堂」（經濟飯店）很受基層工人歡迎，兩角三角一大碟腩肉飯或雞鴨飯大件夾抵食，當然不同時期的經濟食堂取價不一樣。上環、灣仔、深水埗共有六間經濟食堂，最出名的一間經濟食堂開在灣仔修頓球場內、今天觀眾看台的位置。經濟食堂經營至一九五七年六月結束。報界前輩劉乃濟先生曾經寫過經濟食堂的傳奇故事，茲摘錄如下和讀者分享：

當年日軍攻佔了香港，把英國官民都囚禁在集中營。營中設備簡陋，囚犯連飯都吃不飽。有個中國人廚子，看到一個老頭子情況淒涼，暗地裏接濟他。香港光復之後，這個英國老頭子要報答恩人，問他需要甚麼？廚子說自己只懂得煮飯炒菜，打算開辦平價食肆，可惜沒有本錢。這個老頭子原來是個大官，他不但借出本錢，還租出幾塊公地，讓廚子搭建單層房屋做平民食堂，招牌是「經濟飯店」。記憶所及，除了大笪地，灣仔修頓球場也有一間，如今已拆卸。

五十年代設於灣仔修頓的經濟飯店

戰後街邊的食物檔

陳年香港電影戲橋

筆者幾年前從藏家手上收了一批紙品舊物，包括日佔時期香港報紙，和一批三十至四十年代的香港電影宣傳單張和戲橋。其中有幾份戲橋值得和大家分享。

早年入場睇電影前，戲院職員多會向觀眾派發「戲橋」，這是一張電影劇目說明書，簡介「是日公映」電影的故事（本事）和演員陣容，並且附有劇照和明星照片。戲院和電影公司會用盡戲橋單張每一寸空位用來賣商品廣告，因此現在我們欣賞這些陳年戲橋時，可以順便重溫昔日的經典廣告。

香港有很多人喜歡收藏戲橋，有些人特別鍾情西片，有人喜歡港產片，有人對李小龍電影情有獨鍾，更有人特別把電影戲飛（戲票）和戲橋列為重點收藏項目。吾友劉銓登搜集全港已拆卸舊式戲院的戲飛和戲橋，藏品甚豐，但有幾家已拆卸戲院的戲橋始終未能拿到手，他一直引以為憾，包括筆者今次要介紹的砵崙戲院戲橋。

砵崙戲院很容易令人聯想到砵蘭街，那麼砵崙戲院是否位於旺角砵蘭街？雖不中亦不遠矣。砵崙戲院建於一九三一年，位於現時彌敦道山東街口，後面便是砵蘭街。第二次世界大戰之前砵崙改名勝利戲院，日佔時期易名新東亞劇場，一九五三年重建為麗斯戲院，直至一九七二年結束，現址是雅蘭中心第二期。劉銓登說他幾十年來都收不到一張砵崙戲院戲橋，原因是砵崙很早已改名。筆者手上這張砵崙戲橋（見附圖）主要宣傳電影《美國軍力大示威》。戲橋預告下期公映《長沙會戰》，宣傳是「抗戰勝利年的紀錄片」；換言之，這張戲橋的年份應是一九四六年，但同一張戲橋又宣傳新片《並蒂蓮》，查此片乃早於一九四零年發行。我請教過一些朋友，他們對此戲橋年份意見紛紜。

筆者要介紹另一張年份更早的戲橋，是廣智戲院的戲橋，戲橋上介紹的電影是宣景琳主演的《富人之女》。翻查資料，此片是明星公司一九二六年出品。廣智乃九龍第一間戲院，於一九一九年開業，位於油麻地廟街與甘肅街交界，一九六八年七月結業。根據網上資料，廣智戲院由始至終都沒有冷氣設備，座椅都是木製的硬座，時有木蝨咬人。六十年代廣智上映二、三輪電影，每齣戲只放映一至兩天。當年設前、中、後和樓座，票價依次為兩角、四角、六角和一元。

另一張老年戲橋是高陞戲院公映南洋公司一九四零年出品的《呂四娘》。戲橋上列明的票價：「前座一毫，後座毫半，二樓二毫，三樓五仙。」三樓可能就係「山頂位」，取價特廉。高陞戲院建於一八九零年，一九七三年拆卸，位於西營盤雀仔橋對面，最初以演粵劇為主，戲班劇目一個接一個，盛極一時。

名畫預告
大陸影片公司哀艷絕倫動人悲劇
並蒂蓮
鄺山笑 梁雪霏 譚少鳳 周志誠 羅慕蘭 黃楚山 合演
不願同年同月生，但願同年同日死！

近期換影
新華公司古裝巨片
貞忠壯烈激昂慷慨非常傑作
費貞娥刺虎
電影皇后陳雲裳又一傑作
劉瓊 徐莘園 合演
與明末遺恨一樣光芒
莫道女中無丈夫！
敢將熱血洒賊寇！
偉大莊嚴瑰麗無比！
壯烈堅貞彪炳千秋！
南洋公司粵語巨片
神眼娥眉
白駒榮主演

電話五六八九五
砵崙戲院
六月二號 ● No.182 ● 星期日刊出
「即日九龍首影」
美國超特影片公司實事紀錄偉大貢獻
美國軍力大示威
BIRTH OF A NEW AM RICA
美國參加世界大戰之前奏曲
追溯第一次世界大戰！
準備參加第二次戰爭！
揭示美國海陸空軍力！
向世界侵畧國家示威！
新的美國誕生之經過！
新的美國軍力的表現！
新的美國誕生之經過！新的美國軍力的表現！
是期券價一毫起碼

下期選影
第九戰區司令部監製，中國新聞攝影社出品
長沙會戰
抗戰勝利年之抗戰勝利真實紀錄名片
曾遭禁影，無恙歸來，今天又與愛國僑胞相見！
祗要不是奴才無論如何要看熱血愛國僑胞切勿錯過
寶興公司偉大出品
夜盜紅綃
徐人心 麥炳榮 主演

砵崙戲院戲橋十分罕見

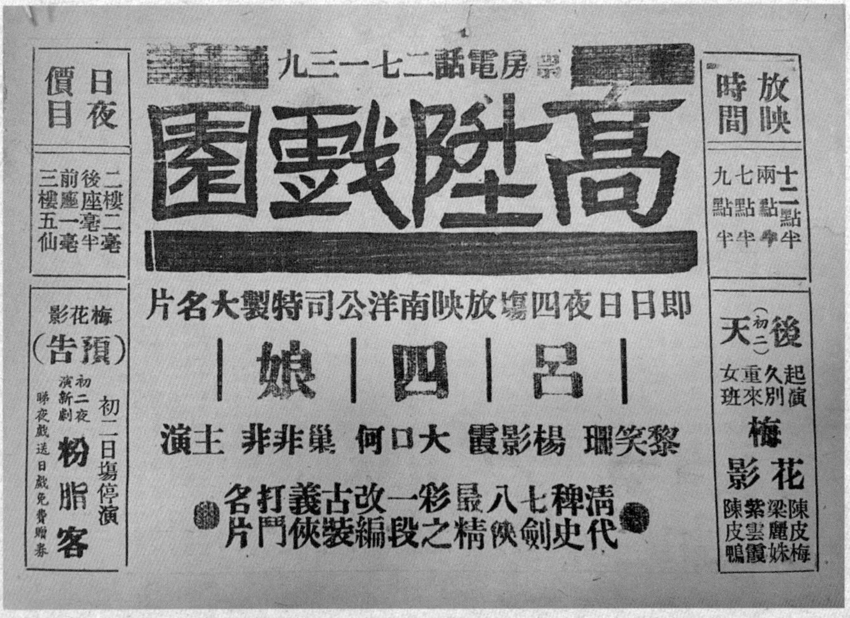

票房電話二七一三九
高陞戲園
日夜價目
二樓二毫
後座二毫半
前座一毫
三樓五仙
放映時間
十二點半
兩點半
七點半
九點半
即日日夜四場放映南洋公司特製大名片
呂四娘
黎笑珊 楊影霞 大口何 巢非非 主演
清代稗史七劍八俠最精彩之一段改編古裝義俠打鬥名片
梅花影（預告）
初一日場停演
初二夜演新劇
粉脂客
睇夜戲送日戲免費贈券
後天（初二）起演
久別重來女班
梅花影
陳皮梅 梁麗姝 紫雲霞 陳皮鴨

高陞戲院戲橋，介紹電影《呂四娘》。

PRINCE'S THEATRE

東樂戲院

國曆二月十五號起映頭天

美高梅公司猛獸驚險肉搏擄奪珍奇之非常猛片只影兩日

（泰山奪寶記）

諸君留意 不可錯過

天下大觀舍此莫屬！

欲擴眼界盍興乎來！

NEW ADVENTURES OF TARZAN

WITH THE NEW TARZAN HERMAN BRIX

老虎 大象 獅豹 鯨鱷 鯤鵬 珍禽 異鳥 無不 搜羅 殆盡

每日三場 日場 兩點半 夜場 七點半 九點半 加插中文字幕

上海 女服商店 各式女褸大減價

華醫 梁少庭 擅治肺癆 內傷咳血 男婦小兒內外全科 醫務所香港旺角太子道一零六號 即位和堂藥局應診 電話五八六五二

南興隆 南興

五代兒科 楊伯南醫師

肺癆專家 崔亦良

永康堂謹啓

浩昌公司 專家洗染 沖曬放大

專醫眼科

欲知怎樣可以受孕 請問張家寶

張家寶女醫師乃本港最著名之婦科醫生也其發明之受孕新法確具奇妙有不可思議之功妹昨年蒙其指導今舉一子闔家歡喜謹登報鳴謝

范妙玲謹頌

油蔴地 奇園 深水埗 松園 爲島牛 高尙飯店

酒菜 茶麵

博愛醫院 旺角上海街六九五號

瘋毒

女醫 陸蕙文

上海 王公順成衣店

東樂戲院戲橋，左右欄可見有分類廣告。

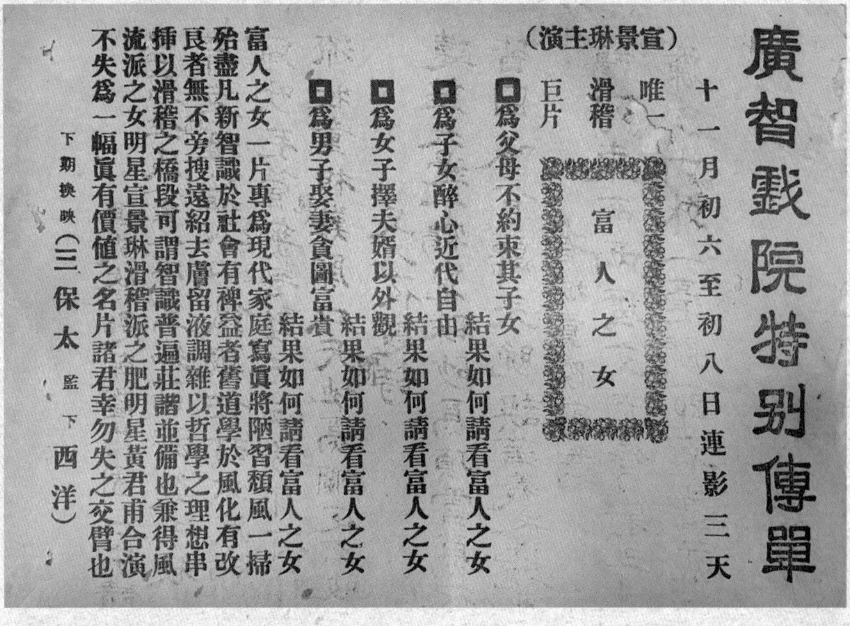

廣智戲院特別傳單

十一月初六至初八日連影三天

（宣景琳主演）

唯一滑稽巨片 富人之女

□爲父母不約束其子女 結果如何請看富人之女

□爲子女醉心近代自由 結果如何請看富人之女

□爲女子擇夫婿以外觀 結果如何請看富人之女

□爲男子娶妻貪圖富貴 結果如何請看富人之女

富人之女一片專爲現代家庭寫眞將陋習頹風一掃殆盡凡新智識於社會有裨益者舊道學於風化有改良者無不旁搜遠紹去膚留液調雜以哲學之理想串揷以滑稽之橋段可謂智識普遍莊諧並備也兼得風流派之女明星宣景琳滑稽派之肥明星黃君甫合演不失爲一幅眞有價值之名片諸君幸勿失之交臂也

下期換映（三）保太監下西洋

廣智戲院戲橋，介紹宣景琳主演的《富人之女》。

字花檔遍地開花

小時候，未識寫字已識「字花」；當然，所謂識只是識聽字花二字而已，只聞隔離鄰舍三姑六婆每天都在講字花，不知道是甚麼一回事。及長，大人偶爾會給你一元幾角叫你到字花檔買幾個冧巴，才知道買字花是賭錢。香港五六十年代是字花最流行的年代，徙置區每幢大廈都有幾檔字花檔，一毫子有交易，「字花佬」在有過底紙的拍紙簿上寫下客仔要買的心水冧巴，給你過底紙的一面作為收據，開獎憑此領獎金。由於一毫幾角已可下注，很多主婦便把部份買菜錢拿來博一博，因此街頭街尾都是字花檔。有人估計，五、六十年代香港有五十萬人賭字花，很多小報都刊登字花貼士。

字花是賭三十六個冧巴（numbers），一至三十六，每個號碼代表一個古人的名字，一賠三十，刀仔可以鋸大樹。為了吸引更多人下注，開字花的「字花廠」出版形形色色的字花書，紙紮舖有得賣。字花書上有三十六個古人的名字及圖像，每一個古人都有幾個「替身」，作為提供貼士之用。字花書有一個全身人像，把身體每一個部位都「託」一個字，字花書把

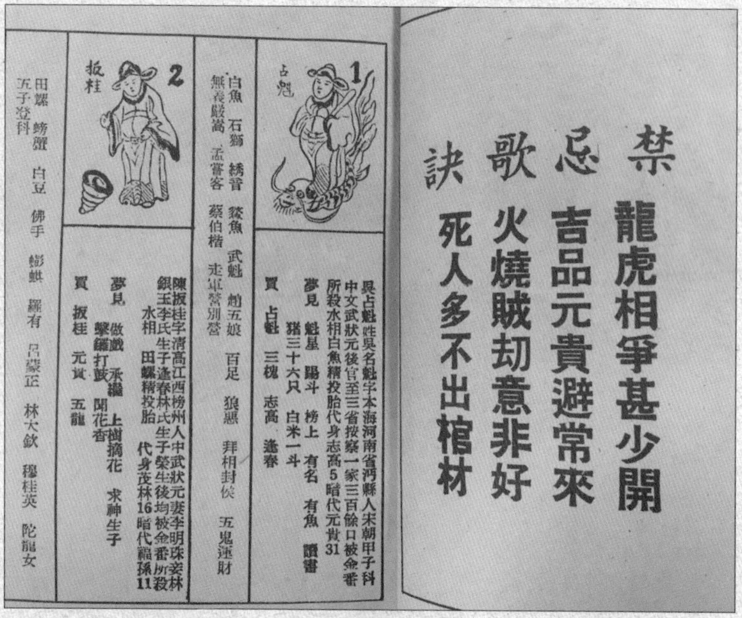

字花書有三十六個古人的名字和數字，方便按圖索驥下注。

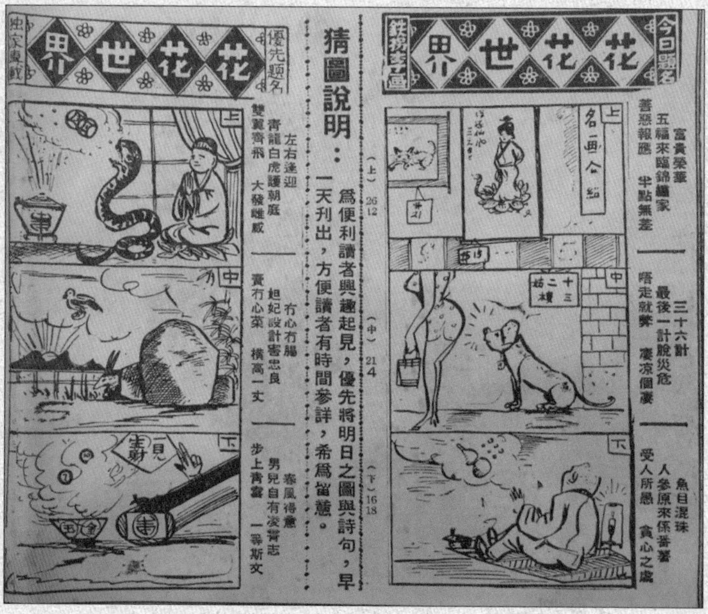

以前的小報每天都有字花貼士提供

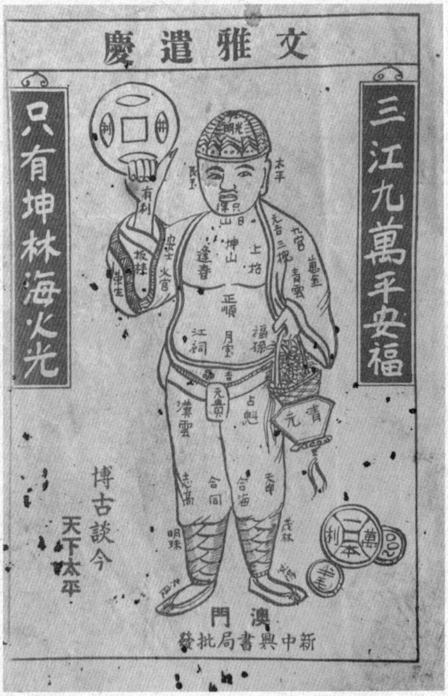

早年的字花參考書

字花搞到和日常生活息息相關，深受婦孺和勞苦大眾歡迎。字花流行的另一個原因，是得到很多小報的推波助瀾。

字花廠每天都會開出「花題」，即是字花的題目，聲稱所開的字必定與題目有關。花題每天登在小報的頭版，會是一幅喻意模稜兩可的圖畫，據稱圖畫中的人物會有所暗示，可按圖索驥在書花字裏找到應該下注的號碼。當然，這都是字花廠呃神騙鬼的手法。輸贏盡在幕後大莊家和「字花師爺」掌握之中。字花總廠的師爺每天看過所有「艇仔」（各區代理）交回的投注，知道哪些是最多人買的大熱門號碼，便故意不開這個號碼，來一個大殺三方。

每天開字花時，是把代表三十六個古人的字放入三十六個砂煲內，時間一到，便由主持人「隨意」打破其中一個砂煲，跌出的那一個字就代表中獎。由於字花師爺早已掌握投注者的投注走勢，破煲而出的字肯定又係冇乜人中。

字花屬於非法賭博，但得到貪污的有勢力人士包庇，字花檔開到遍地開花。一九六七年暴動期間，字花「業務」大受影響；暴動之後又死灰復燃，直至一九七四年二月十五日廉政公署（ICAC）成立後才收斂，只有部份外圍佬在活動。至一九七六年七月十三日香港賽馬會推出三十六個號碼中選六個的「六合彩」後，曾經荼毒千千萬萬香港人的字花正式成為歷史。

六合彩推出後，字花成為歷史。

戰後香港第一個青年文社

二零一五年何源清先生向我出示香港早年文社「文生社」的會議記錄，令我對這個相信是香港戰後第一個青年文社有了進一步認識。

筆者翻閱何源清這本早已發黃、部份頁數已脆裂的紀錄本，感覺像走入時光隧道，來到六十多年前西營盤一處唐樓，見到幾名十多二十歲的青年正在嚴肅討論文學問題。其中一位與會青年是日後在台灣文壇享負盛名的唐文標，七十年代他在台灣引發了一場現代詩論戰，牽涉人物包括周夢蝶、余光中、葉珊（楊牧）等，被文學界稱為「唐文標事件」；八十年代他編著的《張愛玲資料大全集》，被評論者譽為「所有張愛玲研究者都想參拜的神殿」，可惜這本書某些內容惹怒在美國的張愛玲，指唐文標侵犯了她的版權，成書後台灣出版社不敢發行，最後把四百本已印好的書退給唐文標，唐大受刺激，一九八五年六月某天他把出版社退回的書搬回住家時，疑過度勞累觸動鼻咽癌舊患大量出血猝逝，終年四十九歲。這位戰後第一代的香港文青因研究張愛玲成名，最後卻間接死在張愛玲書下！

文生社另外一位文青是今年已八十多歲的岑崑南，崑南現時仍然活躍，面書上經常有他的貼文。保存這本會議記錄的何源清是文生社的創社社長，他後來當上了香港電視廣播有限公司（TVB）官方刊物《香港電視》首任執行總編輯，後來移居美國，一九九九年出任紐約攝影學會會長，基本上已脫離香港文壇。因此，仍然活躍文壇的文生社社員，僅崑南一人。何源清和崑南同齡，他敬重崑南對文學孜孜不倦的精神，二十年前撰文讚揚崑南「為文生社延續了近五十年的文藝生活」。如果文生社還存在的話，崑南守護這文社香火已逾一個甲子了。兩位八旬長者二零一五年九月在中央圖書館一個講座上相遇，恍如隔世，畢竟大家已幾十年沒見過面。唐文標、岑崑南、何源清的成就，和他們曾參加過的文生社沒有必然關係，岑、唐只是文生社這個驛站的匆

何源清展示一九五三年一月文生社的會議記錄

匆過客，參加過三數次後便向另一個驛站過渡。大家唯一共同點，就是愛好文學，希望找幾個志同道合文友交換讀書心得，或者大家湊點錢出本油印詩集，出版幾期過過癮也好，日後能否在文壇佔一席位，端賴各人造化。香港早年的文藝青年大多數都參加過文社，六十年代是香港文社黃金年代，吸納了數以萬計的文青，出版的刊物（大部份屬油印本）多不勝數。吳萱人二十多年前編著的《香港文社史集初編 1961-1980》對眾多風雲一時的文社有詳細介紹和論述。

當我逐頁翻閱文生社會議記錄，躍然紙上的是與會年輕人對學問的熱切追求，儘管他們對文學的看法可能不成熟，但他們這個文社不自覺地已為香港文學史增添了色彩。這部會議記錄記載的是戰後香港文社發展的雛形，是一份很珍貴文件。筆者根據會議記錄和何源清從旁補白，在這裏為大家介紹這個香港戰後第一個青年文社的誕生和結束經過。

首先，筆者為甚麼説它是戰後香港第一個青年文社呢？因為這份會議記錄清楚寫上它成立的日子，至今沒有其他資料可以證明戰後成立的文社有比文生社更早的。文生社第一批參加者多是中學生或初中畢業生；對香港文壇資料研究甚有心得的許定銘也同意文生社是香港現代文社的鼻祖。他在吳萱人的《史集》裏提到，他原本一直以為香港最早的現代文社是成立於五六年的「同學文集社」，後來遇上何源清，才知道何源清早在一九五三年初已成立文生社。

文生社是「文生文學研究社」的簡稱，「文生」是文藝生活的意思，宗旨以研究文學為中心。文生社成立於一九五三年一月二十五日，並召開第一次會議。開會地點是西營盤高街四十二號三樓，那是何源清表姑的住所。根據會議記錄所載，出席首次會議者八人，包括何源興（清）、謝逐萍、鍾子璋、周紹佟、梁秉華、周楓、林夢影和李啟祥，全男班。何、鍾、周（紹佟）、李是中學先後同學，時年十七、八歲；梁秉華、林夢影和周楓當時已有文章在雜誌發表；謝遂萍參加業餘戲劇活動。會議由發起人何源清當主席，他在會議上講述成立文社的構思是早於一九五一年，後因時間、私人、財政問題未能成事。文生社首次會議決議通過設小說組、詩歌組、

文生社第一次會議後，參加者在舊樓天台合照留念。左一是何源清。

戲劇組和生活組（原本有建議設批評組，後因意見不一而取消），各組輪流學習，每逢星期日開會一次。何源清向筆者提供一張照片，是他們幾位年輕人於第一次會議結束後走上天台拍照留念，算是慶祝文生社成立。二月一日召開第二次會議，唐文標首次參加，這次會議主題是討論詩歌問題，何源清發表他對新詩的看法，各人亦分享了他們閱讀中國詩和西洋詩的心得。唐文標指康白情（五四時期著名詩人、中國白話詩開拓者之一）詩甚佳，吳文英（南宋詞人）詞句美、意境佳。會上何源清應社員要求把自己的詩作公開，讓大家研究，唐文標聽過後即時批評何詩不夠含蓄，認為何應先把詩的主意隱去，才算傑作也。何源清回應：太含蓄別人不易懂也！唐文標咬着不放：李商隱之詩我均懂，蓄蘊為詩之精華。負責記錄者沒有記下全部內容，對辯論過程雖是寥寥幾筆；但何源清憶述當年的唐文標「好辯，論點獨特卻略嫌偏激」。唐文標七十年代就是以他的辯才加上文學修養在台灣詩壇擊起千重浪。筆者留意到文生社這一天會議記錄，其中一段文字比較突兀：「主席有權干涉任何組之行動，任何社員欲幹圈外事須先通知主席，如遇相持不下或解答不了時主席有權作最後之判斷。……在開會期內不能隨意說笑，應保有嚴肅的態度。各社員應對主席有所尊敬（開會時）。……」，究竟何事引來主席大發牢騷？何源清說年代久遠忘記了。

文生社三月一日舉行例會，主要由林夢影講「小說發展的過程」，範圍從古到今，像教授在講課。散會前，何源清叫各會員對會務發表意見。梁秉華指出，開學習會時過程太嚴肅，阻礙推進；林夢影則抱怨沒有聯繫中心。何源清憶述由於大家都「莫財」（缺錢），開會時只有白開水，又沒有戶外活動，社員抱怨難免。唐文標三月八日第二次出席文生社例會，但沒有他的發言記錄。五月二日開始，文生社移師中環昭隆街十七號二樓會員梁翰成住所開會，這次會議是檢討文生社的缺失和展望未來的學習方向，會議議決以後學習以文學為標準，不再分組，社員以二十五人為限（當時有十六名社員），會議並正式推選何源清為社長。在這裏要補上一筆，由於文生社嫌手續麻煩沒有向政府註冊成為社團，嚴格來說屬「非法組織」，所以成立之初不對外公開社員名單，與會者只寫作「出席者」。直至五月二日那次會議，見風聲不是那麼緊張便正式在會議記錄寫上社員姓名，何源清正式任社長。這一天是唐文標第三次、也是最後一次參加文生社會議。接着的幾次會議主題分別談散文、談詩、談小說、談屈原研究……一九五四年二月七日文生社周年紀念，沒有慶祝儀式，只有「齋講」，由何源清主講「寫作前的應有準備」，岑崑南首次出席會議並即席對講題作出回應：「寫作前準備之共通點為一、找題材，二、用形式表現，三、定下調。」他又提到：「寫論文要參考書籍，又參考事物。」

何源清已於二零一八年二月仙遊，戰後香港第一個青年文社的社員現今只剩下崑南。

吳公儀、陳克夫比武的歷史文件

一九五四年在澳門舉行的吳公儀、陳克夫歷史性比武，到今天還有人在談論，當年兩個回合賽事只維持三分鐘便被總裁判何賢裁定「不分勝負」，吳陳和氣收場。這三分鐘卻成就了梁羽生、金庸新派武俠小說大放異彩。

現在我們可以在互聯網上重溫當年吳陳比武的片段。筆者手上有一份當年比武的慈善籌款文件，比較少見，拿出來和大家分享。這次武林講手乃出自香港太極拳師吳公儀的一次報紙訪問引起白鶴拳師陳克夫不滿，在武林人士慫恿之下，吳陳同意在擂台上決一高下，但香港法例不容許公開比武，如何是好？在澳門有關方面安排下，吳陳同意移師濠江比武，澳門官民乘勢把這場武林比武辦成慈善大騷，加插了八和紅伶義唱，美其名是替香港石硤尾木屋區火災和澳門貧民籌款。籌款委員會由梁昌當主任委員，兩位副主任是何賢和崔德祺，三人

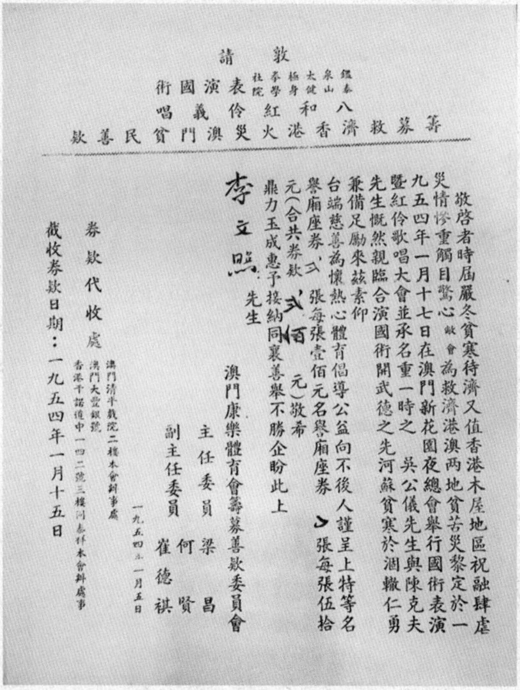

敦請
鑑泉太極拳社
春山健身學院
表演國術
八和紅伶義唱
籌募救濟香港火災澳門貧民善款

敬啓者時屆嚴冬貧寒待濟又值香港木屋地區祝融肆虐災情慘重觸目驚心敝會爲救濟港澳兩地貧苦災黎定於一九五四年一月十七日在澳門新花園夜總會舉行國術表演暨紅伶歌唱大會並承名重一時之 吳公儀先生與陳克夫先生概然親臨合演國術開武德之先河蘇貧寒於涸轍仁勇兼備足勵來茲素仰
台端慈善爲懷熱心體育倡導公益向不後人謹呈上特等名譽廂座券 貳 張每張壹佰元名譽廂座券 乙 張每張伍拾元（合共券款 貳佰 元）敬希
鼎力玉成惠予接納同襄善舉不勝企盼此上
李文照 先生

澳門康樂體育會籌募善款委員會
主任委員 梁昌
副主任委員 何賢 崔德祺
一九五四，一月五日

券款代收處
澳門清平戲院二樓本會辦事處
澳門大豐銀號
香港干諾道中一四二號三樓同泰行本會辦事處
截收券款日期：一九五四年一月十五日

吳陳比武慈善籌款認捐邀請信，由何賢、崔德祺、梁昌聯名邀請。

均是澳門響噹噹人物。筆者手上這份歷史文件就是由這三位名流聯名發函邀請各界認購名譽廂座券共襄善舉。

吳陳比武消息震動港澳，一九五四年一月十七日下午，比武場地的新花園萬頭攢動，先由澳督夫人剪綵、大會主席致詞，再由馬師曾、紅線女演唱粵曲，然後是武術表演。四時開始，兩位主角吳公儀和陳克夫先後登上擂台，觀眾屏息以待。四時十三分，拳賽公證人（總裁判）何賢宣佈比賽開始，陳克夫率先採取攻勢，頻頻向吳公儀發拳，把吳逼向繩網；然吳迅即反攻，其中一拳擊中陳肩。吳步步進逼，飛腳掃中陳腿部，公證人何賢鳴笛宣佈第一回合完。據當年報紙報道，此時台下觀眾已起騷動，吳陳顯然已動真軍，有人建議應中止比賽，但何賢為免觀眾失望，決定繼續賽事。

第二回合開始，陳克夫連環發拳，一拳擊中吳左手；吳以快拳還擊，陳胸部、手部、腹部先後中拳；陳還以飛腳，吳閃過後也以飛腳還擊。台下觀眾比前更騷動，何賢馬上鳴笛叫停，諮詢大會幾個負責人意見後，決定結束賽事，宣佈吳陳雙方「不勝不負不和」，和氣收場。事後報章有「賽後評」，其中一則這樣說：「吳公儀英氣迫人，誠然是此中能手。但陳克夫年少翩翩，鎮定不亂，亦屬難得。」

港澳兩地對這場比武議論紛紛，香港《新晚報》總編輯羅孚靈機一觸，決定由旗下編輯陳文統在報紙撰寫武俠小說。陳文統文史智識淵博，但未寫過武俠小說，不敢應承羅老總；但羅老總霸王硬上弓於一月十九日在報紙刊出預告，宣佈翌日開始連載《龍虎鬥京華》，陳文統唯有硬着頭皮以筆名「梁羽生」登場，自此便開始了新派武俠小說時代。一年之後，羅孚點名當時同在《新晚報》任職的查良鏞接住梁羽生登場，一九五五年二月八日金庸第一篇武俠小說《書劍恩仇錄》開始在《新晚報》連載，自此「金梁」並稱，金梁武俠小說踏入黃金年代。

吳公儀、陳克夫比武

吳陳比武，全場滿座。

港澳報紙以顯著篇幅報道吳陳比武

吳陳比武衍生梁羽生第一篇武俠小說
《龍虎鬥京華》

法官移師杜月笙公館審案

上海聞人杜月笙一九四九年從上海來到香港後刻意保持低調，但「杜先生」威名遠播，青幫門生眾多，堅尼地台杜公館常見賓客盈門，杜月笙身體抱恙多數拒見。一些名人官司又會扯到杜月笙身上，最轟動一次是名女人嚴靄娟狀告孫科（孫中山長子）不贍養其女兒，法庭要傳召杜月笙出庭作證；惟杜哮喘病不宜出門，主審法官羅顯勝特別移師到杜公館審案，杜月笙在公館一邊作供一邊吸氧氣。

嚴靄娟控告孫科不承認和她有夫妾關係，又控告孫科不養育女兒，法庭審訊內容多次成為報紙頭條新聞。嚴靄娟稱杜月笙清楚知道她和孫科的關係，要求法庭傳召杜月笙出庭。一九五零年五月二十六日杜月笙在寓所作供，法官和控辯雙方到杜月笙的寢室「開庭」，《星島日報》記者事後這樣報道：「杜氏作供時坐於沙發椅上，倚身於椅背，以枕支首，鼻官不離氧氣噴射以助呼吸之舒暢。」杜月笙作供時承認認識嚴靄娟，且曾代人按月給嚴款項，這些錢是吳經熊交給他轉交，而吳經熊曾請杜月笙勸嚴不要與孫科爭吵。杜稱只知嚴是孫科的

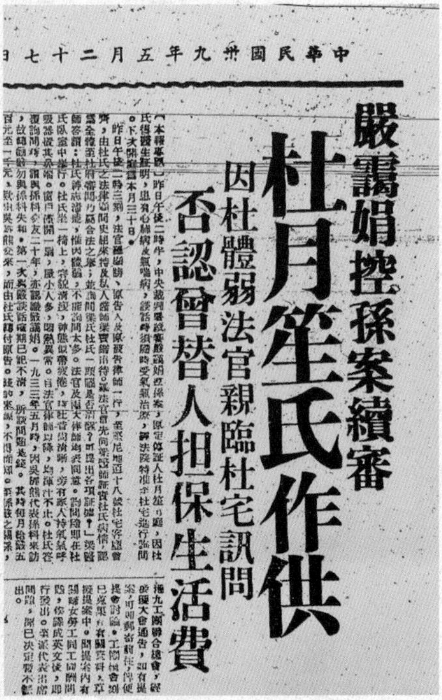
中華民國卅九年五月二十七日
嚴靄娟控孫案續審
杜月笙氏作供
因杜體弱法官親臨杜宅訊問
否認曾替人担保生活費

一九五零年五月二十六日，香港法庭移師杜公館審案，翌日報紙作頭條新聞報道。

「朋友」，不知嚴有兒女。

杜月笙斷斷續續作供兩小時，他向法官透露患哮喘病深重，兩個月來不出房門一步。嚴靄娟控告孫科案同年七月審結，法庭宣判嚴靄娟敗訴，因為她無法證明係孫科妾侍，官司就此了結。杜月笙作供後十五個月，病逝堅尼地台公館，翌年遷葬台灣。

杜月笙是於一九四九年五月二日乘坐渣華輪船公司寶樹雲號從上海抵港，輪船載來八百多名搭客，船在九龍倉碼頭泊岸。第一批離船搭客是杜月笙和他的家屬，即時引來碼頭一陣小小騷動。杜氏一行隨即轉乘小火船渡海，先到告羅士打酒店休息。二十多天後上海解放，杜氏一家再也回不去了。事實上，杜月笙踏上寶樹雲號那一

一九四九年五月二日杜月笙（右三）乘輪船從上海抵港

刻便沒有想過要回去。杜先生身體不好，在香港深居簡出謝絕無謂應酬，只在家中接見過港政客和青幫門生。

這位昔日上海灘皇帝對政局洞若觀火，深知在解放軍入城之前他若繼續留戀滬上，下場一定很悲慘，他甘願放棄一切，帶着美金攜帶家眷倉皇辭廟。之後，國共兩黨都派員到香港軟硬兼施勸杜月笙回上海或到台灣，毛澤東甚至出動章士釗游說；章士釗三日兩頭到杜公館病榻前噓寒問暖，杜始終不為所動。杜的結拜兄弟另一位上海大亨黃金榮一念之差留滬不走，後來被迫寫「悔過書」並響應國家「改造」號召，以風燭殘年之身在自己當年發跡的英雄地掃馬路，身心受盡淩虐，一九五三年六月去世。

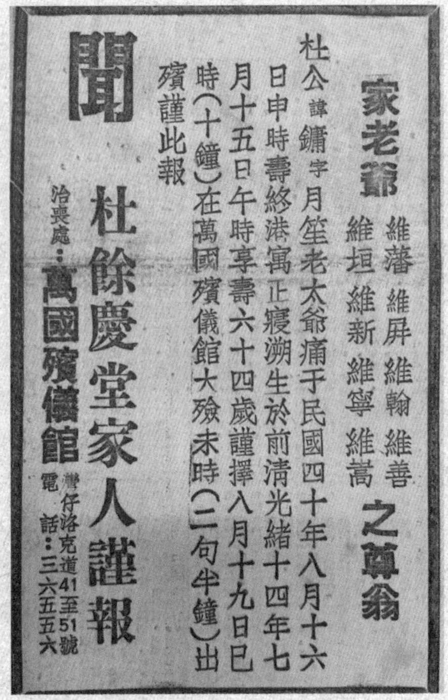

家老爺 維藩 維屏 維翰 維善 維垣 維新 維寧 維嵩 之尊翁

杜公諱鏞字月笙老太爺痛于民國四十年八月十六日申時壽終港寓正寢溯生於前清光緒十四年七月十五日午時享壽六十四歲謹擇八月十九日巳時(十鐘)在萬國殯儀館大殮未時(二句半鐘)出殯謹此報

聞

杜餘慶堂家人謹報

治喪處：萬國殯儀館 灣仔洛克道41至51號 電話：三六五五六

杜月笙一九五一年八月十六日病逝香港，杜家翌日在報章刊登訃聞。

杜月笙出殯，殯儀館外送別者眾。

六七暴動文宣大戰

一九六七年香港暴動（左派陣營稱之為：反英抗暴鬥爭）的發生，有近因亦有遠因；近因是受文化大革命極左思想影響，遠因則與六十年代香港受制於世界冷戰格局有關。前者已是人所共知的事實，後者因為主要表現在文化輿論方面，香港一般民眾沒有貼身的感覺，不容易把它和以後的六七暴動聯繫起來。

事實上，國共和英美從五十年代開始已利用香港作為冷戰的博弈場所，香港文化界成為國共兩派爭奪的陣地，形成「反共」與「反帝反殖」兩大陣營。有中國問題專家認為，由於毛澤東於五十年代大肆宣揚要向全世界輸出革命，這亦是美國為甚麼銳意要在香港設立反共橋頭堡打宣傳戰。因此，冷戰時期的意識形態鬥爭在這小島上早已埋下火種，到了一九六七年火種在極左思想煽動下便一發不可收拾。六七暴動期間，香港除了滿地真、假炸彈之外，文鬥已升級至口號式的謾罵，各類書刊、傳單、大字報、小字報、戰鬥小報紛陳，港英政府也以其人之道還治其人之身，印製了大量宣傳刊物予以還擊。筆者試圖根據上述脈絡從文化角度看六七暴動，並以暴動期間出版的刊物說明左派與港英政府的文宣攻勢。

六十年代各種思潮在世界各地激盪，大學生反建制反傳統，他們宣揚和平反越戰，在政治方面是要求民族自主，反對殖民主義。然而，這些思潮並沒有在香港引起太大回響。雖然港英政府施政一直以來實施高壓政策，底層市民生活困苦，但因市民對政治冷感，很怕公開談政治，社會不存在公開反殖傾向，直至一九六六年天星小輪加價引發騷亂，社會才有些微的反抗聲音。那時期最高學府的香港大學學生，也甚少對時局發表意見，從美國回來的劉紹銘博士看不過眼，特別在一九六七年八月的《明報月刊》撰文呼籲大專學生衝出象牙塔，叫他們多些關心社會事務。

大專學生尚且如此，一般民眾更不消說了。然而，政治看似不存在卻處處在，從五十年代開始，香港已成為以美國為首的西方集團圍堵紅色中國的前哨基地。美國政府透過亞洲基金會出資成立友聯出版社，出版《中國學生周報》、《兒童樂園》、《大學生活》、《祖國》；亞洲出版社也拿了大筆美元資金出版叢書和拍電影。此外，美國新聞處高薪聘請在港一批文化人編譯寫《今日世界》叢書和反共小說，張愛玲就在當時寫了《秧歌》和《赤地之戀》。五、六十年代香港「美元文化」無孔不入，造就了大批後來在香港文化界佔舉足輕重地位的文化人，友聯當年標榜的「民主政治、公平經濟、文化自由」，被奉為圭臬。那邊廂，同時期的左派系統也出版大批刊物抗衡，你有《中國學生周報》、《兒童樂園》，我就出版《青年樂園》、《小朋友》。除此之外，報業、電影、教育都涇渭分明，左派有《大公報》、《文匯報》、《新晚報》，右派也有《香港時報》、《工商日報》、《星島日報》等等。因此可以說，市民不熱心政治，但文化界和輿論界卻在積極角力。港英政府對國共雙方在港爭奪輿論陣地都能容忍，只是偶爾把一些在政治上特別活躍分子驅逐出境。

在港英政府的相對較寬鬆政策下，六十年代國共傾力透過報紙展開罵戰，「毛匪」、「蔣幫」等字眼常見諸報端。當年的黨派政治鬥爭連立場相對中立的報人也給扯進去，查良鏞先生便是其中一位主角。事緣一九六三年十月副總理兼外交部長陳毅講了「當了褲子也要造核子彈」的說話，《明報》創辦人查良鏞持相反意見，發表〈寧要褲子 不要核彈〉的社論，隨即引來五大左報：《文匯報》、《大公報》、《新晚報》、《晶報》、《商報》的圍攻，指罵查良鏞為「漢奸」、「走狗」。六七年暴動期間，《明報》支持港英政府鎮壓暴動，氣氛緊張，查良鏞基於人身安全，最後避走新加坡一段時間。這個例子，足以證明左派輿論在暴動前幾年已充滿戰鬥思想。暴動前，國共輿論戰已趨白熱化，由於雙方沒有試圖去挑戰港英政府的統治，政府也就不干涉兩派的政治宣言；然而，這卻壯大了左派的膽量，這亦說明為甚麼在六七暴動開始不久，左派的報紙和大字報便有「我們必勝、港英必敗」「敵人不投降、就叫他滅亡」等極煽動文字。

一九六六年五月北京開始了文化大革命，但主管香港事務的廖承志說香港不搞文革，香港左派團體都袖手旁觀，在其後的半年裏沒有在香港搞運動響應，左派報章港聞版絕少刊登煽動人心的消息。直至北京極左派上台，澳門發生「一二·三事件」，澳葡政府向澳門左派投降後，香港左派才有樣學樣部署「滅英帝國主義的威風」。一九六七年新蒲崗香港人造花廠的工潮就成為他們的啟戰「良機」。五月六日工潮擴大，很快便觸發左派工人和警察的暴力衝突，揭開六七暴動序幕，第一批大字報在幾天之內便貼滿現場大廈牆壁。五月十一日《大公報》第五版便出現第一張諷刺警察的漫畫：一隻戴着警帽的紙老虎。漫畫寫上標語：「帝國主義和一切反動派都是紙老虎」。之後，左派的大字報和海報排山倒海般出現在港九街頭，足見左派動員能力的強勢。六月二十一日《大公報》便以「標語、大字報貼遍全港九」為題發表社評。社評引用毛澤東的談話說：「大字報是一種極其有用的新式武器，城市、鄉村、工廠、合作社、商店、機關、學校、部隊、街道，總之一切有羣眾的地方，都可以使用。已經普遍使用起來了，應當永遠使用下去。」同一天的社評又指出：「連日來，港九各地出現的大字報、標語更多了，由公園內的英女皇銅像石躉，到舊兵房、英國銀行、郵局、官立學校，以至廉價屋等行人眾多的地方，都貼上了標語、大字報。港英的爪牙到處去洗刷，大有疲於奔命之概。這些標語、大字報是洗刷不完的，……」左派揚言把大字報標語貼遍港九，「連戴麟趾走路的飛機也貼上」。

除了大字報標語外，左派不停開動印刷機，印製大量書刊，五月份便出版了《香港英國當局必須懸崖勒馬》；《人民日報》一系列評論員文章發表後的幾天內，香港便有小冊子出版。當年曾帶領左派出版界遊行往港督府抗議的蕭滋回憶說，左派書店職工情緒高昂，經常不眠不休趕印《毛語錄》和「抗暴刊物」。根據香港歷史檔案館許崇德搜集得的暴動期間書刊名單，和筆者近年收藏的暴動書刊資料，可以整理出大概輪廓，六七年左派出版的「抗暴書刊」，比較著名和有代表性的包括：

一、《港英法西斯的「五·二二」暴行》，香港三聯書店出版，譴責警察五月二十二日在中區花園道用非常武力對付前往港督府抗議的人群。

二、《新蒲崗血案真相》，六月出版，由《香港商報》記者集體採訪，指責港英當局對工人和居民進行迫害。

三、《是誰的暴行?》，《大公報》六月出版，圖冊內大量使用咒罵的宣傳手法攻擊警察。形容警察是「港英鷹犬」、「法西斯豺狼」等等。

四、《五月風暴》，九月出版，《香港商報》記者集體採寫，論述人造花廠工潮、花園道流血事件，以及法庭審判過程。

五、《港九同胞反英抗暴鬥爭大事記》，由鬥委會於六七年五月至十二月期間每月出版一小冊子，記載抗爭事件大要。

香港左派編印的「反英抗暴」刊物

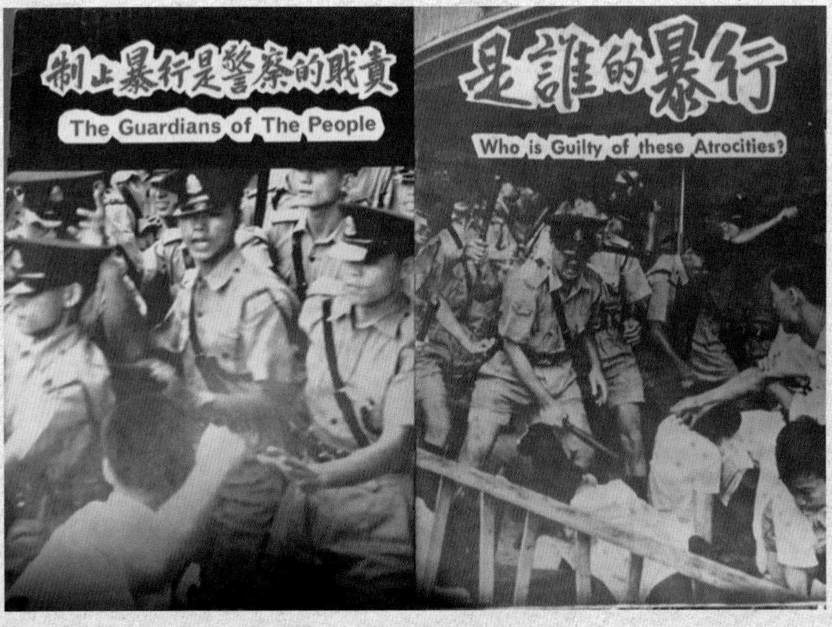

港英政府的宣傳刊物（圖左），與左派的宣傳對比。

左派鬥委會油印的宣傳單張

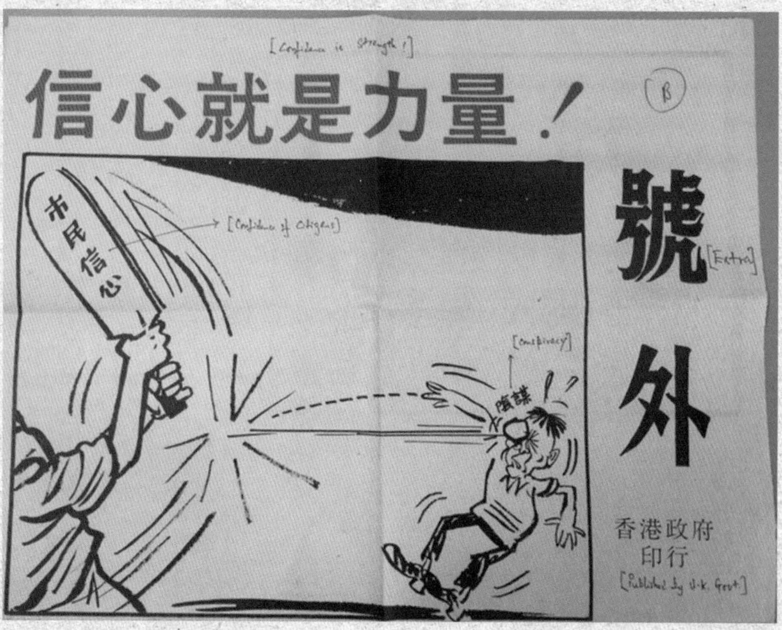

港英政府的宣傳海報

六、《香港風雲圖錄》，十月出版，敍述五月四日至六月三十日抗爭經過。

七、《我們必勝！港英必敗！》，《大公報》十一月編印，乃《是誰的暴行？》的續編。編者在編後記説是希望透過這本圖片集「把五個多月來的反英抗暴鬥爭的各種過程，描畫出一個簡略的輪廓來」。此書的前言指出：「不把港英鬥垮，鬥臭，誓不罷休！」

八、《香港風暴》，鬥委會六八年一月編印的第二次版，總結半年來反英抗暴鬥爭經過。雖然暴動到六七年底已無以為繼，鬥委會仍然在此書的開卷語説「紅旗漫捲西風」，「把反英抗暴進行到底，不獲全勝，決不罷休！」

左派在暴動期間出版的「抗暴書刊」遠不止此數，左派書店不斷印發《人民日報》評論員文章的小冊子，左報不時引發「號外」警告港英當局，從宣傳上來説很有威勢。八月下旬，當三份左報：《香港夜報》、《新午報》、《田豐日報》被港英政府勒令停刊後，左派便以油印方式出版大量「抗暴小報」，短短兩個月便增加到五百多份。八月二十七日的《大公報》這樣形容這些油印小報：「抗暴小報評論鋒刃稜稜　刺向港英迅猛尖鋭有力」。左派的文宣充滿感情色彩，文字甚富挑釁性和戰鬥性，在鼓動人心效果上遠勝於港英政府。

然而港英政府的「心戰室」也不是省油的燈，當左派在文宣上有甚麼動作，港英政府的特別宣傳小組便緊跟。例如左派報紙於五月七日開始大量刊登「群眾來信」支持反英抗暴，港英政府便發動社團領袖表態支持鎮暴。五月二十四日港英政府於《明報》刊登整版「支持政府 維持和平」的廣告，有近三百個社團和領袖聯署，其他非左派的報章也先後刊登類似支持政府的聲明。政府檔案館現時還保存着不少社團領袖撐政府的信件。另一方面，左派印發海報和號外，港英政府也照辦煮碗。筆者見過寫明「香港政府印行」的號外和海報就有：「信心就是力量」、「我們要珍惜可貴的自由」、「我們要安居樂業」、「不容搗亂份子破壞新界的繁榮」、「謠言止於智者」等等。此外，左派印製圖冊《是誰的暴行？》辱罵警察，港英政府便匿名編印設計風格幾乎一模一樣的圖冊《制止暴行是警察的職責》撐警。

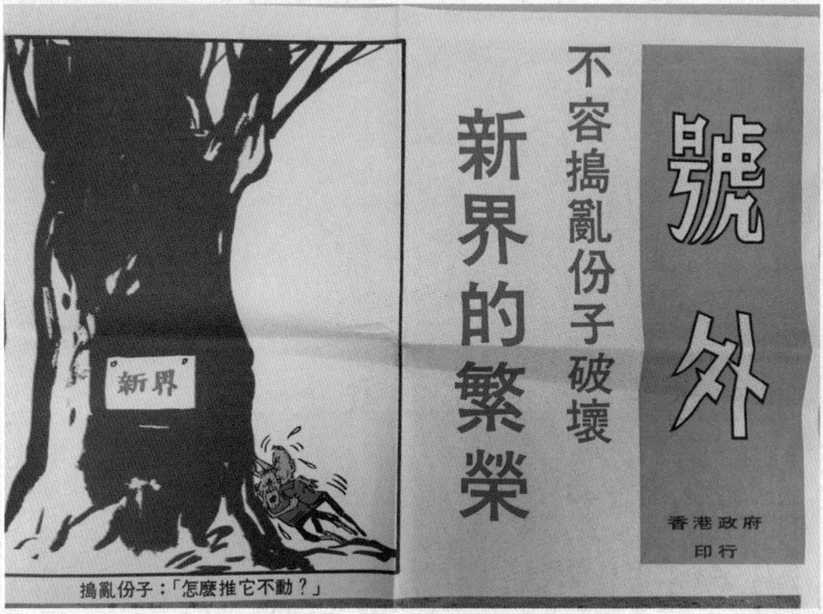

港英政府印發「號外」海報，抗衡左派的宣傳攻勢。

香港左派的宣傳海報

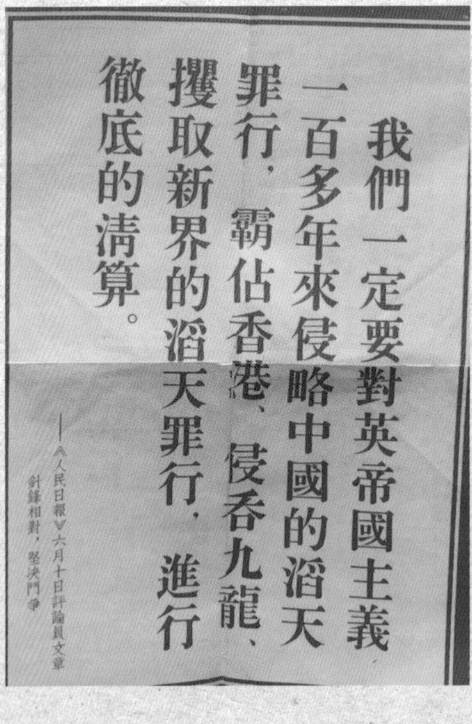

我們一定要對英帝國主義一百多年來侵略中國的滔天罪行，霸佔香港、侵吞九龍、攫取新界的滔天罪行，進行徹底的清算。

——《人民日報》六月十日評論員文章

針鋒相對，堅決鬥爭

香港左派鬥委會印發《人民日報》評論員文章

當年的右派報紙一面倒支持港英政府，其中國民黨的《香港時報》除落力在報紙上譴責左派暴徒之外，更效法左報出版了一本小書：《吳叔同揭露港共暴亂真相》；吳是出版界鬥委頭頭之一，在暴動發生後三個月投奔到台灣，他在書中列舉多個例子說明左派如何不得人心。六七年十月一份極右刊物《萬人雜誌》創刊，它以「啜核抵死」的文字大肆鞭撻左派暴徒，不惜和左派宣傳機器「打爛仔交」。後來在大專學界頗有影響力的《盤古》月刊，於六七年年初創刊，它在五月二十二日的第三期社論中已呼籲每個香港人挺身而出維護香港的安定與繁榮。六八年一月，一本由右派文化界出版的圖錄《香港動亂畫史》，用中文、英文和日文編印，出版人說「謹以此書紀念維持香港治安的殉義者」。由此可見，香港輿論，除了左派之外，都是支持政府維護治安。港英政府最有效的宣傳武器莫過於控制了大氣電波，官方的香港電台和商營的商業電台全力支持政府鎮壓暴動。六七暴動爆發後不久，商業電台播音員林彬在《欲罷不能》的節目中，極盡挖苦「左仔」，斥之為「卑鄙、無恥、下流、賤格」。林彬的節目在基層群眾中很有影響力，結果，他於八月二十四日駕車上班途中被擲汽油彈活活燒死。

六七年底暴動基本平息後，港英政府「乘勝追擊」，把宣傳策略聚焦在「香港是我家」，向本土意識靠攏，市民因此愈來愈關心香港事務。暴動帶來的積極影響，是市民敢向殖民地政府說不；七十年代開始，爭取平等、公義的社會運動風起雲湧，加上經濟起飛，香港一步一步走向文明成熟。

六七暴動雖然是香港戰後歷史的分水嶺，但一直少人研究，這方面的學術性刊物寥寥可數，直至新聞工作者張家偉二零零零年出版了《香港六七暴動內情》，才填補了六七暴動研究的空白。二零零一年另一位資深新聞工作者梁家權根據英國的機密檔案寫成《67暴動秘辛——英方絕密曝光》，從此，英國檔案成為研究六七暴動的重心。二零一二年張家偉再出版《六七暴動：香港戰後歷史的分水嶺》，根據已解封的英國檔案，更細緻的剖析暴動前因後果。二零零九年葉健民教授和畢可思教授（Robert Bickers）編輯出版 *May Days in Hong Kong: Riot and Emergency in 1967*，是第一本由香港和外國學者共同撰寫的六七暴動書籍，十位學者分別從國際政治大氣候和中國文化大革命角度探討六七暴動的發生。

葉健民教授於二零零七年五月在香港城市大學主持召開了「六七事件四十周年研討會」，邀請了暴動期間的左報記者、被捕左派校長的親屬、警察、船塢工人、公務員、學生、少年犯出席發表當年親身感受。發言內容附錄於 *May Days* 這本書裏，在當時而言是很珍貴的記錄。這次研討會最具歷史意義的就是為左派人士打開了禁區，鼓勵了更多的六七暴動當事人公開談論六七問題（一九九八年原《文匯報》總編輯金堯如已出版了《金堯如香江五十年憶往》，提及六七暴動左派的鬥爭策略）。二零一四年羅孚（原《新晚報》總編輯）再為香港式的文革致歉。羅孚說：「我不要求諒解，因為我並不原諒自己。」（原文刊《我重讀香港》，羅孚著）。六七年承印被封三份左報被捕繫獄的南昌印務經理翟暖暉，亦於二零一四年出版《赤柱囚徒——翟暖暉憶「六七暴動」》回憶六七暴動他的所見所聞。文革時任職外交部的冉隆勃和馬繼森，二零零一年在港出版了《周恩來與香港「六七暴動」內幕》，披露了「反英抗暴」鬥爭方案制訂過程和周恩來扮演的角色。

這些年，六七成為熱門話題，當年入獄的少年犯（俗稱 YP）不少已進入七十之齡，當中有人希望討回公道或期望社會能夠聆聽他們的聲音。火石文化為此出版了幾本「六七年那些人和事」系列書籍，包括《火樹飛花》、《傷城記》、《印象六七》，這些雖不是學術研究刊物，作者和受訪者也有自己的立場。然而，他們所說的，至少代表了部份人多年來希望表達的心聲。筆者期望日後各方能公開更多檔案，讓六七暴動的研究提升至更高層次。

神州書店老闆販書追憶

神州書店店主歐陽文利和新亞書店老闆蘇賡哲，是香港舊書買賣行內兩大長老，兩人販書逾半世紀，聞名境內外。愛書人都企望他們出書回憶書壇舊事，蘇賡哲很早已在寫《舊書商回憶錄》，惟遲遲未肯出書，結果給歐陽文利飲了頭啖湯。

二零二一年七月香港書展結束前三天，出版社從印刷廠把歐陽文利新鮮出爐的《販書追憶》送到展場，即刻引來搶購。筆者第一時間拿起新書細讀，半世紀以來的獵書情景逐一浮現眼前。書中一些場景是我熟悉的，但很多「秘聞」是歐陽文利首度公開，例如他未開神州書店之前，有好幾年是在集古齋打拼幹活。他一九五七年入集古齋由學徒做起，那時他十三歲，差半年才小學畢業，但已被父親帶去見工，從此便決定了歐陽文利一生與舊書業的不解之緣。歐陽文利在集古齋打通任督二脈，學曉了書畫市場經營竅門，後來被調到啟文書局協助營銷，開始替公司到書攤買舊書轉售外埠。歐陽文利不久便返回集古齋負責舊書部，多了機會出差到內地，結識不少出版同業。一九六五年，歐陽文利離開集古齋自立門戶創辦神州

歐陽文利鎮守神州書店柴灣大本營，幸福、快樂。

歐陽文利的《販書追憶》
勾起筆者不少獵書回憶

書店，先後在中環伊利近街、皇后大道西雀仔橋對面、皇后大道中鹿角大廈作小本經營，一九七一年十月始遷至中環士丹利街三十二號。

士丹利街三十二號乃歐陽文利發跡之地，誰會想到在這裏會誕生一位身家過億賣舊書的人，聽來像神話故事，但真的發生在歐陽文利身上。歐陽文利與業主訂立八年租約，但租了兩年業主逼遷；幾經交涉，業主同意以五十七萬元把地舖連閣樓賣給歐陽，歐陽四出籌措借貸才能完成交易，當時他還不知道幸運之神已降臨！二零一二年發展商收購整幢大廈重建，歐陽「被迫」賣舖。多年來，歐陽文利對賣舖一事非常低調，很少人知道他獲利多少，大家估計一定很「和味」。趁着他的新書出版，我冒昧問歐陽：「有冇一億？」歐陽笑笑口答：「差少少。」即是說，接近一億元啦。有位對風水有研究的朋友力主歐陽置業，「有土斯有財，有錢一定要買樓」。之後，歐陽一有閒錢便買樓。二零零七年，歐陽文利以四十二萬元用樓花方式買下柴灣利眾街工業大廈一個三千二百呎單位，作為現時神州書店的貨倉兼門市，當時呎價只是一百五十元左右，現時已漲至五千至六千元！

除了投資眼光厲害之外，歐陽文利鑑別書籍眼光也很獨到，他大半生閱書無數，好書一定逃不過他的法眼；過眼書籍也牢記腦海裏，哪位顧客要哪類書，賣過甚麼書給誰，他都一清二楚。歐陽文利有兒子媳婦孫兒協助打理店務，早已可以退休頤養天年，但他每天仍然在柴灣工廈守着數以萬計（可能十萬計）的舊書。歐陽說他每天看見成千上萬的書，心裏有說

中環士丹利街神州書店舖位，二零一二年以近億元賣給發展商。

歐陽文利早年在書店打工，學曉舊書買賣的竅門。

不出的快樂，畢竟，舊書給他帶來一生的幸福，沒有舊書，就沒有今天的歐陽文利。

歐陽文利有說不完的故事，讀者要知道歐陽先生創業經過，以及香港半世紀以來舊書業歷史，《販書追憶》不容錯過。筆者期待香港另一位「販書之神」、新亞書店的蘇賡哲博士早日出版新書，他的精彩販書故事肯定不會比歐陽文利遜色。

香港「書神」許定銘

七十年代以後，香港有兩位本土作家寫書評寫得很出色，一位是黃俊東，另一位是許定銘。黃俊東比許定銘稍早出道，很早已在《明報周刊》用筆名「克亮」寫「書話集」，他兩本著作《書話集》和《獵書小記》一度成為香港舊事拍賣場的傳奇故事。「東叔」移民澳洲後減少筆耕，早幾年因輕微中風令到右手不能執筆，停止寫作。另一方面，許定銘則繼續寫，而且愈寫愈起勁，新書出完一本又一本。

許定銘年逾七十，他中學開始已和書結下不解之緣，從讀書、買書、教書、開書店賣書到寫書出書，都是活在書的世界裏。許定銘自言畢生與書結緣：買、賣、藏、編、讀、寫、教、出版，八種書事集於一身，花甲以後自號「醉書翁」。他從事寫作超過五十年，早年埋首於新詩、散文及小說的創作，近二十年專注於「書話」的評介。他寫的書話先後結集出版，包括《醉書閒話》、《書人書事》、《醉書室談詩論人》、《醉書隨筆》、《愛書人手記》、《醉書札記》、《書鄉夢影》和《醉書小站》等，都是愛書人必讀的書。

香港書神許定銘

八十年代，小思老師和陳子善造訪許定銘在北角的書店。

許定銘多年前已被內地讀者冠以「香港書神」稱號，他並非浪得虛名，百分百實至名歸。他寫的書評在當今香港以至海峽兩岸來說，都是高手中的高手，因為他寫的是中國現代文學評論，這個範疇沒有人比他更熟悉。一九一九年至一九四九年的中國作家和他們的作品，許定銘都能隨口說出來，我常形容他是中國現代文學評論的活字典和百科全書。

許定銘一九六二年涉足香港文壇，他開始接觸三十年代中國作家的作品是施蟄存的小說，一看之下不能釋手，隨而引起他搜集三十年代舊書的興趣。剛好遇上香港六、七十年代是讀舊書的好時年，內地、台灣的文學禁書盡在香港，許定銘走遍大小書店搜購，「皓首窮經」，終於修成正果，成為「書神」。許定銘買書賣書積下幾十年經驗，聽他講香港書店的故事，好比在聽白頭宮女說咸豐往事，聽得入神。

金庸在《碧血劍》上題簽

查良鏞（金庸）先生二零一一年替我在《碧血劍》上題簽的那一刻，至今仍然歷歷在目，他那愛護晚輩的態度令人難忘。

二零一一年七月十三日傍晚，我在街上忽接陶傑來電：「喂，你不是要老查的簽名嗎？把你套《碧血劍》帶來。我們正在港島香格里拉酒店中菜廳。」聞言馬上回家拿起一套五冊的《碧血劍》乘的士趕到香格里拉，原來澳門大學正在宴請查良鏞先生，筵開兩席，出席者有謝志偉博士、前廣播署長張敏儀、李純恩、陶傑等等，查先生似早已知道我來意，笑容滿面招呼我坐在他身旁。這套《碧血劍》乃六十年代三育圖書公司初版，是我之前在舊書拍賣

查良鏞（左）細看《碧血劍》版本

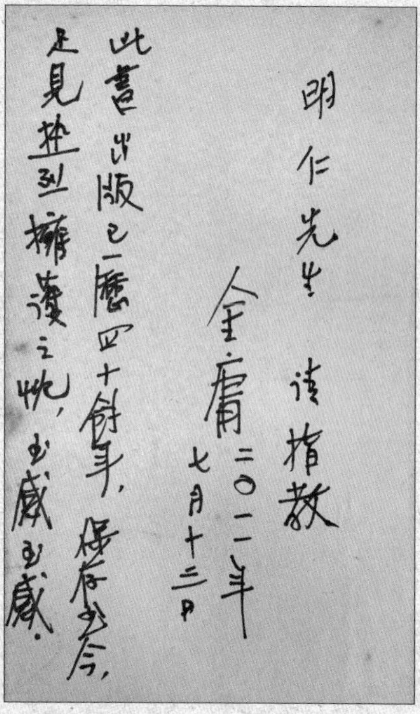

查良鏞在《碧血劍》上題簽

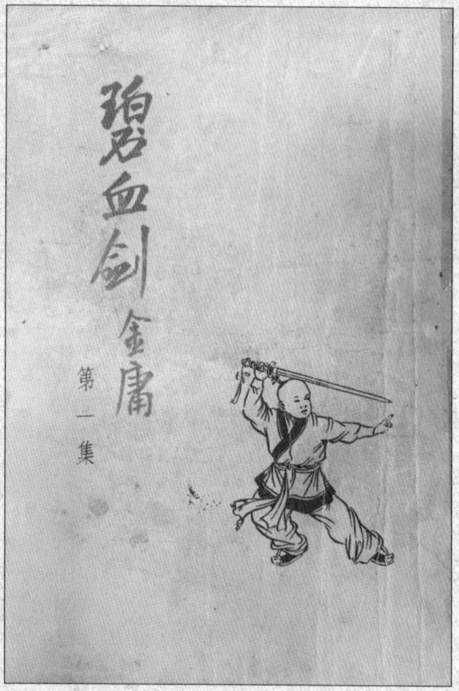

《碧血劍》第一集

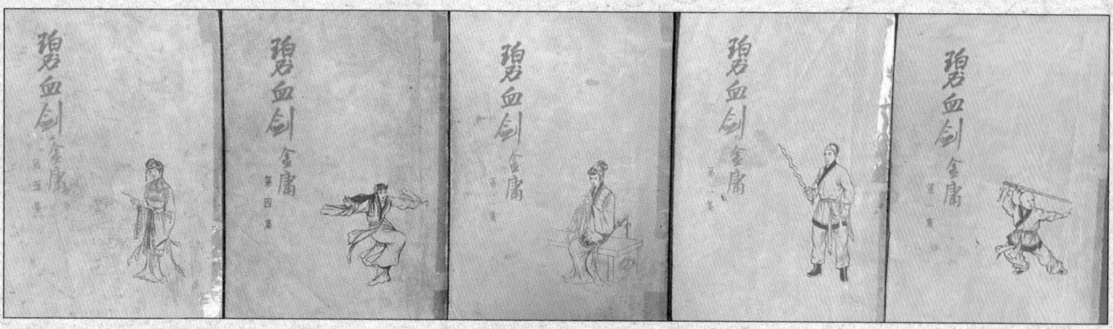

《碧血劍》初版全五集

會拍得的，我曾拜託陶傑如果見到查先生請通知我，我要帶書給查先生簽名，果然不負所託。

查先生當天拿起《碧血劍》第一冊，並沒有馬上落筆，而是拿在手裏來回摩挲，似在驗證此書並非翻版書（查先生不會在翻版書簽名，曾有一位很有名氣的商人曾經拿了一本翻版書請查先生題簽，被查先生拒絕）。另外，我估計查先生正在盤算應該寫些甚麼。幾分鐘後，查先生在書頁寫下：

明仁先生　請指教

此書出版已歷四十餘年，保存至今，足見熱烈擁護之忱，至感至感。

金庸　二零一一年七月十三日

張敏儀臨時充當攝影師，用我的手機把整個簽書過程拍下。這輯照片很珍貴，朋友看見都垂涎三尺。朋友説，查先生晚年已減少應酬，一次過在讀者書本上寫那麼多字很難得。二零一一年見查先生時候，查先生還很精靈，有説有笑，幾年後他身體健康狀況走下坡，直至二零一八年與世長辭。

金庸的初版武俠小説近年已成為拍賣會熱搶項目，拍賣價令人咋舌，其中一本薄薄的《鴛鴦刀》竟然以超過四萬元拍出。筆者手頭上也有一本《鴛鴦刀》，連同《碧血劍》簽名本放在一起，正好是「刀劍合璧」。

黃永玉記掛着的豉油畫

上世紀四十年代黃永玉在香港隨意寫了一幅「豉油畫」，成就了一段香港文人「患難之交」趣事，七十多年後黃永玉仍然記起這故事，主動在訪問中說出來。筆者有幸見過該幅豉油畫，也算得上是這樁文壇逸事的邊緣見證人。

該幅獨一無二的豉油畫，只有一張A4紙大小，是黃永玉即席在餐廳用餐桌上的豉油（醬油）作顏料塗在白紙上，幾條熱帶魚活靈活現。當年「塗鴉」之作，現在已成為珍品。以金錢衡量，它的價值遠遠比不上黃永玉現時動輒千萬元的大畫，但在香港文化史上也堪記一筆，因為當中牽涉的都是後來響噹噹的人物。除了黃永玉本人之外，其他主角包括查良鏞、梁羽生和葉靈鳳，而且更涉及黃、查、梁三人的「糗事」（瘀事），原來當年某天三人用完餐才發覺無錢埋單，當天如果沒有葉靈鳳趕來打救，三人或許會被報警「送官究治」。事發場景是上世紀四十年代香港灣仔道的美利堅餐廳。二零一八年九十四歲的黃永玉在湘西鳳凰古城接受央視董卿訪談時主動提起這件舊事，可見此事對黃永玉來說還是那麼「刻骨銘心」。

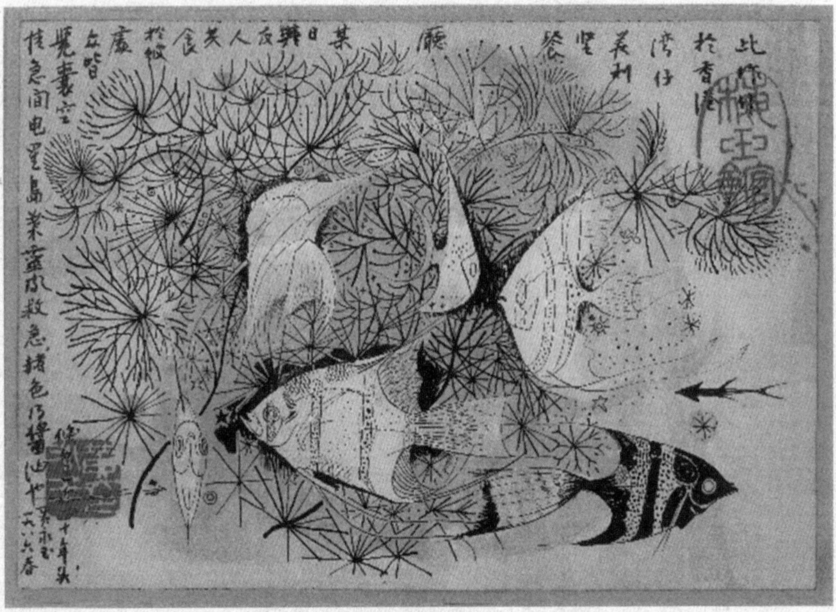

黃永玉七十多年前在香港美利堅餐廳隨意繪畫的「豉油畫」

我們就讓黃永玉在訪談中的自說自話來回憶逾半世紀前在香港隨意創作該幅豉油畫的來龍去脈：

> 我們在一個小飯店，叫做美利堅。結果呢，大家都沒有帶錢，那怎麼辦呢？吃了人家的東西了。《星島日報》就在不遠，我們就打個電話請葉靈鳳先生來，我見那個飯店有個魚缸，魚缸裏面有很多熱帶魚，我就畫了一張熱帶魚，拿辣椒油醬油塗塗顏色，葉先生就拿去發表了。

當天，黃永玉是約了查良鏞和梁羽生到美利堅餐廳吃飯，他們是《大公報》同事，飯罷找數時幾個大男人才發覺沒帶錢，

梁羽生

葉靈鳳

黃永玉

查良鏞

情急下唯有打電話給葉靈鳳求助，當時葉靈鳳正在附近的《星島日報》上班。等候間黃永玉閒着拿起一張白紙對着餐廳的金魚缸的魚群速寫起來，三幾筆便把幾條熱帶魚畫得栩栩如生，再用餐碟上的豉油塗色，一幅獨一無二的豉油畫由此誕生。葉靈鳳匆匆從報館走來美利堅埋單，黃永玉把剛才的「塗鴉」當作畫稿交給葉靈鳳拿去發表，黃笑言葉靈鳳今次救難當作預支稿費好了。筆者聽過文壇前輩說，他曾在一份畫刊見過該幅豉油畫，但忘記是哪一份。二零一八年黃永玉對董卿說，那一天的數年後，他在香港開畫展竟與豉油畫再見面：「有一個人拿了這張畫給我，讓我再看一看簽個字，我就簽了。」原來，葉靈鳳把豉油畫發表後，原稿送給畫家黃蒙

羅琅

田（黃茅）。若干年後，黃蒙田再把豉油畫轉贈香港鑪峯雅集會長羅琅，我就是從羅琅那裏知道這個轉贈故事。豉油畫去到羅琅手上時多了一段黃永玉親筆補記的文字，令豉油畫更具歷史價值。黃永玉這樣補記：

此作作於香港灣仔美利堅餐廳，某日與友人共食於彼處，眾皆覺囊空，情急間電星島葉靈鳳救急，赭色乃醬油也，倏忽已近四十年矣。黃永玉，一九八六春。

早幾年，鑪峯雅集每個星期日都會在北角新都城大廈的酒樓茶敍，風雨不改。雅集已有六十年歷史，茶敍始於上環，後來逐漸東移，最後去到北角。過去六十年，鑪峯雅集經歷了幾代文化人，他們或多或少見證了戰後至現在香港文壇的歷史。每個星期日這班「白頭宮女」都在細說當年，雖是吉光片羽，也令人回味。我是最後一個加入雅集的成員，大約在二零一三年由許定銘介紹入會。三年前，鑪峯雅集因為會長羅琅年事已高而宣告暫時「休會」，每週一會的雅集就停辦了。鑪峯雅集的名字仍在，仍然保持着香港最長壽文化團體的紀錄。羅琅會長幾次在雅集上提起黃永玉豉油畫的故事，並向我們展示了豉油畫的影印本。有一天，羅會長邀請我到他北角健康村家裏欣賞豉油畫真蹟，羅先生說畫中的豉油本來是很深色的，經歷七十多年，褪色了，但幾條熱帶魚仍然很「生猛」。幾年前，豉油畫還鑲嵌在鏡框裏掛在羅家客廳，記得有一天羅琅叫我向香港蘇富比拍賣行張超群打探有沒有興趣把豉油畫拿去拍賣，念及這幅小品的成交價不會很高，我建議羅先生還是放在身邊留個紀念吧，漸漸大家也就忘記此事。兩年前，我們跟羅會長失去聯絡，鑪峯雅集沒有人可以找到他，連羅先生的街坊兼老朋友梅子先生也沒有他的消息，後來輾轉知道羅先生入了老人院，但不知是哪一家，無法探望。羅先生已離開健康村舊居，不知掛畫仍在否？

黃永玉、查良鏞、梁羽生當年用餐的美利堅餐廳，也算是灣仔道上的地標，它和《星島日報》在同一條街上，葉靈鳳在《星島》主編副刊，美利堅餐廳就成為他和朋友、作家常去的「飯堂」，美利堅餐廳的名字經常出現在葉靈鳳的日記裏。餐廳開業時只有英文名稱 American Restaurant，

一九四八年開業的美利堅餐廳，位於灣仔道一五一號，即圖中右側。

專做西餐，後來請了山東大廚，改營京菜後才加上中文名「美利堅京菜」。多年後美利堅搬到駱克道。黃永玉今天仍記得灣仔道美利堅的童子雞做得很出名。

黃永玉一九四八年從上海來港，住在新界葵青的九華徑。九華徑原名為「狗爬徑」，因為以前山路陡斜，村民要像野狗般爬行上山，後來才改作九華徑。黃永玉在董卿的訪談中憶述：「（九華徑）是一個海灣，主要的是（租金）便宜，很多的重要的文化人都在那，郭老（郭沫若）、茅盾都在，各種各樣來的人，我都幫他找房子，後來他們開玩笑叫我作保長。」九十四歲的老人，對七十多年前的舊事仍然歷歷在目。

黃永玉初來港謀生時二十四歲，他進入《大公報》和查良鏞、梁羽生共事，黃在美術部門，查良鏞任電訊翻譯、梁是副刊編輯，三人同一辦公室成為好友，這便說明他們仨為何會相約一起在美利堅餐廳吃飯。三條「光棍佬」幾乎上演吃霸王餐的有趣場面，幸好最後來了一個完美結局。黃永玉當天無意之中把他塗寫的一幅豉油畫留在香港，這個話題竟可延續超過一個甲子。難得的是年近百歲的國畫大師仍惦記着自己這幅豉油畫。

岑凱倫和依達

幾十年前，香港的作家不輕易以真面目示人，女作家尤其神秘，讀者只能從她們的著作去幻想偶像是甚麼樣的人。上一代（或幾代）名女作家例如鄭慧、十三妹、岑凱倫等等，都是多產作家，但甚少公開露面；特別是十三妹，她先後在多份報章寫專欄，但從不直接接觸報館中人，稿件由專人送到編輯部，有事便電話聯絡。岑凱倫也神隱了幾十年。

寫「鐵拐俠盜」系列小說的馬雲曾向筆者憶述驚見岑凱倫一幕，老馬說得動聽，充滿岑凱倫小說情節。馬雲說很多年前某天，新加坡一個文化機構派代表來港約見三位本地作家洽談星馬版

岑凱倫早年作品受年輕人歡迎

權，三位作家是馬雲、馮嘉和岑凱倫，兩男一女都是香港當時得令的暢銷書作者，三人同時在報紙寫連載小說，星馬有很多擁躉。馬雲和馮嘉沒見過岑凱倫，新加坡代表約定在半島酒店吃晚飯時間，馬雲透過環球出版社老闆羅斌的秘書聯絡岑凱倫，岑小姐回覆說會應約。

在約定見面當天，星洲代表和馬雲、馮嘉先後就座。未幾，半島服務員拿着小黑板，上面寫着「馬雲先生請聽電話」，馬雲走出櫃面拿起電話筒，原來是岑凱倫。岑小姐告訴他：「稍後就到，我穿一套綠色連衫裙，戴一頂綠色帽，到時相認啦。」時間一分一秒過去，三個男人望着半島酒店玻璃門，守候綠色仙子出現。沒多久，玻璃門打開，綠色仙子來了！她穿上一襲湖水綠套裝裙，綠色帽上插了一支長羽毛，馬雲趨前迎接。究竟岑小姐樣貌如何？馬雲堅守秘密，打死不說。

依達十六歲時第一本作品——
三毫子小說《小情人》

另一位紅得發紫的愛情小說作家依達，已很多年沒有在香港公開活動，但據講他身體健康、活得快樂，朋友間中還會收到他的WhatsApp 或者微信傳來的攝影傑作。

二零一八年香港書展的主題是「愛情文學」，有專題展覽介紹香港多位愛情文學作家，包括張愛玲、徐速、亦舒、依達、林燕妮、林詠深、鄭梓靈、天航及Middle。大會邀請了文化人就相關作家的作品進行對談，其中一場是由鄧小宇和黃念欣講評依達和亦舒，題目是「蒙妮坦與玫瑰是怎樣煉成的——六十年代依達與亦舒」。《蒙妮坦日記》和《玫瑰的故事》分別是依達和亦舒的代表作。年輕一代未必知道依達是何許人，相識者也多以為他已不在人間，因為自從其摯友簡而清去世後，依達便遁跡江湖，香港對依達來說好像沒啥值得留

依達是環球出版社多產作家

戀。原來，依達早已隱居內地不問香港文壇事，朋友邀請他來書展亮一亮相，他都婉拒了。

依達中學年代開始創作，十六歲發表第一篇短篇小說《小情人》。其成名作《蒙妮坦日記》寫香港都市男女愛情，風靡了無數追求中產和洋化生活的男女讀者，小說再版了二十三次。七、八十年代的依達，幾乎家傳戶曉。可是，千禧年後依達這顆在文壇閃耀了三十多年的彗星，忽然由亮變暗，向北飄移，消逝於香港的夜空。

最熟悉依達的，非簡而清莫屬，可惜簡老八已於二零零零年作古。由鄧小宇講依達，也是最佳人選，因為是鄧小宇把絕版多時的《蒙妮坦日記》復活，在網上重現。

依達的經典小說《蒙妮坦日記》，一九六四年香港初版，一套三冊。

跟余光中去拜祭蔡元培

這幾年清明節，北京大學香港校友都會組隊到香港仔華人永遠墳場蔡元培（孑民）先生墓前獻上鮮花，替墓碑刷走塵粒。

墓碑碑文其中一段這樣寫這位北京老校長：

五年（一九一六年）　回國任北京大學校長　革新校政　祛除舊習　倡學術自由由是舊學新知兼容並包　俱臻蓬勃　而全國學術風氣亦為之丕變矣　八年　五四愛國運動發生　北京學生遊行示威　反對巴黎和約　且痛懲賣國僉壬　致多人被捕下獄　先生營救保釋　並發表聲明　隨即離京

新舊北大人憶起老校長當年挺身保護學生的大義大勇，無不動容。

蔡元培先生在香港仔的墓地於一九七八年重修立碑後，陸續多了很多北大校友和各地學者前來致祭。蔡先生長眠的這塊墓地，原本不為社會人士留意，余光中、周策縱和黃國彬三

北大香港校友清明節拜祭蔡元培

位教授一九七七年像朝聖般到墓前拜祭，然後為這次掃墓著文，蔡先生的墓才得以「名揚天下」。說起來，他們三人尋找蔡先生墓地的經過，很令人感動。

蔡先生是於一九三七年年底因戰亂從內地避居香港，本打算作短暫停留，惟戰事持續，蔡先生最終滯留香港，深居簡出，直至一九四零年三月五日逝世。三月十日，蔡先生出殯，全港下半旗致哀，萬餘人出席了公祭。死時轟動，可是，死後寂寥。

一九七七年六月二十五日，余光中和周策縱、黃國彬首次到蔡先生的墓地憑弔，三人初到貴境不辨東西南北，幾經摸索才找到蔡先生的墓碑。周策縱教授事後以《頑石——蔡孑民先生之墓》為題賦詩說出當天尋墓情景：

這墓碑是我們久已忘失了的詩，
真實子零零的人民，在林林總總的
蟻骨叢裏，我摹索
百家姓，赫然只一方白石
上有丹書，後有荒草，儘茫昧裏
……

余光中目睹蔡先生身後蕭條，連一塊似樣的墓園也沒有，悲憤莫名，於是寫下了著名的《蔡元培墓前》，向這位歷史偉人致敬之餘，也替蔡先生嗚不平：

六十年後隔冷漠的白石
灼熱的一腔心血
猶有餘温，那淋漓的元氣
破土而出化一叢雛菊
探首猶眷顧多難的北方
想墓中的臂膀在六十年前
殷勤曾搖過一隻搖籃

那嬰孩的乳名叫做五四
那嬰孩洪亮的哭聲
鬧醒兩千年沉沉的古國
從鴉片煙的濃霧裏醒來
在驚魘和失眠交替的現代
卻垂下搖倦了搖籃的手
再搖也不醒墓中的人
只留下孤兒三代來拜墳
……

就是這篇詩文，觸動了海內外無數文化人的心弦。北京大學香港和台灣的校友率先行動，為老校長重修墓地。一九七八年蔡先生墓地煥然一新，很有氣派，由四塊墨綠色雲石組成的大碑牆矗立墓地上，「蔡孑民先生之墓」七個金漆大字份外醒目，旁邊是幾百個金漆小字，簡述蔡先生一生。

二零一一年十一月六日早上十一時，筆者跟隨余光中教授夫婦和時任光華中心主任張曼娟到香港仔華人永遠墳場「探訪」蔡先生。余教授權充訪墳嚮導，墳場沿路石階雖有點陡斜，

二零一一年余光中到香港仔華人永
遠墳場拜祭蔡元培

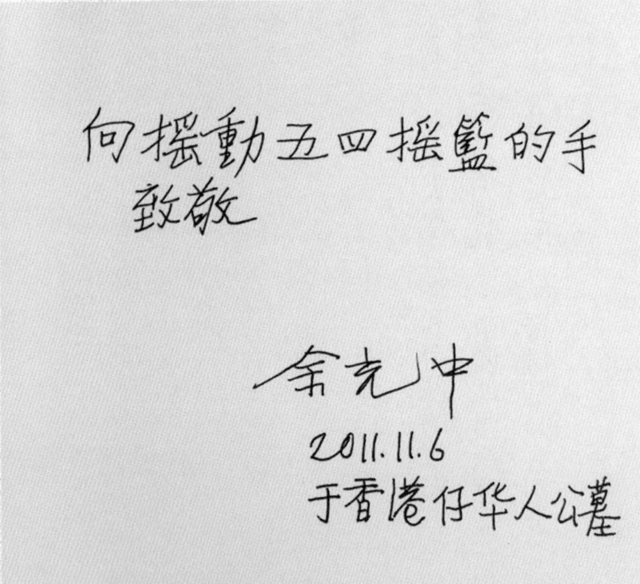
向搖動五四搖籃的手
致敬

余光中
2011.11.6
于香港仔华人公墓

余光中手書字句向蔡元培致敬

年逾八十的余教授幾乎沒有停下腳步，邊行邊向我們憶述一九七七年那次尋找蔡先生墓地，當年是那麼的不好走，那麼的舉步維艱。這一趟就輕鬆、自在得多，因為泥路早已換上三合土，路段標示清楚（蔡先生墓地是在二十三台五段資字）。

余教授很快便將我們帶到蔡先生墓前，秋日的陽光灑在墓碑上，金光閃閃。余教授難掩興奮心情，三幾步便走到碑前，用他曾寫下《蔡元培墓前》的手撫摸石碑，口中唸唸有詞，似在和老朋友説話。之後，余教授雙手把鮮花放在碑前，深深鞠躬。臨走前，余教授在我帶來的《蔡元培日記》書頁上寫下：

向搖動五四搖籃的手致敬

余光中

2011.11.6

於香港仔華人公墓

余光中教授二零一七年十二月十四日辭世，他再不用到墓前拜祭蔡元培校長，可直接去到蔡校長的身旁，握着他那曾搖動五四搖籃的手，説一聲：「蔡校長，你好！」

蔡炎培「密碼詩」激起千重浪

蔡詩人蔡炎培駕鶴西歸，友人紛紛撰文悼念。有人談他的詩作，有人回憶跟他交往的點滴，依依不捨。蔡炎培寫詩一貫秉持「管他呢，最緊要過癮！」的態度，這種隨意作風貫穿詩作中，有時給人印象是「唔知佢寫乜」。半世紀前他寫的《曉鏡——寄商隱》，就是「唔知佢寫乜」的代表作，這首「密碼詩」，令香港文壇爆發持續幾個月的筆戰。幾十年後，蔡炎培還是用了「管他呢，最緊要過癮！」這句話總結這場論戰。

我們先看當年三十二歲的蔡炎培如何以「林筑」的筆名寫這首詩：

曉鏡——寄商隱

雪後的驛道

留下一層過早過薄的霜
在長安
很少人注意的是風
風倦、雪老
窗外是個開元之後的黃昏
想此時重門深鎖後
咸宜觀有人疾書
但漏了最重要的一筆
你說那一筆應寫在未濃的墨上
寫在剛剛改了名字的機
是魚、是鳥、是最玄的女體
非非歸入青紗帳
非非解若洛城花
一切是魚是鳥是最玄的女體
重新跌望背壁的觀音
但那時我已沾惹離情的空氣

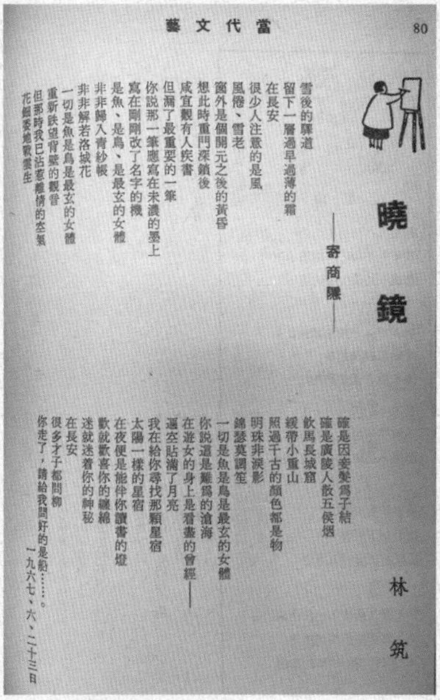

蔡炎培一九六七年以筆名「林筑」在《當代文藝》發表新詩《曉鏡——寄商隱》

詩人蔡炎培

花鈿委地戰雲生
確是因妾髮為子結
確是廣陵人散五侯烟
飲馬長城窟
緩帶小重山
照過千古的顏色都是物
明珠非淚影
錦瑟莫調笙
一切是魚是鳥是最玄的女體
你說這是難為的滄海
在遊女的身上是看盡的曾經——
遍空貼滿了月亮
我在給你尋找那顆星宿
太陽一樣的星宿
在夜便是能伴你讀書的燈
歡就歡喜你的纏綿
迷就迷着你的神秘

在長安
很多才子都問柳
你走了，請給我問好的是船……。

一九六七．六．二十三日

《曉鏡》刊於一九六七年八月號的《當代文藝》月刊，林筑是蔡炎培筆名。這首現代派新詩沒有引起即時注意，可能是林筑名字陌生，如果用上蔡炎培的真名，也許會有人評論，畢竟六十年代蔡炎培已是著名詩人。蔡炎培早於一九五五年已和王無邪、崑南創辦《詩朵》，蔡炎培和崑南時年二十歲，兩人同是一九三五年出生，王無邪少一歲。

《詩朵》甫面世便引起風波，創刊號有一篇由崑南以筆名班鹿寫的「檄文」，向徐速挑戰。徐速是何等人物，黃毛小子竟敢捋虎鬚？徐速為南來文人，五十年代初在港創辦高原出版社，出版大量文藝刊物，一九五三年他的小說《星星、月亮、太陽》甫出版便暢銷香港、台灣和東南亞，徐速成為香港文壇響噹噹人物。徐速擅長寫小說和散文，很少寫新詩，他對當時新興的現代派新詩看不上眼。徐速曾經批評新詩「幼稚、貧乏，沒有在文藝羣眾中生根。」這不僅是我個人的『偏見』，我敢大膽的說，這個偏見幾乎成為一般知識分子的評語了。不信，我們可以問問新詩的讀者，甚至寫新詩的朋友，誰能背誦二十首他最心愛的新詩？……

這一點只是說明新詩在音韻方面失敗了。」徐速對新詩的批評惹怒了大批熱心新詩創作的文青，這股怒氣剛好遇上《詩朵》的創刊，崑南索性在創刊號來一篇〈免徐速的「詩籍」〉，說要踢徐速出詩壇會籍。其實，當時哪來甚麼詩籍，根本沒有，崑南旨在批判徐速這位文壇前輩對新詩的無知，說他守舊，不懂得新詩的藝術性，就好像「聽不懂貝多芬的交響樂，而說是無聊的樂音，這只表露了那人沒有那些藝術的修養！詩的最大質素不是腳的押韻，而是詩本身的旋律。……」崑南的「檄文」也乘機鞭撻當時流行香港的「三及第」作家。「這兒的文化是悲哀的！可以寫一篇『三及第』的文章，又說自己是作家了！不時為了生意，為了大家是同行，對於那些文化敗類的話，總閉着嘴兒。這樣的麻木，還可幹出甚麼東西來？」「假如文化界有『詩籍』的存在，我們得免徐速的『詩籍』！」

徐速固然沒有被免除「詩籍」，其文壇地位絲毫沒受影響，反而《詩朵》只辦了三期便停刊。事實上，徐速真的對新詩沒甚麼興趣，他一生著作無數，只有一本詩集，就是一九六零年出版的《去國集》。徐速被這幾位初生之犢奚落，卻不計前嫌，十二年後在他旗下的《當代文藝》刊登了蔡炎培新詩《曉鏡》，可是，這首詩竟被批評為「密碼詩」，引起連場筆戰，徐速由頭到尾「死攬」蔡炎培，寧願攪炒，也要替蔡詩人辯護。

《曉鏡》一詩的內容不容易理解，未有即時引起注意，相安無事持續了二十二個月，直至一九六九年六月五日，《萬人雜誌》作者宋逸民突然在雜誌寫了篇〈「密碼派」詩文今昔

徐速主編的《當代文藝》創刊號

觀〉，為筆戰開了第一炮。宋逸民指《曉鏡》每個字他都認識，但卻不知作者想寫甚麼，整篇新詩就好像電報上的密碼一樣。「《曉鏡》這首新詩較之過去所有古典『密碼派』都更難懂，……新式密碼派早已超越了蘇聯火箭而先一步到達了金星，應該稱之為未來的金星派文學，因為我們平凡的地球人，在未看到他們的字典、辭典之前，實在參不透其中的天機也！」

在宋逸民眼中，像《曉鏡》這類現代派新詩是邪魔外道，奉勸青年人不要誤入歧途。宋逸民有言在先：為免涉及私人，他在文章裏沒有提及《曉鏡》作者姓名及刊登《曉鏡》的刊物名稱。儘管如此，徐速還是第一時間出來辯護。十多年前他因為不認同現代派新詩而遭崑南、蔡炎培等人討伐，今次卻義無反顧力撐蔡詩人，是出於甚麼原因？徐速認為既然《曉鏡》是在《當代文藝》刊登，他作為刊物的主編有責任出來說話。徐速在七月號《當代文藝》撰寫一萬字長文，標題是〈為「密碼」辨誣，並泛論現代詩的特性及前途〉。徐速認為刊物應該容納各黨各派觀點，做到百花齊放。他承認《曉鏡》有些句子確實比較隱晦，但有些句子是很明顯化，初中學生都應該看得懂。他指現代詩所以不為一般讀者接受的緣故，是因為語法違反傳統、節奏跳得太快太遠，讀者往往跟不上、看不順眼，這就是近代文學的特性，也就是現代詩持之自傲的「意識流」。徐速批評宋逸民不應用「密碼派」來挖苦現代詩。

蔡炎培也在同一期《當代文藝》撰文解釋《曉鏡》的創作動機。他說很久以前已想給李商隱寫一首詩，透過詩中的魚玄機就可和李商隱溝通起來。宋逸民質疑「李商隱和魚玄機年齡相差四五十歲，不曉得他們這段戀愛是幾時發生的？」批評作者連時間觀念也弄不清，蔡炎培回應稱「就是假想玄機在一個『開元之後的黃昏』」，突然通過商隱的詩而感到昨日之我的我不可再，今日之我的我就是寂寞的本身、人的本身。」蔡炎培強調寫詩不是寫歷史，換言之，時間觀念錯配對他來說閒事而已。

在徐速「辨誣」文章刊出的第三天（七月三日），《萬人雜誌》社長萬人傑便在《星島晚報》的「牛馬集」專欄中，以〈新詩、詩人、密碼派〉為題，一連三天還擊。萬人傑把《曉鏡》照抄一次，然後說：「這首新詩，有幾個人看懂那位詩人的意境？莫說老萬，相信這裏幾十萬高明讀者，如有一個敢說『全懂』的，老萬願跟他做學生，從今天起收檔，不再寫『牛馬集』，跟他從新學寫新詩。……」萬人傑嘲笑「以文壇霸主自居」的徐速獨具「慧眼」刊登《曉鏡》這首現代詩。繼萬人傑之後，宋逸民在七月十日出版的《萬人雜誌》八十九期發表題為〈為密碼辨誣的辨誣〉文章，連載四期還擊。他說他在一九六七年八月已看到《曉鏡》這首「密碼派怪詩」，兩年來重複看了至少三十遍，仍然莫名其妙。宋逸民用了大量篇幅逐句批駁徐速的論點，指徐速「強詞奪理、比擬不倫」。不久，徐速又發表〈答宋逸民先生「為密碼辨誣的辨誣」〉，形容宋逸民「有點神經衰弱，要不，就是上輩子進過文字獄？」雙方論戰到此地步已淪為人身攻擊，而且吸引更多《萬人雜誌》「讀者」加入戰圈，一發不可收拾。後來，萬人傑和徐速協議同意「局部停火」，只由徐速和宋逸民繼續筆戰，其他人退在第二線觀戰。整場筆戰歷時三個月，最後經過文化界高人調解而告終。徐速一九六九年九月撰文〈為結束詩戰告讀者〉，他指檢討這次筆戰的得失，自有公論。原本希望通過討論、批判，對現代詩提供一點意見，可是剛一接觸就演變成詞語研究，再變而為人身攻擊，令人遺憾。

事件主角之一的蔡炎培多年之後撰文回應，指《曉鏡》刊出後引來如此軒然大波，始料不及。「有人想借刀殺人，其理甚明。有人嫉妒徐速先生吃得開，想分一杯羮，如此而已。」「《曉鏡》有云：『在長安，很多才子都問柳。』也許，這一句開罪了人。管他呢，最緊要過癮。」蔡詩人所指的「借刀殺人」，明顯地是指有人想借密碼詩論戰挫敗徐速。文人相輕，古今皆是。或許是樹大招風，香港文壇一直有人想打擊徐速，在密碼詩論戰結束後不久，徐速的小説《星星、月亮、太陽》便被指懷疑抄襲姚雪垠的《春暖花開的時候》，徐速為了應付這場名譽之戰，心力交瘁，這是後話，在此不贅。

蔡詩人魂歸天國，可以續寫他的《曉鏡》，也可以寫他的《離鳩譜》續集。總之，最緊要過癮，管他呢。

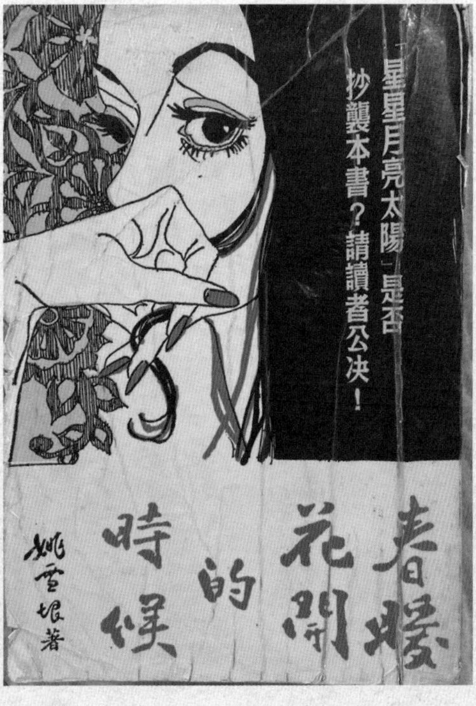

蔡炎培的「密碼詩」風波，連累《星星、月亮、太陽》被指抄襲《春暖花開的時候》。

周永新幫父親送稿

香港「社工之父」周永新教授二零一三年從香港大學榮休後，當時的政務司司長林鄭月娥馬上請他「出山」，帶領團隊研究香港的退休保障方案，周教授最後向政府力薦覆蓋全民的退休保障制度，卻遭政府否決，氣得教授生蝦咁跳。

周永新經歷香港的赤貧年代，一向關心低下階層的生活。一九四九年周永新父親帶着子女由內地來港，一家八口租住灣仔莊士敦道唐樓，母親後來把單位分租，父親在米業商會做秘書，又替報館寫稿，吃飯不成問題。周父後來專寫馬經，是非常有名的馬評家。

二零一五年我和影評人蒲鋒訪問周永新教授，請他憶述父親的寫作生涯。周永新父親周叔華，五十年代已在《藍皮書》、《武俠世界》寫武俠小說，筆名「蹄風」，南洋的報紙也用他的稿。周叔華在香港認識不少國術高手，因此對武林逸事知之甚詳。他寫武俠小說，比金庸梁羽生還要早。蹄風是《武俠世界》第一任總編輯，他在東南亞很紅，可能比香港還要紅。因為他的小說在香港發表主要刊在雜誌上，而在南洋則是在報紙登，刊出日期會更早，讀者更多。

蹄風的武俠小說

後來，他先後在《新報》和《明報》編馬經和寫馬經，筆名「叔子」，由於貼士命中率高，吸引大批馬迷捧場。叔子和簡而清等人後來組織馬評人協會，在一次年度貼馬積分賽之中，叔子險勝簡而清，成為最佳馬評人。蹄風的筆名相信也緣於他賭馬的嗜好。由於寫馬經十分成功，武俠小說遂告減產以致停產。蹄風曾說《清宮劍影錄》是他寫得最好的一部武俠小說。

周永新說，他童年時常見父親埋頭寫字，後來才知是寫武俠小說。年紀稍長，他要替父親抄稿，因為有時同一份稿會發給不同刊物。那時未有傳真機，周永新負責把稿送到報館，因此從小跟報館發生關係、對報紙產生感情，成為名教授之後很多記者找他訪問，他都不會拒絕。周教授退休後仍經常在報紙寫文章，他父親蹄風寫武俠小說、寫馬經成名，周教授寫社會民生福利、退休保障，同樣出色。

《武俠世界》創刊號。蹄風（周叔華）是該雜誌的首任總編輯。

鄧永鏘爵士的「遺書」

香港最後一位貴族鄧永鏘爵士（Sir David Tang）二零一七年八月在倫敦病逝，遺孀Lucy返港處理亡夫的身後事，包括清理鄧永鏘書房藏書。Lucy為了延續David生前推廣閱讀風氣的精神，把藏書分批送給不同的人士和團體；本港小型二手書店Flow Books老闆林森接收了千多本，他除了將其中一部份發售，並會以「Sir David Tang」名義把藏書以漂流形式帶去不同學校。

到鄧永鏘書房搬書的人，分成幾批，有一位是我的朋友，他說搬書當天Lucy在旁打點，並且介紹了多本好書。Sir David既然是貴族，跟他來往的自然少不了皇室貴胄、政治領袖、億萬富豪，因此他的書架上不乏名人簽贈的書籍。朋友知道我喜歡收集名人、名作家的簽名書本和書信，二話不說替我留下兩本。書交到我手一看之下竟然是戴卓爾夫人（Margaret Thatcher）和馬卓安（John Major）兩位英國前任首相的簽名自傳。鐵娘子用墨水筆寫上 "To David with warm regards. Margaret T." Lucy對我朋友說，David和戴卓爾夫人交情很好，平時都是互相以 David 、Margaret 稱呼。

這兩位主掌過香港前途命運的首相簽給香港貴族的書竟同時落在我手上，也是緣份。猶記得八十年代初我在倫敦唐寧街十號首相府與戴卓爾夫人面對面的情景，當時我以《成報》記者身份採訪香港行政、立法兩局議員到倫敦商議香港前途問題，是唯一一位記者進入首相府。那年見到鐵娘子時的感覺是「這麼近卻是那麼遠」，因為她高高在上；今天是「那麼遠又是這麼近」，鐵娘子和鄧爵士已遠去，留下那本書放在我書架上。

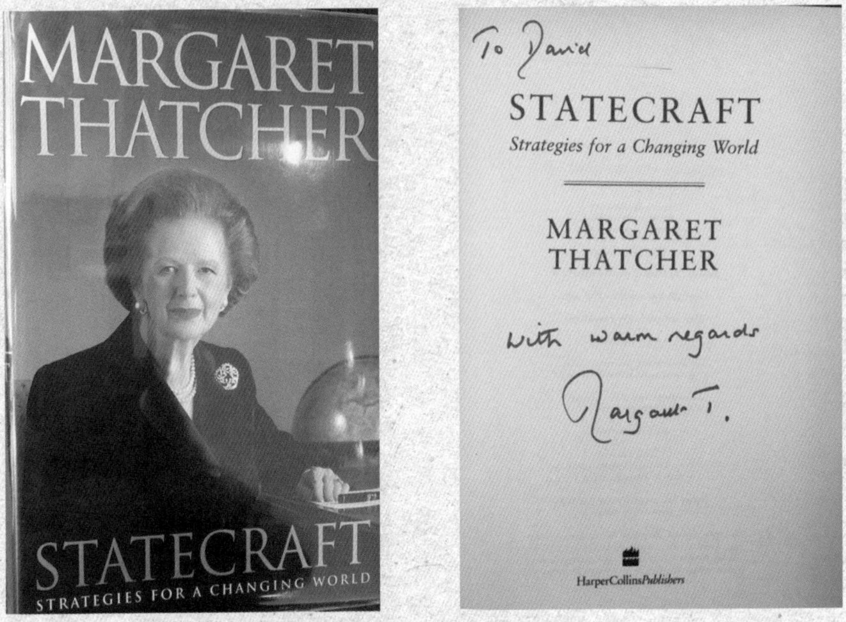

戴卓爾夫人送書給鄧永鏘並題簽

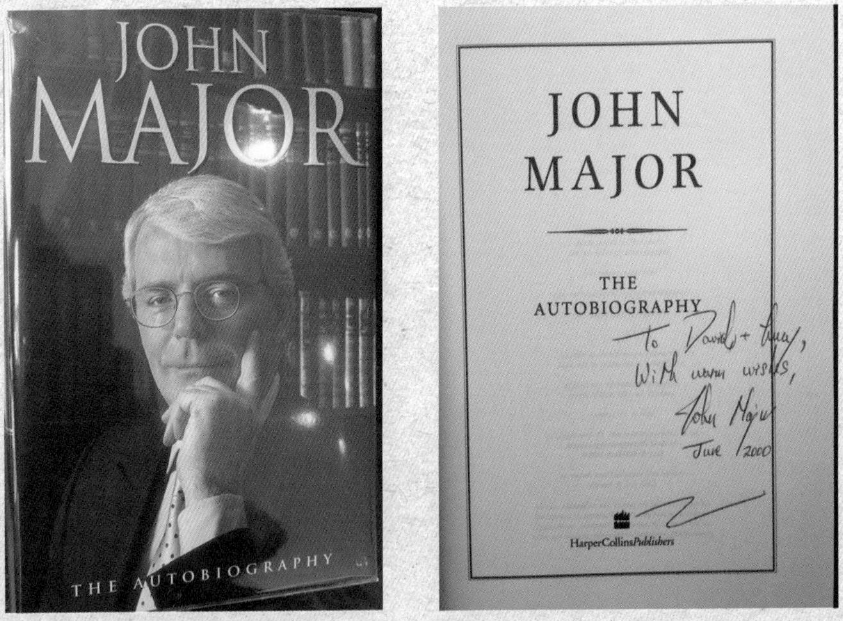

馬卓安送書給鄧永鏘並題簽

老夫子女朋友「陳小姐」來了！

王家禧（老王澤）創作的《老夫子》漫畫膾炙人口，陪伴着幾代香港人成長。《老夫子》當然以老夫子、大蕃薯和秦先生三位主角最為人熟悉，但漫畫之中的「陳小姐」更受部份讀者喜愛。原來，陳小姐是王家禧的至愛，陳小姐也真有其人。她是王家禧最後一個女朋友，陳小姐最後嫁給王家禧。現實中的陳小姐叫陳玲玲，其廬山真面目，絕少讀者見過。二零一八年六月我有緣見到陳小姐，而且還跟她握過手呢！

陳玲玲（右）與「陳小姐」紙板和媳婦邱秀堂合照

事緣王家禧的接班人、《老夫子》第二代作者王澤（王家禧的長子，王家禧在創作《老夫子》時用了兒子王澤的姓名做筆名）當時和蘇富比合作，展售父親的多份手稿，讓有緣人有機會擁有老王澤的作品。王澤在蘇富比舉辦酒會介紹父親的作品，半場，一位銀絲短髮穿旗袍雍容閒雅的女士抵達，起初大家以為她是蘇富比的貴賓。後來，王澤夫婦向在場朋友介紹她就是陳小姐、陳玲玲！這位突然出現的《老夫子》「陳小姐」主角，讓全場老夫子迷愣住了，那會想到「陳小姐」會出現眼前！王澤說，陳小姐是特地為第一代王澤這個手稿展從外國回來，幾天又要走了。驚鴻一瞥，嘉賓紛紛舉起手機拍下難得鏡頭。

陳玲玲是王家禧第一位妻子，前妻是王澤的生母，一九五五年王家禧在內地離婚，他帶着王澤幾兄弟來港生活。王澤說，父親來港之後先

「陳小姐」陳玲玲忽然出現蘇富比展場，《老夫子》粉絲爭相合照。

後和幾個女人拍拖，陳小姐是最後一個。陳玲玲十九歲嫁給王家禧，替王家打點大小事務，夫妻非常恩愛。一九九三年王家禧做膀胱癌手術，陳玲玲在手術房外祈禱，願意終身茹素換回丈夫一命。九十年代中，王澤不忍父親太勞累，毅然接捧經營《老夫子》，《老夫子》正式進入第二代王澤年代。

在那次名為「舊情復熾：老夫子AND蘇富比」王家禧手稿展中，蘇富比和王澤特別把老王澤《老夫子》第二期封面的原稿在網上競投拍賣，結果以港幣六十五萬元成交。由於第一期原稿早已散失，第二期也就成為《老夫子》最早的封面手稿，因此以此高價成交也是值得的。王澤、邱秀堂夫婦也為這張手稿落到有緣人手上感到高興。

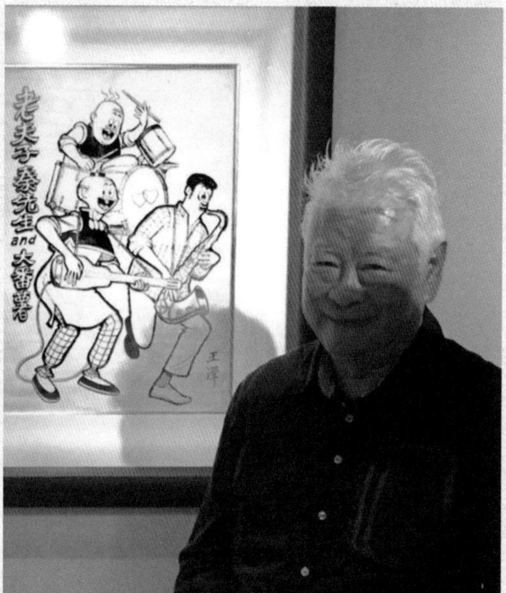

王澤在父親畫作前留影，此幅手稿是《老夫子》現存最早的封面作品，最後以港幣六十五萬元賣出。

藏書家十三車藏書當垃圾

藏書家周先生獨住跑馬地三千多呎大宅，全屋放滿藏書和字畫，屋內通道僅容一人通過。他買書買字畫買了幾十年，八十多歲老人經常出入港島區大小拍賣行，年前老先生忽然失去音訊，和他相熟的拍賣行老闆也找不到他。二零一八年八月一名俗稱收買佬的回收商用大貨車連續十三車把大量舊書運到深水埗散貨，每車書索價三萬至五萬，吸引多名大小拆家到場睇貨。追問之下，這批東西乃來自跑馬地周先生的大宅！

收買佬透露，當時老先生還健在，但沒有露面，他去跑馬地搬貨時只見到一個女人，十三車舊書就是那位女士叫收買佬來搬走。該批舊書應該是周先生平日隨意放在大宅四處通道的藏品，因為沒有人打理，有些積塵積了幾十年，霉垢成寸厚。幾年前曾經有人去過他的大宅探訪，戴着口罩仍然感到灰塵撲面，老先生卻自得其樂獨居其中。收買佬搬書當天下着滂沱大雨，很多書都淋濕了，書去到大小拆家面前也就變成霉、濕、臭的廢紙，他們只能把部份稍為貴少少的線裝書搶救出來，其餘送到堆填區。原來，禾稈真的會冚珍珠，十三車書裏暗藏珍品，有買家幸運地從書堆撿到一件虛谷的扇面，單是這幅扇面，已抵得上整車書的售價。

周君歷年來搜羅得的大批字畫，除了部份早已交給大拍賣行賣出去之外，手上應該還有不少。二零二零年年中，忽然傳來老先生身故消息，他大宅內餘下的字畫何去何從？書畫界朋友很關心，四出打探但無果，這個疑問隨着老先生離去永遠成謎。

藏書家年紀大的時候最頭痛的問題，是如何處理身邊堆積如山的寶貝。一位老教授退休多年，幾年前決定把數十年的藏書賣掉，其大學舊同事車先生比他年輕四十歲，挺身而出幫他老人家一把，出錢出力在深水埗短租一個貨倉來一次文史哲舊書開倉散貨，第一次賣書套現十多萬，老教授頗滿意。一年後，老教授再把家藏另一批舊書開倉，為了答謝小車上次捱義氣，今次特別讓他獨家優先入倉揀書。小車以為鴻鵠已至，特別聘請一位年青力壯小夥子一起走上老教授租下的貨倉準備搬貨。筆者有幸獲小車邀請到場開眼界，卻讓我見證了一場老與嫩的買賣拔河戰，兩大高手過招，鬥智鬥耐力。

老教授租工廠大廈開倉賣書。

小車告訴我老教授原先同意讓他「任睇任揀」，臨場卻要他十萬元整倉買下。小車乃識貨之人，他向教授反建議不如逐個小紙箱計，每箱三百元，教授考慮良久只同意逐箱賣細本書，大本的要逐本計，雙方同意，第一回合打和。之後，小車把他認為無用的小書入箱後便開始整理看得上眼的大書。當他精心挑選了三箱好書準備和教授議價，教授可能實在太愛書，每本都拿上手摩挲摩挲，萬般不捨，最後說要留作紀念，不理小車反對，自行取回兩箱半，氣得小車幾乎要爆粗。這回合小車輸了，唯有快快離去。人說「賣仔莫摸頭」，我說應該加一句「賣書莫手痕」，多摸幾下會不捨得。老教授的心情也可以理解，這批藏書畢竟伴隨他走過半世紀，怎能說賣就賣。

周先生大宅浸濕了的藏書最後只能送到堆填區去

作者簡介

鄭明仁，香港資深報人、作家、藏書家。一九七七年畢業於香港浸會學院傳理系，投身新聞工作三十多年，先後任職記者、採訪主任、總編輯。退休後修讀北京大學歷史學系碩士課程，二零一五年獲頒碩士學位。近年加入販書行列，開設「老總書房」，以書會友。著作有《淪陷時期香港報業與「漢奸」》、《點紙咁簡單：趣談香港紙本收藏》（合著）。

天地
www.cosmosbooks.com.hk

書　　名　香港文壇回味錄（增訂版）
作　　者　鄭明仁
策　　劃　林苑鶯
責任編輯　林苑鶯　鄺志康
美術編輯　蔡學彰
出　　版　天地圖書有限公司
香港黃竹坑道46號
新興工業大廈11樓（總寫字樓）
電話：2528 3671　傳真：2865 2609
香港灣仔莊士敦道30號地庫（門市部）
電話：2865 0708　傳真：2861 1541
印　　刷　亨泰印刷有限公司
柴灣利眾街德景工業大廈10字樓
電話：2896 3687　傳真：2558 1902
發　　行　聯合新零售（香港）有限公司
香港新界荃灣德士古道220-248號荃灣工業中心16樓
電話：2150 2100　傳真：2407 3062
出版日期　2023年5月 / 初版・香港

ISBN ：978-988-8550-83-8